aquitaī
Cantabricū
balearicū
Sardinia
Salata
cinnaba
Affrica minor

1ª. edição - 2016
2ª. edição revista e ampliada - 2024

Dados Internacionais de Catalogação na Publicação (CIP)
(Câmara Brasileira do Livro, SP, Brasil)

Antologia Fantástica da Literatura Antiga /
organização Marcelo Castel Cid. -- 2. ed. -- Cotia, SP : Ateliê Editorial, 2024.

Vários autores.
Bibliografia.
ISBN 978-65-5580-129-3

1. Antologia 2. Literatura grega antiga 3. Literatura latina I. Cid, Marcelo.

24-190774 CDD-880.9

Índices para catálogo sistemático:
1. Literatura clássica : História e crítica 880.9

Eliane de Freitas Leite - Bibliotecária - CRB 8/8415

Direitos reservados à
ATELIÊ EDITORIAL
Estrada da Aldeia de Carapicuíba, 897
06709-300 – Granja Viana – Cotia – SP
www.atelie.com | contato@atelie.com.br
facebook/atelieeditorial
blog.atelie.com.br

2024
Impresso no Brasil
Foi feito o depósito legal

ANTOLOGIA FANTÁSTICA DA LITERATURA ANTIGA

MARCELO CASTEL CID (ORG.)

Ateliê Editorial

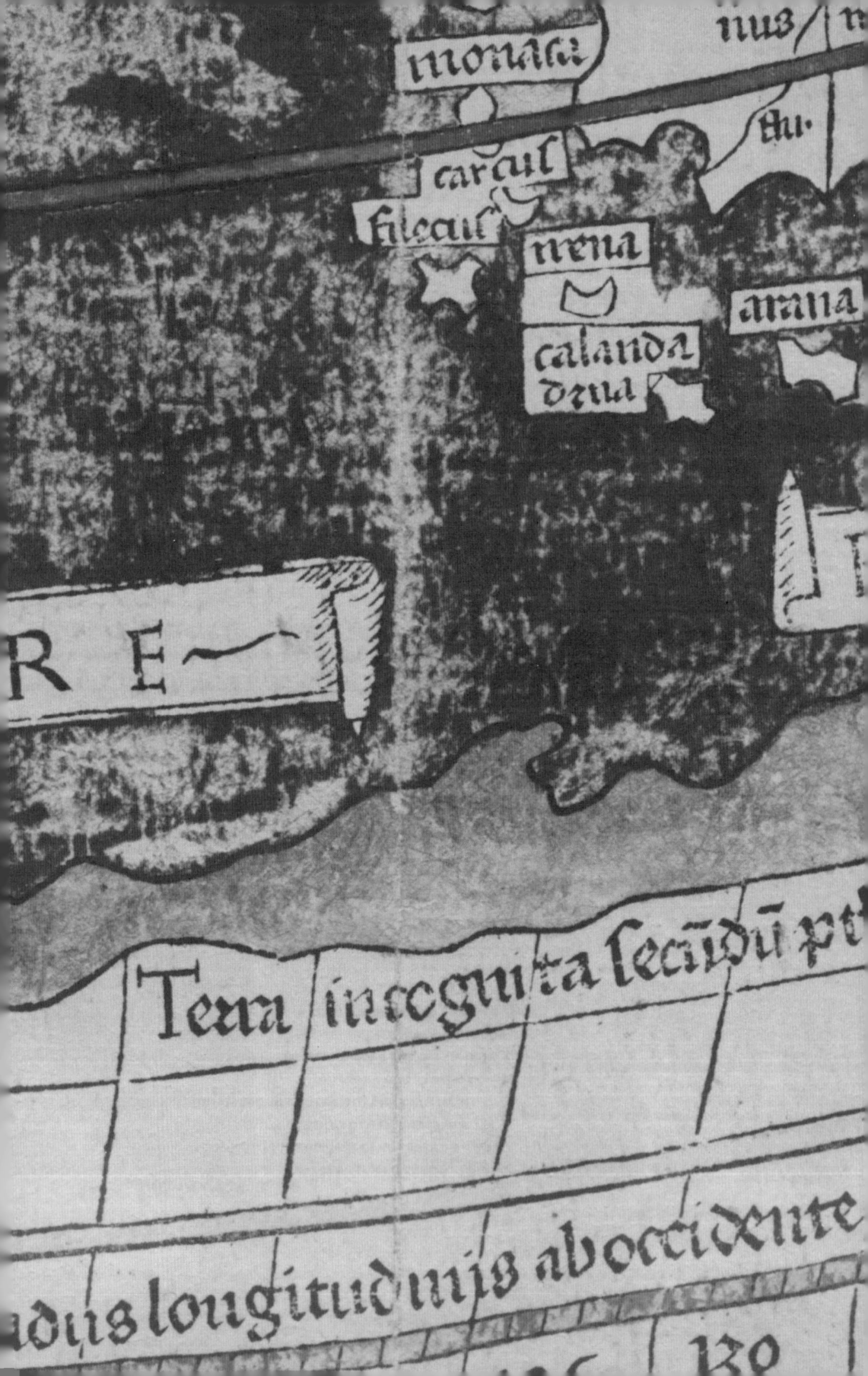

monaca
carcus
calanda
arana
R E
Terra incognita secũdũ
longitudinis ab occidente

Parthia
ARIA
Aria lac
mons
mons
Carmania deserta
Drangiana
Gedrosia
Carmania
Paragon
Carmina
Zenobie insule
astea
melanes
organa
caspella mons

90
100
110
120
Scithia
intra imau
Parthia
ARIA
talca

PREFÁCIO

Esta antologia não precisaria de outra apresentação (ou mais justificativa) que o ensaio "Kafka y sus Precursores", que o escritor Jorge Luis Borges (1899-1986) publicou em 1952[1]. Como seria, porém, coisa editorialmente questionável simplesmente reproduzir nestas primeiras páginas as palavras do grande autor, resigno-me (e espero que também o leitor) a uma perífrase mais ou menos longa de sua tese principal.

No ensaio de Borges, lê-se o ditame estranho, mas corretíssimo, de que "cada escritor crea sus precursores". Com isso ele quis dizer, acredito, que a obra nasce na leitura, atividade para o qual o leitor, separado no tempo e no espaço do autor, vem munido de diferentes ideias, expectativas e preconceitos. Tendo lido Kafka, estaremos preparados para encontrar algo de "kafkiano" em autores de outros tempos e lugares — mesmo se anteriores a ele. Sem conhecê-lo, essas descobertas nos escapariam. O mesmo vale para outros estilos e autores, certamente: deve ser possível achar passagens de sabor shakesperiano num antigo relato chinês, por exemplo. Em outras palavras, o leitor é livre para tecer sua própria teia de intertextualidades, atividade que enriquece sua experiência e por fim os próprios textos, deixando neles outras camadas e possibilidades de leituras e reencontros, de que as gerações futuras podem se valer.

Por ser leitor frequente dos antigos e entusiasta do gênero fantástico, foi-me natural encontrar naqueles livros passagens espontaneamente "borgianas", por assim dizer — trechos mais ou menos curtos, à margem dos quais eu marcava animado um asterisco, para futura referência. Juntá-las numa antologia era projeto já de muito tempo, ao qual resolvi dar um término com este livro — mas simplesmente por sentir que é impossível ler tudo o que os antigos escreveram. O trabalho do antologista poderia seguir indefinidamente. Com ou sem os deletérios efeitos do incêndio da Biblioteca de Alexandria, desastre mais mitológico do que real, o legado que Grécia e Roma nos deixaram é muito para muitas vidas... Minha tarefa, encerrada talvez com esta *Antologia* (mas nada impede que ela cresça em futuras edições), foi a de, entre tantas páginas de menos interesse, encontrar passagens que poderiam agradar ao aficionado do gênero fantástico, àquele imaginado leitor que talvez não disponha de tempo para a caça dessas miniaturas, ou mesmo do acesso aos livros onde elas se escondem.

1. No livro *Otras Inquisiciones*.

O trabalho de um antologista é dos mais árduos; sobra-lhe porém o consolo de que faz as coisas a seu gosto. Borges o fez, com parceiros ou sozinho, e gosto de pensar que este projeto tem algo em comum com algumas obras dele: talvez mais com *O Livro dos Seres Imaginários* do que com as antologias de contos fantásticos que ele publicou. Sim, porque não busquei especificamente contos fantásticos. O gênero como tal não existia para os antigos — embora livros com coleções de "maravilhas", apresentadas em histórias mais ou menos curtas, fossem bastante populares à época. Se encontramos o fantástico ao longo de narrativas históricas ou poéticas, ou mesmo de obras filosóficas daqueles autores, é porque, insisto, aprendemos a reconhecer esse tipo de texto: ele criou seu leitor.

Mas o que se entende, afinal, por fantástico em literatura? Como disse Santo Agostinho sobre o tempo: se não me perguntam, sei o que é; se me perguntam, hesito.

De saída, acredito que o fantástico não deve se confundir com o maravilhoso. A este basta uma metamorfose qualquer, uma criação *ex nihilo*, um *fiat lux* — sem que necessariamente nos perturbe ou toque a passagem em que ele ocorre. No fantástico, por sua vez, haverá quase sempre algum elemento estranho (Freud o descreveu), algum desconforto — mais ou menos leve — em nossas crenças, em nossas expectativas. Para citar dois trechos da Bíblia, considero o já mencionado "faça-se a luz" do Gênesis um exemplo do maravilhoso; já uma passagem fantástica seria a que se lê em Êxodo 17.11: "Quando Moisés levantava a mão, Israel prevalecia; quando, porém, ele abaixava a mão, prevalecia Amaleque". Deus pode criar o mundo com o verbo, aceitamos esse fato — mas por que um homem faz um exército vencer ou perder uma batalha conforme levanta ou abaixa sua mão?

O fantástico em literatura tem certa dose de *pathos*, ausente no maravilhoso. Remete ao insólito, ao onírico, ao inconsistente, e funciona especialmente bem quando o autor diminui o estranhamento do que narra, aumentando sua credibilidade ou sua conexão emocional com o leitor, por meio de artifícios que este logo aprende a reconhecer.

E quanto à expressão "literatura antiga"? O adjetivo não é tão preciso quanto pode parecer à primeira vista. Não esclarece muito sobre a época aludida, sobre a proveniência ou o gênero literário de que se fala. A Bíblia é antiga, e portanto literatura antiga, mas não entra normalmente na definição, como não entrou nesta *Antologia* — apesar de suas tantas passagens de inegável valor literário. Excluídos os livros sagrados, concentrei-me (no que foi possível achar) nas obras gregas e latinas que vão de Homero a Santo Agostinho. Esse recorte me pareceu razoável por cobrir da primeira grande obra grega ao chamado "último dos antigos" (ou primeiro dos medievais?). De qualquer maneira, creio que o caminho está aberto para uma ampliação do "corpus". Por que não uma "antologia da literatura fantástica árabe", ou hebraica, ou medieval? Deixo expresso, como leitor, o desejo de que outros projetos dessa natureza sejam realizados.

Várias passagens coletadas nesta antologia ganharam vida própria ao longo dos séculos e foram adaptadas, reproduzidas ou aludidas em contos, romances, poemas, filmes e pinturas. A história do "Aprendiz de Feiticeiro", de Luciano de Samósata, é um exemplo, assim como a da Lâmia, na vida de Apolônio de Tiana. Provam que o artifício de isolar algumas passagens e dar-lhes uma nova moldura, por assim dizer, é prática de boa reputação. Por esse mesmo motivo, abandonei o receio inicial de reproduzir passagens muito curtas — às vezes de uma frase apenas. Que sejam lidas como "microcontos fantásticos", ou como argumentos para narrativas mais elaboradas, aos quais poderiam ter se dedicado Poe, Borges, Stevenson ou Marcel Schwob[2].

Terá isso esclarecido o que pretendi juntar nas páginas a seguir? Ainda que muitas delas não impressionem o leitor eventual como a mim mesmo, que ao menos bastem para sugerir alguns autores e obras merecedores de leitura mais frequente.

Restar notar que, para as traduções ao português — exceto onde o tradutor vai indicado — vali-me de versões ao inglês, francês, italiano, espanhol e alemão que já são de domínio público. Em alguns casos foi possível cotejar essas versões com os originais, se latinos.

2. O que este fez por exemplo em várias de suas "Vidas Imaginárias".

mare glaciale
pilape lant.
tile
orchag
norbe gi
gottia
da cia
scadia
alau ni
mons
tanais
flu.
Sarma tia euro- pe
Sarma
uardan
70

PREFÁCIO À SEGUNDA EDIÇÃO

A primeira edição desta *Antologia* esgotou-se em alguns anos, o que é destino mais alvissareiro do que o reservado à maioria dos livros lançados no Brasil. À parte os possíveis méritos desta obra em especial, é fato, noto com alegria, que os estudos clássicos têm vivido uma boa fase no país. Prova-o, entre outras coisas, o número de lançamentos de e sobre literatura antiga da própria Ateliê Editorial nesse período.

Outra boa evolução desde 2016, quando saiu a primeira edição, é a muito maior disponibilidade de textos *online*, em várias plataformas e línguas. Hoje um clique me leva de um autor conhecido a outro sobre quem nunca tinha ouvido falar – gratuitamente ou por preços muito baixos. Em termos de acesso a textos e ferramentas textuais, vivemos uma era de ouro para o leitor dos antigos.

Por esses mesmos motivos, a *Antologia* poderia crescer muito mais nesta edição (ou em outras, futuramente). Mas isso não era realmente necessário: uma antologia, por definição, nunca será exaustiva – deve, se bem-sucedida, ser representativa. No caso da nossa, ademais, os trechos recolhidos deviam servir como uma "*proof of concept*" – o de que é possível ler passagens antigas como pequenas narrativas fantásticas –, função que a coleção inicial já cumpria, segundo creio. Isso posto, esta edição traz sim alguns textos novos, que deixo ao leitor descobrir.

Ainda uma palavra sobre o adjetivo "fantástico" aplicado à literatura, tema em que a Antologia pode sofrer escrutínio mais duro. Sigo Tzvetan Todorov[1] para dizer que o fantástico acontece no momento da "hesitação do leitor" ao tentar dar sentido àquilo que lê. A hesitação pode estar no próprio texto ("um deus o visitou à noite, ou sonhou que...") ou pode ser presumida na leitura. Ora, com essa lente do fantástico – não a "suspensão da descrença", mas a liberdade de fantasiar – tudo pode ser reinterpretado... Darei um exemplo de Suetônio, nesta *Antologia*: ele diz que César tinha vergonha de sua calvície e por isso a honra que mais lhe agradava era usar a coroa de louros. Pois imaginemos que César arriscava a vida em batalhas monumentais apenas para ter a oportunidade de, num triunfo, usar a coroa de louros e assim esconder sua calva reluzente em público! O estranhamento dessa interpretação pode dar lugar a certa

1 Tzvetan Todorov, *Introdução à Literatura Fantástica*, tradução de Maria Clara Correa Castello, São Paulo, Perspectiva, 1975, Coleção Debates.

hilaridade, mas também pode incomodar (como a história de Jonas e a sombra de sua aboboreira[2]). Ora, mesmo a gargalhada pode ser uma reação inesperada ao estranhamento...

Para uma definição mais pessoal: a narrativa fantástica é aquela em que a agência ou intenção humana parece ceder a uma outra lógica, uma outra intenção, de algo ou alguém, que não podemos identificar prontamente, o que nos incomoda ou intriga. Ou diverte.

Se mesmo assim não alcanço convencer os amigos da academia, deixo ao leitor o pedido de, generosamente, usar o adjetivo "fantástica" de nosso título como um elogio informal, que, está claro, não é mérito do antologista, mas dos grandes autores citados.

PS: Creio poder confessar agora que, ficcionista em outras searas, não resisti à tentação de deixar um "Easter egg" na primeira edição (e ainda nesta), uma narrativa – aliás muito curta – de minha própria autoria, mas atribuída a um antigo. Ninguém lê Borges impunemente...

2 Jonas, 4:9. A propósito, a identificação da planta em questão, provavelmente não uma aboboreira, foi tema de cartas ásperas entre Santo Agostinho e São Jerônimo, o tradutor da Bíblia ao latim.

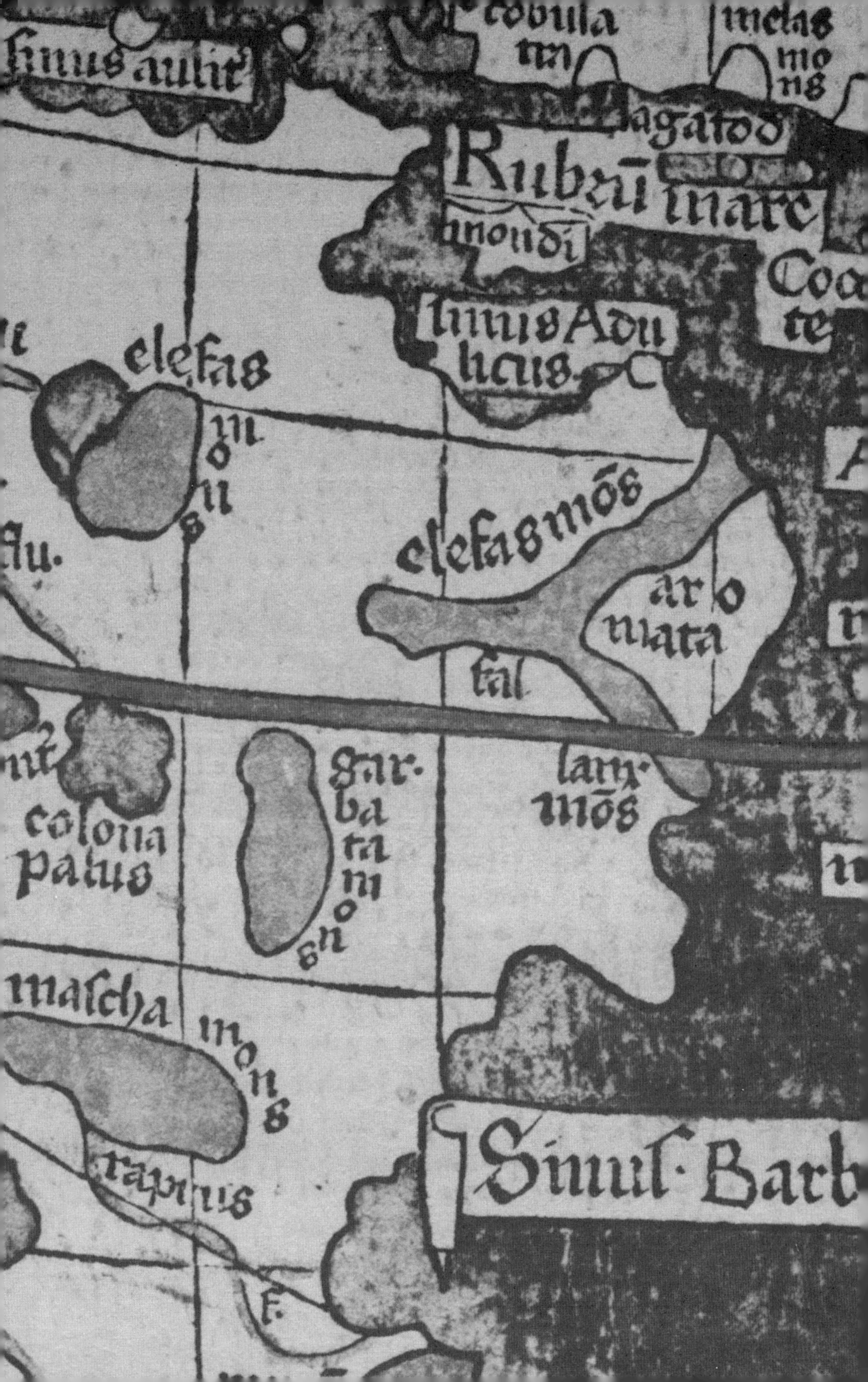
melas mons
Rubru mare
sinus Adulicus
elefas mons
elefas mōs
aromata
colona palus
garbata mons
mascha mons
Sinus Barb

Colchis
Armenia maior
Sarmacia asiatica
mesopotamia
babilonia
capadocia
galata
cilicia
ciprus
tanais
albania
antitaurus

libia
mons
cheloni
de paludes
nuba
montes
ethiopie
mons.
Ethiopia

O RENOVO DAS ABELHAS DE ARISTEU

Rezam memórias que uma vez Aristeu, como ia entrando pelo seu colmeal, o achou perdido: mortas até a última as abelhas; os seus favos em meio, e tudo em roda solidão e silêncio. A dor tamanha não pôde resistir; chorou, carpiu-se, quis-se mal; eis que a mãe Sirene, a aquosa, acorre de tais lástimas doída; não sem custo o consola, e — "Seca o pranto, ó filho meu!" — por derradeiro ajunta — "Para o mal que te aflige ainda há remédio; vai pedi-lo a Proteu; porém cuidado em lhe atares primeiro ambos os pulsos rijo, rijo; senão burlou-se o empenho, pois bem sabes do trêfego o costume, que é transformar-se e transformar-se a fio, té que logre evadir-se aos que o consultam".

Dormia a frouxo o deus ancião fatídico, no instante em que Aristeu foi dar com ele; próspero ensejo! o moço resoluto, qual lho ensinara a mãe, as mãos lhe liga. Em vão recorre às sólitas astúcias, figuras variando, o equóreo Nume; das prisões constrangido, enfim se rende, e ao próprio ser tornado, alçando um pouco mádido rosto de cerúleas barbas, — "Buscas indústria" — diz — "com que renoves a povoação de teus cortiços ermos? De imolado novilho enterra o corpo; o que a mim vens pedir, tê-lo-ás por ele".

Aristeu assim faz: na rês corrupta começam de brotar, zumbir abelhas; ferve reluz ao sol dourado enxame; uma destruição brotou mil vidas

HORÁCIO-OVÍDIO, *SÁTIRAS, OS FASTOS*, I, 362-380. TRADUÇÕES DE ANTÔNIO LUÍS DE SEABRA E ANTÔNIO FELICIANO DE CASTILHO.

HISTÓRIA DE ANA PERENA, IRMÃ DA RAINHA DIDO

Mas que deusa será esta Perena, caro leitor? As tradições variam. [...] Dido, a mesquinha, a lamentosa vítima de Eneias, já de seu triste amor trocara as chamas pelas chamas da pira, horrenda pira, com que pôs termo à bárbara tragédia. Pousa na urna a cinza; este epitáfio, que ela própria deixou, se lê na pedra: "De Eneias foi a culpa, e dele a espada; de Dido a mão só foi, que há morto a Dido".

Logo o reino indefeso o invadem númidas, no conquistado paço alfim domina Jarbas, o mauritano. Inda lhe lembram repúdios que amargou. "Por tantas vezes repeliu meu amor!... e agora..." — exclama — "Seu nupcial aposento é meu domínio!"

Aterrada, perdida, a tíria gente vai sem norte fugindo, errando à toa, como enxame de trépidas abelhas a que é morta a rainha. Já searas terceira vez co'o grão douraram eiras; vez terceira o lagar fervou co'os mostos; quando a irmã da infeliz, Ana, saudosa deixa o palácio, expulsa; consternada sai dos muros, feitura, monumento e jazigo da irmã, da irmã querida, a cujos manes ao partir-se (ai! luto!) deu co'as honras finais o adeus eterno. Inda uma vez, e a última, beberam aquelas brandas cinzas co'os aromas o pranto de seus olhos orfanados. Inda uma vez, e a última, sobre elas arrancou seus cabelos; por três vezes lhes disse adeus; e vezes três beijando-as lhe pareceu no amante seu delírio a própria irmã beijar. Enfim, são prestes a embarcação e o séquito; já parte com tardo pé; nos muros que lá deixa, fica-lhe o coração, ficam-lhe os olhos.

Duas ilhas açoita o mar da Líbia: Cosira estéril, Mélite fecunda, vizinhas ambas; Mélite demandam. Ali achara outrora gasalhado; confia em que o benévolo hospedeiro, o opulento rei Bato, há de de acolhê-la. Bato, assim como ouviu as desventuras das antigas suas hóspedes, restando das duas esta só — "Dispõe" — lhe disse — "da terra como tua; amplos estados não te posso ofertar; dou-te o que tenho". Era sincero e cumpriria o dito pontual até ao fim, se não viessem medos de desprazer ao potentado da marítima Tiro, ao mais que ofeso Pigmalião feroz.

Já duas vezes rodeara o sol os signos; percorria ano terceiro, quando houveram de ir-se a novo exílio os êxules. Assoma o irmão, perseguidor da foragida; em som de guerra vem. "Foge, princesa! Põe-te em salvo! Inda é tempo! a forças tantas não podemos ter rosto" — exclama Bato, que os marciais conflitos abomina. Ana obedece; entrega-se de novo às ondas, aos tufões; não há tormentas que tanto como o irmão terror lhe infundam.

Não remoto do Crátis piscoso, rio de grossas penhas, corre um plaino escalvado, que os íncolas dão nome Câmere. Para ali dirigem rumo, nove tiros de funda apenas distam. Mal sopra a viração; arreiam velas. “A chusma aos remos”, brada o mestre – “e voga!”

Na faina andavam de amarrar os panos, quando um tufão do Noto assalta o lenho, balda, escarnece as náuticas manobras e os repulsa ao mar largo. A terra há pouco já tão propínqua aos olhos se esvaece; escarcéus e escarcéus rebentam, bramam, alvejam, troam. O íntimo do abismo sobe à flor, desce a espuma ao fundo ignoto. Cede a ciência às fúrias da tormenta. Dentre as mãos o piloto esmorecido larga ao baixel as rédeas; ele próprio recorre aos votos, salvação postrema.

Nos balouços do pego marulhoso anda jogada à sorte a foragida misérrima fenícia. Horrorizada, tapa co’a veste os olhos lacrimosos; e agora até da irmã já sente inveja; dela e de quantas pousam descansadas sob um torrão qualquer.

Baldão sem rumo da tremenda refrega, a nau perdida cá vem bater na laurentina costa; põe salva a gente, e afunda-se. Reinava, genro já de Latino, o pio Eneias, junto co’os aborígines, os teucros. Girava então o herói co’o fido Acates pela praia deserta, undosa extrema do seu reino dotal. “Que peregrina será essa, que além vaga descalça, num recôncavo escuso? Ana? Impossível! Que viria fazer aos lácios campos?” Hesita – “É ela, é Ana!”, exclama Acates. Ana, que ouviu seu nome, o rosto volta; conhece-os; que fará! Quem lhe depara um abismo que a trague! inteira, viva, a tragédia da irmã lhe avulta aos olhos.

De tanta angústia comovido Eneias, tenta de a confortar; mas recordando de Dido a morte, em lágrimas prorrompe. “Ó Ana” – exclama – “juro-te por este chão que pisamos da felice Itália, para onde (mil vezes vo-lo disse) me arrastava o meu fado; pelos deuses no exílio sócios meus, e aqui meus sócios neste almo asilo enfim; de novo juro serem eles os próprios, que as tardanças me andavam increpando. Ah! mas tal morte quem-na ousava prever? Tudo eu temia; isto... não; realizou-se o incalculável”.

“Escusas de contar-me o caso infando; quando ousei penetrar no Estígio reino lá a achei: vi eu próprio o caro seio roto exangue; mas tu, quer sejas vinda por espontâneo impulso às praias nossas, quer por superna lei, colhe, ó princesa, quantos bens, quantos cômodos te oferta por mim o império meu. Devi-te muito, muito a Dido devi; guardo cá dentro memórias de ambas vós; por ti, por ela, sempre ao meu coração hás de ser cara”.

Destas frases benévolas vencida Ana, tão só, tão vácua de esperanças, dá--lhe crédito, expõe-lhe os seus trabalhos.

Já com ela trajada à tíria usança, chega a palácio Eneias, e a apresenta entre o geral silêncio à régia esposa. "A hóspeda que entrego a teus cuidados, Lavínia minha", diz, "merece-os todos. É náufraga; fui náufrago, salvou-me. Tiro lhe dera o berço, a Líbia um sólio, e perdeu tudo. Em ti se lhe depare agora nova irmã no amor, no extremo".

Sim; promete-o Lavínia; mas ciúme, ciúme injusto, a rói. Serenidade exprime o rosto, o coração braveja. Quando em sua presença os mimos fervem, a ocultas que será? Que arbítrio tome não sabe. Já no ódio iguala as fúrias. Quer traições, quer morrer, porém vingada.

É de noite. Ana jaz. De Dido a sombra desgrenhada, cruenta, eis lhe aparece. "Foge! ai foge!", lhe diz, "da crua estância!" Ao derradeiro som destas palavras misturou-se um gemido lastimoso: era o vento de encontro à cega porta.

Salta do leito; da janela aos campos (alta não é) se arroja. Audácia e asas lhe empresta o medo. Esvoaça na corrida a túnica ressolta, única veste com que fugiu precípite do sono. Voa como alva corça amedrontada que ouviu lobos ao longe.

É voz no povo que entre as amantes ondas a tomara cornígero Numício, e que reclusa a reteve em seus vaus. No entanto, à busca da princesa sidônia, se percorrem os campos, com seu nome enchendo os ecos. Veem um rasto, conhecem-lhe os vestígios, seguem-nos; da corrente à borda param. O rio amante, o cúmplice do furto, vendo olhos mil sondá-lo curiosos, não ousa murmurar, correr não ousa.

Dentre aquela calada então se cuida escutar esta fala harmoniosa: "Náiade sou do plácido Numício. Na perene corrente homiziada Ana Perena se dirá meu nome". HORÁCIO-OVÍDIO, *SÁTIRAS, OS FASTOS*, III, 545-654. TRADUÇÕES DE ANTÔNIO LUÍS DE SEABRA E ANTÔNIO FELICIANO DE CASTILHO.

SOBRE OS MITOS

Que ninguém imagine, porém, que eu ignore que alguns dos mitos gregos são úteis para a humanidade, uma vez que explicam alegoricamente as obras da Natureza, ou servem de consolo para nossos infortúnios, outros ainda libertam a mente de suas agitações e terrores e dissipam opiniões doentias, tendo sido pois inventados para algum propósito útil. Embora eu os conheça tão bem quanto qualquer pessoa, ainda assim minha atitude em relação aos mitos é de cautela, e confesso-me mais inclinado a aceitar a teologia dos romanos, considerando que as vantagens dos mitos gregos são na verdade poucas, e que não são úteis para a maioria, mas apenas para aqueles que examinaram o fim para o qual foram criados – e essa atitude filosófica é privilégio de poucos. A grande multidão, não familiarizada com a filosofia, é propensa a interpretar as histórias de deuses em seu pior sentido e cair em um destes dois erros: ou desprezam os deuses como vítimas de muitos infortúnios, ou dão-se aos atos mais vergonhosos e ilegais, vendo-os, nos mitos, cometidos pelos mesmos deuses. DIONÍSIO DE HALICARNASSO, ANTIGUIDADES ROMANAS, 20,1.

OS DEUSES

Tudo está cheio de deuses. TALES DE MILETO, *FRAGMENTO 3* (DIELS-KRANZ).

O ETERNO RETORNO

Aparecerão então outro Tífis e outro navio dos argonautas, que conduzirá heróis escolhidos; haverá outras guerras e outro forte Aquiles será mandado a Troia. VIRGÍLIO, *BUCÓLICAS*, IV, 34-35.

A ARCA DE DEUCALIÃO

Prometeu teve um filho, Deucalião. Ele era rei da região em torno da Ftía e casou-se com Pirra, filha de Epimeteu e Pandora, que os deuses criaram como a primeira mulher. Quando Zeus quis extirpar a raça de bronze, Deucalião construiu uma arca sob as instruções de Prometeu. Ele carregou-a de suprimentos e embarcou nela com Pirra. Zeus fez cair muita chuva do céu e inundou grande parte da Hélade, de modo que todos os homens pereceram, exceto uns poucos que fugiram para as montanhas mais altas. Naquele tempo as montanhas da Tessália se separaram, e toda a região entre o istmo e o Peloponeso foi coberta pelas águas. Deucalião foi levado pela arca através do mar por nove dias e nove noites e alcançou terra no monte Parnasso. Ali, quando as chuvas cessaram, ele desembarcou e ofereceu sacrifício a Zeus Fíxios ["da fuga"]. Zeus enviou-lhe Hermes, com a mensagem de que ele poderia pedir o que quisesse, que haveria de receber. Deucalião escolheu os seres humanos. Conforme a instrução de Zeus, ele apanhou pedras e as atirou por sobre a cabeça; as pedras que Deucalião atirava se tornaram homens, e as de Pirra, mulheres. APOLODORO, *BIBLIOTECA*, I, 46.

DA TERRA FEZ-SE O HOMEM

Quando Cura ["Cautela"] atravessava um rio, viu a terra úmida, tomou um pouco dela em mãos e imaginou o que poderia fazer com aquilo, decidindo por fim fazer uma figura humana. Enquanto admirava o que acabara de criar, Júpiter chegou-se a ela. Cura pediu-lhe que desse o sopro da vida à sua criação, o que Júpiter prontamente aceitou. Em seguida, quando Cura ponderava sobre o nome que daria à criatura, Júpiter protestou que ele era quem deveria nomeá-la. Enquanto os dois assim discutiam, a Terra levantou-se e disse que ela deveria dar nome à criatura, uma vez que lhe dera a matéria de seu corpo. Os três convocaram Saturno como juiz, e assim ele julgou: "Júpiter, uma vez que lhe deste o fôlego, tu o receberás de volta quando ele morrer; Terra, porque lhe deste o corpo, este será teu após a morte. Porque Cura o moldou, por toda a vida terá controle sobre ele. Quanto ao nome, já que não estais de acordo, que seja "homem" [*homo*], porque ele foi feito de terra [*humus*]"[1]. HIGINO, *FÁBULAS*, 220, "CAUTELA".

1. Também em hebraico o nome "Adão" alude à terra.

O HOMEM FECHA O ABISMO

Diz-se que depois disso um desastre se abateu sobre Roma: a planície entre o Palatino e o Capitólio abriu-se repentinamente em enorme abismo, sem nenhum terremoto anterior ou qualquer fenômeno como geralmente ocorre em conexão com tais eventos. Por muito tempo o abismo permaneceu à vista, sem diminuir e mesmo recusando-se a ser preenchido, embora os romanos lançassem nele carradas de terra e pedras e todo tipo de materiais. Em sua incerteza, consultaram um oráculo, que lhes revelou que a abertura não seria fechada senão quando atirassem na profundeza sua posse mais valiosa, aquela que era a principal fonte de sua força – somente assim cessaria o prodígio e a cidade ademais ganharia poder invencível. Ainda assim, a incerteza permaneceu, pois o oráculo era obscuro. Mas Marcus Curtius, um jovem patrício de belo feitio, corpo forte, espírito corajoso e notável pela inteligência, compreendeu o significado do oráculo.

Ele se apresentou, portanto, diante de todos e a eles se dirigiu, dizendo: "Por que, romanos, culpamos a obscuridade do oráculo em vez de nossa própria ignorância? Ora, nada sem vida deve ser considerado melhor do que o que tem vida, nem o que é sem entendimento, mudo e sem sentidos será preferido ao que tem compreensão, sensação e o dom da fala. O que, pois, dever-se-ia considerar superior ao homem e ser lançado na fissura da terra, se com isso podemos fechá-la?"

"Não há criatura mortal mais nobre ou mais forte que o homem. Vedes que todos os animais se curvam para baixo e olham sempre em direção à terra, sem nada questionar, exceto o que está relacionado com sua nutrição e a propagação de sua espécie (pois a essas atividades foram condenados pela própria Natureza), enquanto somente nós olhamos para cima e nos dirigimos ao céu, desprezando as coisas na terra e habitando com os próprios deuses, que acreditamos serem semelhantes a nós, na medida em que somos sua descendência e criação – seres não terrestres, mas celestiais. E por esta razão pintamos e esculpimos esses mesmos seres de acordo com nossas próprias formas; pois, se posso falar com alguma ousadia, o homem nada mais é do que um deus com corpo mortal, e um deus nada mais é do que um homem sem corpo e, consequentemente, imortal. É por isso que superamos todas as outras criaturas. E não há na terra ser que não escravizemos, alcançando-o em velocidade ou subjugando-o pela força ou apanhando-o com algum artifício, nem ainda qualquer que viva na água ou viaje pelo ar; não: mesmo os dessas duas classes, puxamos o primeiro das profundezas sem vê-los e arrastamos o último do céu, sem ir até eles."

"Mas, dito isto, que ninguém pense que eu recorreria ao acaso ou ordenaria que uma donzela ou um rapaz morresse. Eu, por minha própria vontade, entrego-me a vós, para me enviardes imediatamente como primícia aos deuses das profundezas, junto aos quais serei vosso representante e ajudante para sempre." Ditas essas palavras, Curtius vestiu sua armadura e montou em seu cavalo, os circunstantes agitados entre a tristeza e a euforia; tomando vários ornamentos, alguns o adornaram como um herói, outros jogaram-se antes no abismo.

Mal Curtius saltou à escuridão, fechou-se a fissura; e naquela área os romanos espalharam flores. A partir desse evento o nome de Curtius foi dado também ao lago que ali se encontra. DIO CÁSSIO, FRAGMENTO DO LIVRO VII (SEGUNDO ZONARAS).

UM RICO ENTEDIADO

Certo Lucius Veratius era homem desprezível e de grande crueldade. Para sua diversão, costumava estapear na face homens livres que encontrava pela rua. Trazia sempre consigo um escravo carregando uma bolsa cheia de moedas. Tão logo ele esbofeteava alguém, mandava que o escravo contasse vinte e cinco asses [que pagava ao agredido como multa], segundo ordenavam as [leis das] Doze Tábuas. AULO GÉLIO, *NOITES ÁTICAS*, XX, 1, 13.

UM GLUTÃO

Clearco relata que Filóxeno, em sua cidade natal e em outros lugares, tinha o costume de, após banhar-se, sair pelas ruas, indo de casa em casa com seus escravos que traziam azeite, vinho, molho de peixe, vinagre e outros temperos. Ele adentrava a casa de um estranho, verificava o que se estava cozinhando e temperava a comida, adicionando o que julgava faltar; então, de cabeça baixa, ignorando todos à sua volta, banqueteava. Esse homem velejou uma vez a Éfeso, onde encontrou as bancas dos vendedores de peixes vazias. Perguntou a razão disso e lhe disseram que todo o peixe fora comprado para uma boda; então banhou-se e foi à casa da noiva, sem ter sido convidado. Depois da ceia ele cantou um poema, cuja primeiras palavras eram "Himeneu, o mais radiante dos deuses...", que a todos encantou — era de fato bom poeta. A noiva então lhe disse: "Filóxeno, cearás conosco novamente amanhã?", e ele respondeu: "Sim, se não houver peixe no mercado". ATENEU DE NÁUCRATIS, *O BANQUETE DOS SÁBIOS*, I, 9.

NERO SE DIVERTE

No consulado de Quinto Volúsio e Públio Cipião houve paz no estrangeiro, mas em Roma Nero dava-se a um repugnante depravamento. Disfarçado de escravo, para que não fosse reconhecido, ele vagava à noite pela cidade, visitando bordéis e tavernas com seus camaradas, que roubavam bens à venda e feriam quaisquer pessoas que encontrassem — muitos dos quais, ignorantes de quem se tratava, chegavam a revidar os golpes contra o próprio Nero, que no dia seguinte mostrava as marcas das agressões. Quando se tornou notório que esse assaltante era o imperador, tendo-se multiplicado os insultos contra homens e mulheres de bem, outros rufiões formaram seus próprios bandos, alegando licença de Nero para tanto, e passaram a aventurar-se impunemente nessas práticas, até que Roma à noite chegou a parecer uma cidade capturada. Júlio Montano, um senador [...] topou casualmente com o príncipe numa rua escura. Atacado, defendeu-se com violência, até que reconheceu o imperador e implorou clemência, mas foi forçado a matar-se. A partir de então, Nero tornou-se mais precavido e em suas saídas noturnas fazia-se acompanhar de soldados e gladiadores, a quem instruiu que, se ele se envolvesse em refrega com uma pessoa apenas e não corresse maior risco, que o deixassem brigar, mas em caso de forte resistência, deveriam intervir com suas espadas. TÁCITO, *ANAIS*, XIII, 25.

NERO, O MAGO FRUSTRADO

Já em nosso tempo, o imperador Nero deu provas de que essas coisas (a magia) não passam de vaidade e quimera. De fato, não menos do que pelas canções da cítara e pelo teatro, ele apaixonou-se pela magia: a tanto excitam a mais alta das fortunas humanas aliada a vícios profundos da alma!

Acima de tudo, Nero desejava comandar os próprios deuses [...]. Ninguém jamais deu tanto incentivo a uma arte; para isso nada lhe faltava: nem riqueza, nem poder, nem inteligência, nem o resto [...]. É uma prova imensa e indubitável da falsidade da magia que Nero a tenha abandonado. [...] Quem dera fosse esse o seu único defeito! Não existe superstição, por mais bárbara e selvagem que seja, que não fosse melhor do que as inclinações selvagens de sua alma. [...]

Os magos têm certas limitações: dizem por exemplo que os deuses não obedecem nem se mostram aos que têm sardas. Seria esse o obstáculo que impediu o avanço de Nero? Ora, no corpo não lhe faltava nada. Quanto ao resto, ele era livre para escolher os dias convenientes, conseguir uma ovelha totalmente negra, podia mesmo imolar homens.

O mágico Tiridates veio procurá-lo em Roma [...] Trouxe consigo seus acólitos e iniciou Nero nos festins mágicos; mesmo assim, o imperador, que lhe daria até um reino, não pôde receber dele a arte da magia. Portanto, estejamos bem convencidos de que a magia é uma coisa detestável, impotente, vaidosa... Ela tem de fato alguns segredos muito reais: esses porém não são parte da arte da magia, mas sim do envenenamento.

PLÍNIO, HISTÓRIA NATURAL, XXX, V-VII

A CEIA NEGRA

Ele [o imperador Domiciano] certa vez convidou para uma ceia os homens mais importantes entre os senadores e cavaleiros e os entreteve da seguinte maneira: preparou uma sala escura como breu em todos os lados, teto, paredes e chão, e dispôs poltronas da mesma cor no chão descoberto. Nesse local ele recebeu seus convidados à noite, sozinhos, sem seus servos.

Ao lado do lugar de cada conviva mandou colocar uma pedra em forma de lápide com o nome do convidado e pendurar uma pequena lamparina, como as que se costumam deixar junto aos túmulos. Em seguida, belos meninos nus, também pintados de preto, entraram e fizeram uma dança silenciosa, como fantasmas, ao final da qual tomaram posições aos pés dos convivas, sempre em silêncio, como se fossem seus espíritos familiares. Depois disso, as comidas que comumente são oferecidas nos sacrifícios foram colocadas diante dos convidados – mas todas pretas e em pratos de cor semelhante.

Cada convidado, trêmulo de pavor, temia por sua vida, na expectativa angustiante de ter sua garganta cortada a qualquer momento – sensação exacerbada pelo silêncio de todos, como se já estivessem no reino dos mortos, exceto de Domiciano, mas o próprio imperador falava apenas de coisas relacionadas a mortes e massacres.

Ao final, despediu-se deles; mas primeiro mandou dispensar os servos que os aguardavam, oferecendo-lhes outros, que eles não conheciam, para os transportarem em carruagens ou liteiras, procedimento que os encheu de medo ainda maior. E mal cada hóspede chegou a sua casa e começou a recuperar o fôlego, foi informado de que um mensageiro do César o procurava.

Nesse momento, esperando de fato morrer desta vez, recebeu cada um uma pequena lápide de prata e vários artigos, incluindo os pratos que haviam sido colocados diante deles no jantar, e que, agora podiam ver, eram feitos de material muito caro; e por último veio aquele menino que tinha sido o espírito familiar do convidado na ceia, mas agora lavado e ricamente adornado. Assim, depois de terem passado a noite aterrorizados, receberam estupefatos os presentes. DIO CÁSSIO, EPÍTOME DO LIVRO LXVII (6-9).

UM RECONHECIMENTO FATAL

Seleuco, o Vitorioso, teve aniquilado seu exército na batalha contra os gauleses. Derrotado, tirou da cabeça seu diadema e desabalou a cavalo, seguido de três ou quatro companheiros. Tendo percorrido longa jornada, por desvios estreitos e campos desolados, avistou por fim uma quinta, aonde dirigiu-se levado pela fome e pelo desespero. Por sorte, encontrou à entrada o dono da propriedade, a quem implorou pão e água. O homem deu-lhe de comer e beber, oferecendo ainda, com generosidade, outras coisas de sua quinta. Enquanto o entretinha com hospitalidade, reconheceu os traços de Seleuco. Em seu gozo da inesperada sorte – de prestar assistência ao rei –, o homem mal podia conter sua alegria. [...] Quando o acompanhava de volta à estrada, despediu-se do hóspede com estas palavras: "Adeus, Rei Seleuco!" E Seleuco, estendendo-lhe a mão, trouxe-o mais para si, como se quisera agradecer-lhe mais intimamente, fez porém sinal a um de seus companheiros para que cortasse à espada a cabeça do indiscreto. "Ainda falando, sua cabeça cobriu-se de pó" [*Ilíada*, IX, 457] . Se o homem tivesse sabido manter silêncio por um instante, tendo o rei logo depois recuperado seu poder, ele teria recebido, creio, recompensa muito maior por seu silêncio do que por sua hospitalidade. PLUTARCO, *SOBRE A TAGARELICE E OUTROS TEXTOS*, 12.

A FICÇÃO NO SONHO

Atuar numa tragédia, ter em mãos o texto de uma tragédia, escutar uma tragédia ou ler versos iâmbicos: para os que se lembram bem do texto, o sonho anuncia coisas conforme seu conteúdo; para os que não se recordam do texto, o sonho anuncia infelicidades, escravidão, combates, perigos e tudo o mais que possa haver de incerto e cruel, como são os temas das tragédias. Atuar numa comédia, escutar os comediantes, ter em mãos rolos ou passagens de peças cômicas, isso tudo indica sarcasmos ou querelas, se se tratar da Comédia Antiga, ou, se for de nossa época, situações semelhantes àquelas da tragédia, mas com finais felizes e satisfatórios — pois esses são os princípios das peças cômicas. ARTEMIDORO, *ONIROCRÍTICA*, I, 56.

UM SONHO DENTRO DE UM SONHO

Pois quando um homem sonha, ele conquista, caminha ou voa ao mesmo tempo, pois a imaginação tudo permite. Mas como reproduzir isso tudo num discurso? Assim, um homem dorme e sonha; ele percebe que sonha e abandona o primeiro sonho ainda dormindo, mas segue sonhando, imaginando-se porém acordado, deitado em sua cama. Ele filosofa um pouco sobre a visão que teve, de acordo com seu conhecimento. E este é um sonho, mas um sonho duplo. [...] Um outro sonha que está sendo atacado, então ele foge, no sonho, e acorda seguro. Só então, refletindo, perceberá seu engano.

SINÉSIO DE CIRENE, *DOS SONHOS*, XII, 6.

O ANEL DE GIGES

A liberdade que ora supomos poderia ser dada [aos homens] na forma de um poder como aquele que, diz-se, Giges (o ancestral do lídio Creso) possuía. De acordo com a tradição, Giges era um pastor a serviço do rei da Lídia. Houve uma forte tempestade e um terremoto, que abriu uma fenda na terra no lugar onde ele apascentava seu rebanho. Espantado com a visão, Giges entrou pela abertura na terra; entre outras maravilhas, viu um imenso cavalo feito de bronze, oco e dotado de portas. Em seu interior, encontrou o cadáver de um homem de altura sobre-humana, que nada tinha em si além de um anel de ouro. Giges retirou o anel da mão do cadáver e voltou à superfície pela fenda. Mais tarde os pastores se reuniram, como era seu costume, para prepararem as contas que deviam mostrar ao rei. Giges chegou a essa reunião usando no dedo o anel. Quando estava sentado entre seus pares, girou o anel, de modo que o engaste ficou para dentro da mão, e no mesmo instante ele tornou-se invisível aos outros, que começaram a falar dele como se estivesse ausente. Assustado, Giges tocou o anel, girando-o novamente, e assim recuperou sua aparência. Ele testou o anel várias vezes, sempre com os mesmo resultados — colocando o engaste para dentro, ficava invisível; para fora, reaparecia. Giges pediu para ser escolhido como um dos mensageiros à corte, o que lhe concederam. Logo que chegou à corte, seduziu a rainha com seus poderes, conspirando com ela contra o rei, que ele matou, e em seguida tomou o reino. PLATÃO, *A REPÚBLICA*, II, 359A-360A.

O VIDRO MALEÁVEL

Mas houve de fato um artesão que conseguiu fazer uma taça de vidro inquebrável. O próprio César o recebeu em audiência, para conhecer sua invenção, que examinou sem interesse. O artesão pediu licença ao Imperador, tomou-lhe a taça das mãos e a atirou com força no chão, para grande espanto do César. Pegou-a então – ela nada sofrera além de um achatado, uma pequena mossa, como se fosse feita de bronze. Ato contínuo, ele retirou da bolsa um martelinho e corrigiu perfeitamente o amassado. Vendo a face espantada do César, o artesão já acreditava que receberia os louros e a fortuna, especialmente quando o Imperador lhe perguntou: “Alguma outra pessoa sabe fazer vidro assim?” Atenta para o que vem! Ele disse que não e o César imediatamente ordenou que lhe cortassem a cabeça. Ora, se o segredo daquela manufatura fosse divulgado, o próprio ouro teria para nós menos valor do que a merda. PETRÔNIO, *SATYRICON*, LI.

A MANTICORA

[...] Ele [Ctésias] menciona um animal da Índia chamado manticora, que tem três fileiras de dentes em cada maxilar, é grande e forte como um leão; também as patas lhe são semelhantes, mas suas orelhas e a face são como de um homem. Seus olhos são de cor cinza e o corpo é vermelho. Sua cauda é como a do escorpião e tem um ferrão na ponta. A manticora tem a capacidade de atirar os espinhos que lhe revestem o corpo, no lugar dos pelos. O som que esse animal emite se parece com uma mistura de flauta e trompete. Ele é ágil como um cervo, e devora gente. ARISTÓTELES, *HISTÓRIA DOS ANIMAIS*, II, 1, 501A-501B.

O FOGO CURA

O que os remédios não podem curar, o ferro [das facas] cura; o que o ferro não cura, o fogo cura; o que o fogo não cura é incurável. HIPÓCRATES, *AFORISMOS*, VII, 87.

TEMÍSTOCLES, O MEMORIOSO

[...] e esse tipo de memória, segundo se registra, estava presente em grau espantoso em Temístocles, de quem se conta que, certa vez, quando alguém lhe ofereceu ensinar-lhe a mnemotécnica, que então entrava em voga, ele respondeu que preferia aprender a esquecer — certamente porque tudo o que ele via ou ouvia se fixava em sua memória. CÍCERO, *ACADÊMICAS*, II, 1, 2.

A MORTE DE MELÉAGRO

[Depois de matar o aterrorizante javali calidônio, Meléagro oferece a carcaça da besta a Atalanta, que participara da caçada. Os irmãos Plexipo e Toxeus, irmãos de Alteia — esta a mãe de Meléagro —, sentiram-se indignados, por acharem que eles mereciam o prêmio. Discutem acerbamente e Meléagro os mata.] Alteia oferecia no templo sacrifício aos deuses, em ação de graças pela vitória de seu filho [Meléagro], quando viu os corpos de seus irmãos sendo carregados. Ela golpeou-se o seio com doloroso clamor e trocou sua túnica dourada por vestes negras. Quando porém descobriu quem os tinha matado, seu pesar se dissipou e ela passou das lágrimas à paixão pela vingança.

Havia um graveto que as três irmãs [as moiras] atiraram no fogo no momento em que a filha de Téstio [Alteia] dava à luz seu rebento, tecendo assim o fio de seu destino, dizendo: "Por tanto tempo viverás quanto este pedaço de madeira [demorar para ser consumido pelo fogo], ó recém-nado!" Assim que as três deusas disseram essa profecia e desapareceram, a mãe tirou o graveto do fogo e meteu-o n'água. Por muito tempo ela o manteve seguro, guardado em segredo, assim prolongando a vida do filho. Mas agora a mãe busca esse pedaço de madeira e ordena aos servos que amontoem nós de pinho e acendalha fina, que ela acende com chama cruel. Quatro vezes ela quis atirar o graveto ao fogo, quatro vezes conteve sua mão. Mãe e irmã lutavam nela, e cada um desses nomes puxava seu coração para um lado. Várias vezes suas faces empalideceram com o pavor da coisa ímpia planejada, tantas vezes também seus olhos brilharam de ira. Ora parecia pessoa cruel planejando grande mal, ora alguém que muito sofre. [...] Por fim a irmã nela vence a mãe e, para acalmar com sangue as sombras de seus irmãos, ela é piedosa em sua impiedade, gritando enquanto sobem as chamas devoradoras: "Que seja esta a pira funeral de minha própria carne! [...] Ó vós, deusas tríplices da vingança, Eumênides, observai esse rito temível. Eu vingo e faço o mal: a morte precisa ser paga com a morte. [...] [Meléagro, tu] recebeste a vida como dom meu, agora morrerás por teu próprio merecimento". [...]

Ignorante desse rito, longe dali, Meléagro queima com aquelas chamas; sente suas vísceras arderem com fogo oculto e suporta a dor imensa com virtude. Mas lamenta que deva morrer morte covarde e sem sangue. [...] Com gemidos de dor ele chama com o suspiro da morte o nome de seu velho pai, seus amados irmãos e irmãs e sua esposa, talvez mesmo a sua mãe. O fogo e as dores aumentam, para então cessarem — fogo e dores extinguem-se ao mesmo tempo. Seu espírito se esvai lentamente pelo ar enquanto as cinzas cobrem as últimas brasas candentes. HIGINO, *FÁBULAS*, 174, "MELÉAGRO" & OVÍDIO, *METAMORFOSES*, VIII, 425-525.

A MÃO DE CÉVOLA

A história de Múcio é contada de várias maneiras. Eu, como os outros, devo repetir a versão que ouvi. Ele era homem dotado de todas as virtudes, porém mais eminente na guerra. Decidido a matar [o rei] Porsena, vestiu-se com roupas da Toscana e, falando a língua daquela terra, chegou ao acampamento inimigo, aproximando-se do local onde o rei costumava sentar-se entre seus cortesãos. Contudo, sem saber quem era o rei e receoso de o indagar, sacou seu gládio e atacou aquele que a seus olhos mais parecia realeza. Múcio foi preso em flagrante e levado ao rei, que estava prestes a fazer um sacrifício. Antes que Porsena lhe fizesse qualquer pergunta, Múcio colocou sua mão direita no fogo [do sacrifício] e, enquanto ela queimava, ele mirava o rei com expressão firme e sem assombro. Porsena, admirado, ordenou que lhe dessem de volta sua espada, que Múcio tomou com a mão esquerda — donde recebeu sua alcunha, "Cévola", que entre os romanos quer dizer "canhoto" — e depois disse: "Eu venci os terrores de Porsena, mas confesso-me vencido por sua generosidade, e assim a gratidão me obriga a revelar o que nenhuma tortura poderia arrancar de mim: trezentos romanos tão resolutos quanto eu estão à espreita, perto daqui, à espera apenas da oportunidade para vos atacar. Eu, escolhido pela sorte para essa missão, não lamento que a tenha feito desandar, pois que isso me fez descobrir que um homem tão bom e corajoso devia antes ser amigo dos romanos que seu inimigo". Porsena ouviu essas palavras e decidiu pela trégua — não por medo dos trezentos romanos, mas pela profunda admiração da virtude romana que acabara de conhecer. PLUTARCO, *VIDA DE PUBLÍCOLA*, 17.

O LABIRINTO. DÉDALO, ÍCARO E PERDIZ

[Cila, indignada com a ingratidão do Rei Minos, revela-lhe sua origem e outras verdades dolorosas.] "Não és filho de Júpiter, nem foi tua mãe enganada pela falsa imagem de um touro. A história de teu nascimento é uma mentira: um touro verdadeiro te gerou. [...] É pois esposa digna de ti aquela [Pasífae] que enganou um touro bravo, para ser coberta por ele escondida numa vaca de madeira e que ora traz no ventre o feto discorde. [...] Não me admira que Pasífae tenha preferido o touro a ti, pois que és besta mais bruta do que ele". [...] Minos pagou seus votos a Júpiter com o sacrifício de cem bois. [...] Mas a desgraça de sua família aumentou quando o adultério da rainha tornou-se a todos patente com o nascimento da criança monstruosa. Minos decidiu retirar de sua casa essa vergonha e escondê-la num lugar de múltiplas passagens cegas [o labirinto]. Dédalo, famoso por seu engenho na arte fabril, ergueu a obra. Ele confundiu as passagens e enganou os olhos com a incerteza dos caminhos. [...] Assim, Dédalo encheu a construção com tantas vias enganosas que nem mesmo ele poderia facilmente achar de novo a entrada.

Minos encerrou ali o monstro menino-touro, e duas vezes o alimentou com sangue ateniense — mas a terceira vez, ao cabo de nove anos, trouxe a morte à criatura. [...] Todo esse tempo, infeliz com o longo exílio em Creta e desejoso de rever sua terra natal, Dédalo passou encerrado pelo mar. "Minos pode obstruir as terras e as ondas, mas o céu é livre — por ali iremos. Mesmo que ele tudo domine, seu poder é nulo sobre os ares!", disse, e pôs-se a imaginar artes desconhecidas, para criar obra nova. Ele ajuntou penas de acordo com o tamanho, começando pelas menores e colocando as maiores ao lado das mais curtas [...] e fixou-as com barbante e cera. [...] Seu filho Ícaro, a seu lado, ignorando lidar com seus próprios perigos, com face risonha ora apanhava as plumas que o vento soprava, ora moldava a cera com seu polegar e com seus gracejos interrompia a obra maravilhosa do pai. Depois do último retoque, o artífice equilibrou seu corpo com as asas e ergueu-se nos ares revoltos. Assim instruiu seu filho: "Cuida seguires pelo meio, Ícaro — se desceres muito, a água molhará as penas; se subires demais, o calor as queimará". [...] Enquanto o velho fala e ajusta as asas, suas faces estão molhadas de lágrimas e suas mãos paternais tremem. Beijou então o filho, o que nunca mais repetiria, e, alçando suas asas, voou à frente, temendo porém pelo menino. [...] Ele encoraja o filho a segui-lo, ensinando-lhe a arte fatal do voo, ao mesmo tempo batendo suas asas e olhando para trás. Na terra, alguns pescadores os veem [...], ou um pastor, apoiado em seu cajado, ou um homem que ara a terra [...] e quedam estupefatos, acreditando serem deuses aqueles que podem assim cortar os ares. [...] Quando o menino começou a gostar de seu voo audaz, ignorando seu guia e levado pelo desejo de mais céu, dirigiu suas asas a maiores alturas. O sol mais próximo derreteu a cera das asas. [...] Seus lábios, gritando pela última vez o nome do pai, se enchem de água. [...] O pai infeliz, agora não mais pai, gritava: "Ícaro, Ícaro, onde estás? Onde devo te buscar?" Ainda uma vez ele chamou: "Ícaro!", viu então as asas flutuando nas ondas e amaldiçoou suas artes.

[...] Enquanto Dédalo enterrava o corpo de seu malfadado filho, uma perdiz, de um buraco na terra, observou-o, bateu suas asas e chilreou canto alegre. A perdiz era até então ave desconhecida, criada havia pouco — para tua eterna vergonha, Dédalo. Pois sua irmã, ignorante dos fados, mandou-lhe o menino para que ele o instruísse — era um jovem de doze anos e de mente mui sagaz. Ele viu uma espinha de peixe e, tomando-a por modelo, cortou uma fileira de dentes finos numa faixa de ferro, inventando assim a serra. Foi também o primeiro a articular duas barras de ferro, de maneira que, ficando uma ponta fixa, com a outra se podia traçar círculo perfeito. Dédalo, com inveja do menino, atirou-o da Acrópole, mentindo, porém, que ele caíra dali por acidente. Mas Minerva, que ama os homens inteligentes, apanhou-o e em plena queda e transformou-o na perdiz, cobrindo-o de penas ainda no ar. OVÍDIO, *METAMORFOSES*, VIII, 120-250.

A LÍNGUA PRIMORDIAL

Antes do reino de Psamético, os egípcios acreditavam ser o povo mais antigo do mundo. Mas desde que aquele rei procurou descobrir qual foi a primeira raça de homens, eles são da opinião de que, embora sejam superiores a todos os outros povos, os frígios são de fato o mais antigo. Psamético, acreditando ser impossível determinar a questão por meio dos livros e registros, imaginou o método seguinte. Ele conseguiu duas criancinhas infantes da classe inferior e deu-as a um pastor de cabras, para que os criasse, ordenando-lhe que nunca dissesse uma palavra sequer na presença daqueles meninos, que ele devia manter separados de todos, permitindo porém que umas cabras cheias de leite os visitassem regularmente, para que se alimentassem à vontade. [...] Seu objetivo era descobrir, quando o balbucio infantil chegasse ao fim, qual seria a primeira palavra que os meninos articulariam. Tudo aconteceu como o rei antecipara. O pastor seguiu suas ordens por dois anos. Ao fim desse período, entrando um dia no cercado das crianças, elas correram até ele de braços abertos, gritando distintamente a palavra "Bekos!". [...] Psamético ordenou que seus escribas descobrissem que povo chamava algo de "Bekos", e aprendeu que essa era a palavra frígia para "pão". Como resultado dessa descoberta, os egípcios deixaram de lado sua soberba e admitiram que os frígios têm maior antiguidade. HERÓDOTO, *HISTÓRIA*, II, 2.

OUTROS EXPERIMENTOS DO REI PSAMÉTICO

[...Clearco] relata que o rei egípcio Psamético criou escravos que só comiam peixe, porque ele queria [que esses escravos navegassem sempre rio acima para] descobrir as fontes do Nilo. Ele também tentou treinar escravos para que nunca bebessem água, para assim melhor explorarem o deserto da Líbia. Somente uns poucos sobreviveram. ATENEU DE NÁUCRATIS, *O BANQUETE DOS SÁBIOS*, VIII, 35.

SOBRE OS UNICÓRNIOS DA ÍNDIA

Essas criaturas têm na testa um chifre, com o qual costumam defender-se, abaixando a cabeça, e não sem coragem. Os indianos fazem um cálice desse chifre, e quem bebe desse cálice não adoecerá nesse dia, nem sentirá dor, se ferido; poderá passar imune pelo fogo e não o matarão venenos que aos outros homens são fatais. Tais cálices são propriedade privada do rei e é dele somente o direito de caçar esse animal. FILÓSTRATO, *VIDA DE APOLÔNIO DE TIANA*, III, 2.

SOBRE DOIS VASOS PRETOS GUARDADOS PELOS SÁBIOS DA ÍNDIA

Dizem ter visto lá dois vasos de cor escura, um o Vaso das Chuvas, o outro chamado Vaso dos Ventos. O Vaso das Chuvas é aberto sempre que a seca aflige a Índia, e dele saem nuvens que fazem chover por toda a terra. Tendo chovido o bastante, fecham-no novamente. O Vaso dos Ventos tem o mesmo poder que o a bolsa de Éolo[1], segundo creio, pois que, abrindo-o, liberam vento na época devida, e assim a terra viceja. FILÓSTRATO, *VIDA DE APOLÔNIO DE TIANA*, III, 14.

1. Cf. *Odisseia X*, 19-27.

SOBRE A LEVITAÇÃO DOS SÁBIOS DA ÍNDIA

Diz também tê-los visto levitar até dois cúbitos acima do solo — e não por ostentação, pois que os Eminentíssimos abominam essa vaidade, mas porque todos os ritos que devem ao Sol eles os praticam acima da terra, considerando essa prática apropriada ao deus. FILÓSTRATO, *VIDA DE APOLÔNIO DE TIANA*, III, 15.

A QUINTESSÊNCIA

Aristóteles julgava existir um quinto tipo de elemento, diferente dos outros quatro [terra, água, fogo e ar], e do qual seriam feitas as estrelas e as mentes. CÍCERO, *ACADÊMICAS*, I, VII, 26.

A ÚLTIMA FIGURA DE ARQUIMEDES

Na captura de Siracusa, [o general romano] Marcelo sabia que sua vitória fora por muito tempo inibida pelas máquinas de Arquimedes. Contudo, admirando o engenho excepcional daquele homem, ordenou aos soldados que poupassem sua vida — considerando glória igual derrotar Siracusa e salvar Arquimedes. Mas quando Arquimedes desenhava diagramas com a mente e os olhos fixos no chão, um soldado que havia invadido a casa para saqueá-la perguntou-lhe quem ele era, com o gládio já sobre sua cabeça. Completamente absorto na resolução do problema geométrico que traçara, Arquimedes não disse seu nome, mas, cobrindo o desenho na terra com as mãos, disse: "Rogo-te que não o apagues" — e nisso foi morto, por não obedecer à ordem do vencedor. Com seu sangue ele confundiu as linhas do desenho. Assim aconteceu que, por conta de seu estudo, ele teve primeiro a vida poupada e depois a perdeu. VALÉRIO MÁXIMO, *FEITOS E DITOS MEMORÁVEIS*, VIII, 7 (EXT), 7.

CONVERSA ENTRE APOLÔNIO E IARCAS SOBRE VIDAS PASSADAS

— Dize-me, Apolônio, quem julgas o herói mais eminente dos que atacaram ou defenderam Troia.

"— Creio que foi Aquiles, que Homero canta como homem muito belo e melhor do que todos os outros gregos, narrando muitos feitos dele. [...]"

"— Ora [disse Iarcas], compara com ele meu ancestral — ou antes, meu corpo ancestral, como Pitágoras disse de Euforbo. Houve um tempo em que os etíopes viviam aqui, e eram uma tribo da Índia. [...] Por quanto tempo viveram como súditos do rei Ganges, a terra os nutria abundantemente e os deuses os protegiam. Mas quando mataram o rei Ganges, os outros indianos os declararam abomináveis, e a terra não mais os suportou, pois que destruía os grãos que eles lançavam nela, e suas mulheres abortavam, e a comida de seu gado rareava. Onde tentavam fundar uma cidade, a terra ruía sob seus pés."

"— Para mais, o fantasma de Ganges os perseguia, aterrorizando-os, impelindo-os sempre mais além, sem dar-lhes paz, até que por fim sacrificaram à terra os assassinos do rei. Esse Ganges, mais belo do que qualquer outro mortal, tinha dez cúbitos de altura, e era filho do rio Ganges. Seu pai outrora inundara a Índia, mas ele desviou o curso do rio para o Mar Vermelho, reconciliando-o com a terra. Assim a terra lhe foi benéfica, vingando-o depois de sua morte."

"— Ora, Homero diz que Aquiles dirigiu-se a Troia por causa de Helena, e diz ainda que ele capturou doze cidades por mar e onze por terra, e que foi tomado de fúria quando o rei roubou-lhe uma mulher, mostrando-se então cruel e selvagem. Consideremos o indiano, em comparação: ele fundou sessenta cidades, as mais estimadas desta terra — e ninguém dirá que saquear cidades é coisa mais gloriosa do que fundá-las. [...] Ademais, mostrar-se homem bom e leal defendendo a liberdade de sua terra é coisa muito melhor do que escravizar uma cidade inteira, especialmente se por causa de uma mulher — que talvez nem se importasse por ter sido raptada. [...] Eu poderia contar-te mais sobre esse herói, Apolônio, se não mo vetasse o escrúpulo de elogiar-me a mim mesmo — pois eu sou ele, como disso dei provas quanto tinha quatro anos. O rei Ganges certa feita enterrou em lugar não sabido sete espadas de cristal, pois desse modo nenhum mal haveria de afligir esta terra, e os deuses nos ordenaram que fôssemos sacrificar no local onde essas espadas estavam enterradas — mas não nos revelaram o sítio. Ainda criança, levei os profetas a um descalvado, dizendo--lhes que as espadas estavam enterradas ali."

"— Mas falar-te-ei de ainda outro indiano. Aquele — disse, apontando um rapaz de mais ou menos vinte anos — tem mais aptidão natural à filosofia do que qualquer outro ser humano, e, como podes ver, seu corpo é forte e muito bem proporcionado, o que lhe faria indiferente ao fogo e à faca, porém mesmo com tais dons ele é um inimigo da filosofia."

"— Que há de errado com o rapaz, Iarcas? — perguntou Apolônio — de fato vergonhoso que alguém tão capaz não abrace a filosofia, e que não ame a sabedoria, embora seja teu seguidor."

"— Ele não é nosso seguidor — respondeu Iarcas —, mas é como se fora um leão, um cativo relutante, um prisioneiro que suspeita de nós enquanto o amansamos e tratamos. Esse rapaz outrora foi Palamedes[1] em Troia, e seus dois maiores inimigos são Ulisses e Homero — Ulisses, pela mentira que contou aos gregos, pela qual Palamedes foi apedrejado até a morte; Homero, por não julgá-lo digno de uma linha sequer. Sua sabedoria não lhe serviu em nada, Homero não o elogiou, embora tenha feito famosos muitos homens sem importância, e ademais Palamedes foi vítima de Ulisses, embora nenhum mal ele lhe tivesse feito. Por isso ele é inimigo da filosofia e lamenta seus maus-tratos. Esse é Palamedes, e é capaz de escrever sem nunca ter aprendido." FILÓSTRATO, *VIDA DE APOLÔNIO DE TIANA*, III, 19-22.

1. Palamedes lutou contra os troianos. A tradição lhe atribuía a invenção de várias artes, mas ele não é mencionado nos poemas homéricos. Textos mais recentes narram que Ulisses convenceu os gregos de que Palamedes os traíra, conseguindo assim sua condenação à morte.

AS VIDAS DE EMPÉDOCLES

Existe um oráculo da Necessidade, um antigo preceito dos deuses, eterno e selado com juramentos sombrios, de que sempre que um daimon — cujo destino tem a medida dos dias — tiver poluído em pecado suas mãos com sangue, ou se escolheu seguir o ódio, abandonando sua natureza, deverá vagar três vezes dez mil estações longe da morada dos bem-abençoados, nascendo e renascendo em todas as formas mortais, passando de uma vida de labutas para outra. Assim, o poderoso Ar o envia para o Mar, e o Mar o cospe de volta para a Terra seca; a Terra o atira ao Sol ardente, e este o devolve às agitações do Ar. Um toma-o de outro, e todos o rejeitam. Eu sou agora um desses, um exilado e peregrino expulso de entre os deuses, porque confiei no ódio insensato. [...] Pois já fui um rapaz e uma moça, um arbusto e um pássaro e um peixe mudo no mar. EMPÉDOCLES, *FRAGMENTOS*, 115 E 117 (DIELS-KRANZ).

POR QUE AS ALMAS NÃO TRANSMIGRAM

Enfim, por que a ferocidade está apegada sempre
à funesta natureza dos leões, a sagacidade à das raposas,
aos cervos um instinto de fuga, herdado de seus pais,
um terror ancestral que lhes faz tremer os membros —
em suma, todos os traços desse tipo — por que, pois,
surgem no corpo e no caráter desde a primeira idade,
senão porque, definido pelo germe e pela espécie,
um tipo de espírito cresce com o corpo em cada qual?
Se a alma fosse imortal e mudasse de corpos,
os hábitos dos seres acabariam confundidos.
Então o cão hircaniano fugiria à vista de um cervo,
e nos ares o falcão tremeria apavorado ao ver a pomba.

TITO LUCRÉCIO CARO, *DA NATUREZA DAS COISAS*, III, 741-753.

POR QUE NÃO SE DEVE COMER CARNE

Sótion costumava explicar as razões por que Pitágoras [...] se recusava a comer carne de animais. [...] Pitágoras afirmava o parentesco absoluto entre todos os seres vivos, a ligação entre todas as almas e a respectiva transmigração de corpo para corpo. A crer no que ele diz, nenhuma alma perece nem cessa de agir senão durante o breve espaço de tempo em que passa de um corpo para outro. Ao fim de quanto tempo e através de quantas moradas transitórias a alma volta a incarnar num ser humano é assunto que deixo em suspenso. Para já, Pitágoras incutiu nos homens o medo de cometerem um crime, um parricídio, pois é possível inadvertidamente darmos com a alma de um parente e violar, matando-o ou comendo-o, o corpo em que de momento se alberga o espírito desse nosso familiar. SÊNECA, *CARTAS A LUCÍLIO*, XVII, 108, 17-19. TRADUÇÃO DE J. A. SEGURADO E CAMPOS.

OS DOIS HÉRCULES

Também o poeta, na história de Hércules, parece dar à sua imagem uma existência dupla. Ele colocou a sombra de Hércules no mundo subterrâneo, mas o próprio Hércules entre os deuses no Olimpo. [...] Não é difícil explicar essa distinção. Hércules foi um herói da virtude prática. Por sua nobre prontidão a servir, foi julgado digno de ser um deus. Por outro lado, sua virtude era a ação, não a contemplação, que o teria garantido lugar inquestionável entre os deuses. Portanto, ainda que tenha um lugar no empíreo, parte dele permanece no Hades. PORFÍRIO, *ENÉADAS*, I, 1, 12.

COMO OS EGÍPCIOS REPRESENTAVAM SEUS DEUSES

Os egípcios são sábios, pois entre eles os sacerdotes proíbem aos artífices e artesãos que fabriquem imagens dos deuses, por temerem que eles o façam de maneira indecorosa. E eles fazem troça do povo, mandando pintar nas paredes dos templos aquelas imagens com cabeças de falcão e de íbis. De sua parte, guardam cerimônias secretas que têm lugar em criptas, que são seus santuários — lá eles mantêm umas caixinhas sagradas, que escondem, diz-se, apenas algumas esferas. A populaça não as poderia ver sem se irritar ou mesmo rir, pois, sendo como é, ela tem necessidade de coisas extraordinárias. SINÉSIO DE CIRENE, *ELOGIO DA CALVÍCIE*, 10.

A DEUSA NA MOEDA

O filósofo Aristeu de Samos sustentava que somente o Acaso rege as coisas humanas e costumava defender seu argumento fazendo uso de uma moeda para tomar qualquer decisão em sua vida, das mais triviais às mais importantes. Um dia, tendo de escolher entre dois navios que partiriam a Atenas, atirou sua moeda ao alto, mas não conseguiu apanhá-la de volta, tendo ela rolado para o esgoto. Com esse resultado, Aristeu decidiu não partir em nenhum dos navios, preferindo um terceiro. Os dois primeiros vieram a naufragar, com grande perda de vidas. Aristeu impressionou-se vivamente com esses eventos e passou a atribuir sua salvação à deusa Atena, cuja imagem figurava na moeda. Ele encerrou seus dias a serviço da deusa na cidade. ELIANO, *DA PROVIDÊNCIA*.

O MITO DA CAVERNA

E agora – eu disse – permita-me mostrar com uma imagem o quanto nossa natureza pode ser iluminada, ou o contrário. Imagina: homens que vivem num antro. [...] Ali eles vivem desde a infância; têm ademais os braços e pescoços acorrentados, de maneira que não se podem mover, mas apenas ver o que se lhes passa adiante. [...] Acima e atrás deles queima à distância uma fogueira, e entre o fogo e esses prisioneiros [às costas deles] há uma passagem elevada. [...]

– Vês também uns homens caminhando naquela passagem, carregando toda sorte de vasilhas, estátuas e figuras de animais feitas de madeira e pedra e de vários materiais? Uns conversam, outros em silêncio.

– Tu me propões imagem bem estranha, e são estranhos esses prisioneiros.

– Como nós – eu respondi. – E não é verdade, pois, que eles veem apenas suas próprias sombras, ou as sombras uns dos outros, que o fogo projeta na parede oposta da caverna?

– Verdade – ele disse. – Como poderiam ver outra coisa além dessas sombras, se não podem mover a cabeça?

– E também, daqueles objetos que estão sendo carregados, eles podem ver algo além das sombras? [...] E se lhe fosse facultado conversar entre si, não te parece que falariam sobre elas?

– É bem verdade.

– Pois supõe ainda que nessa furna ocorra um eco, repetindo sons que vêm de fora: por acaso eles não julgariam que essas vozes pertencem às sombras que veem passar?

– Sem dúvida – ele respondeu.

– Para eles, pois, a verdade seria nada mais, literalmente, do que as sombras de imagens. [...] Agora olha novamente, e vê o que haveria de ocorrer se um desses prisioneiros fosse libertado e afastado de seu erro. De início, quando liberado e instado a levantar-se e olhar à volta, caminhar uns passos e olhar diretamente para luz [na entrada da caverna, às costas dos prisioneiros], ele haveria de sofrer com a nova experiência: o brilho o incomodará, de maneira que não conseguirá ver as coisas reais, das quais até então só podia ver as sombras. Imagina pois que alguém se aproxima dele para dizer-lhe que tudo o que ele podia ver até então eram apenas ilusões, mas que agora seus olhos estão mais próximos do que existe realmente – o que ele responderá? E tu podes ainda imaginar que esse instrutor aponta os diferentes objetos conforme eles passam e pede-lhe que os nomeie — não ficaria ele perplexo? Não imaginará ele então que as sombras a que estava acostumado são mais reais do que os objetos que agora lhe são mostrados?

— Certamente.

— E se ele for obrigado a olhar diretamente para a luz, não sofrerá da dor nos olhos, que o obrigará a voltá-los para os objetos que ele pode ver sem desconforto, e que ele crerá serem mais nítidos do que as coisas que agora tentam mostrar-lhe? [...] E supõe ainda que ele é arrastado com relutância para cima, caverna afora, para onde o sol brilha — não ficará como que atordoado? Quando chegar ao exterior da caverna, seus olhos serão ofuscados, e ele não será capaz de ver coisa alguma.

— Não por um tempo, de fato — ele disse.

— Ele deverá antes acostumar-se à visão desse mundo superior. Primeiramente ele verá melhor as sombras, em seguida os reflexos dos homens e dos objetos na água, e depois os próprios objetos. Depois poderá ver a luz da lua e das estrelas [...] e ele verá o céu noturno melhor do que a luz do sol, não? [...] Por fim, será capaz de ver o sol, e não apenas seus reflexos na água, mas em seu lugar próprio, e o contemplará tal como ele é. [...] Ele não chegará pois a compreender que o sol é responsável pelas estações do ano e o guardião de tudo o que há no mundo visível, e de certa maneira a causa de tudo o que ele e seus companheiros de prisão estavam acostumados a ver?

— Certamente — ele disse. — Ele primeiramente haveria de observar o sol e então cogitaria a respeito.

— E quando se lembrasse de sua antiga habitação e da sabedoria de seus companheiros, não supões que ele se alegraria por sua mudança, lamentando o estado deles? [...] E se eles tivessem o costume de conceder honrarias àquele dentre eles que fosse o mais veloz em observar as sombras passantes, ou em lembrar qual delas passou primeiro, qual depois, quais juntas, e com base nisso fosse o mais apto a tirar conclusões sobre o futuro — crês que o ex-prisioneiro se importaria com essas glórias e honrarias, que invejaria quem as recebe? [...]

— De fato, creio que ele preferiria qualquer coisa a viver entre essas miseráveis ilusões.

— Imagina ainda que ele tivesse de voltar subitamente à caverna — não ficaria como que cego? [...] E se tivesse de competir na aferição das sombras com os prisioneiros que nunca deixaram aquele lugar, enquanto sua vista ainda estivesse fraca [...] — não seria ele ridículo entre seus pares? Os outros diriam que ele voltou da superfície sem os olhos, e que era melhor nem sequer pensar em sair dali, e, se algum deles viesse a tentá-lo, que mereceria morrer por isso. [...] Toda essa alegoria, caro Glaucon, pode-se aplicar ao argumento anterior: a prisão é o mundo visível [...] a saída para o sol é a jornada da alma ao mundo das ideias..." PLATÃO, *A REPÚBLICA*, VII, 514A-517B.

O MITO DOS HOMENS SUBTERRÂNEOS

E assim diz Aristóteles em passagem famosa: "Se seres houvesse que tivessem sempre vivido debaixo da terra, em casas confortáveis e iluminadas, decoradas com estátuas e pinturas e dotadas de todos os luxos de que gozam as pessoas ricas que conhecemos e julgamos felizes, e se eles, embora nunca tivessem se aventurado na superfície, tivessem, por ouvir dizer, conhecimento da existência de certas deidades, ou poderes divinos... e se então de súbito as fauces da terra se abrissem e eles pudessem deixar seus abrigos subterrâneos e visitar as regiões que habitamos — no momento em que vissem a terra, os mares e o céu e percebessem as nuvens imensas e os ventos poderosos e fitassem o sol, notando não só sua beleza como também seu poder de iluminar o mundo, causando o dia, e, com sua ausência, a noite, quando então veriam toda a abóbada celeste adornada de estrelas, e as faces variáveis da lua, ora crescente, ora minguante, e a ascensão e declínio dos corpos celestes, e suas carreiras fixas e imutáveis por toda a eternidade — quando vissem essas coisas, certamente acreditaram que os deuses existem e que essas maravilhas foram por eles criadas". CÍCERO, *DA NATUREZA DOS DEUSES*, II, 37, 95.

OS DÁIMONS

E ao Sol foi assignada uma hoste de dáimons. [...] há deles muitas e diversas tropas, que foram colocadas sob o domínio dos planetas, cabendo a cada planeta um número igual de dáimons. Dispostos assim em exércitos separados, os dáimons servem aos diferentes planetas. Eles são ao mesmo tempo bons e maus em sua natureza, isto é, em sua operação — pois a essência de um dáimon consiste em operar. A esses dáimons foi dado domínio sobre todas as coisas deste mundo. São também os autores das perturbações que ocorrem na terra; eles causam diversos problemas para as cidades e para as nações em conjunto, assim como para os homens individualmente. Eles conseguem operar em nossas almas, dando-lhes outras formas, e as tomam então para si, assentando-se em nossos nervos, medula, veias e artérias, penetrando até mesmo em nossos órgãos mais internos. Pois no momento em que cada um de nós nasce e passa a viver, os dáimons que regem esse nascimento tomam a pessoa em seu poder — refiro-me aos dáimons que estão submetidos ao planeta [que rege o momento do nascimento]. [...] Esses dáimons conseguem achar seu caminho através do corpo e entram nas partes irracionais da alma (isto é, as partes que sentem desejo e repugnância), e cada dáimon perverte a alma de maneira diferente, segundo seu modo especial de ação. Mas a parte racional da alma permanece livre do domínio dos dáimons e apta a receber Deus em si mesma. Se a parte racional da alma de um homem é iluminada por um raio de luz procedente de Deus, esse homem estará protegido contra a ação nefasta dos dáimons — pois nenhum dáimon ou deus (isto é, nenhum deus planetário) tem qualquer poder contra um só raio da luz de Deus. Mas esses homens são na verdade muito raros, e todos os outros são conduzidos, de corpo e alma, pelos dáimons, que controlam seus afetos e inclinações. [...] Os dáimons governam portanto nossa vida terrenal, usando nossos corpos como seus instrumentos; e a esse governo Hermes dá o nome de "destino". ANÔNIMO, *CORPUS HERMETICUM*, XVII.

OS ESPÍRITOS PROTETORES

Assim, esse espírito [dáimon] fará reprimenda, se ele [o homem] agir com má intenção; dará porém seu consentimento, quando ele agir bem. [...] E vós, pois, que haveis ouvido a opinião do divino Platão [...] conformai vossas mentes, em tudo o que fizerdes, seja qual for o objeto de vossas meditações, sabendo que nada se pode esconder desses guardiães, estejam eles em nossa alma ou fora dela. Pelo contrário, o dáimon que preside nossa vida investiga mui detidamente tudo o que nos diz respeito. Ele vê tudo, compreende tudo. [...] Pois esse de quem falo é um guardião perfeito, um prefeito singular, um administrador doméstico, um verdadeiro supervisor, um inspetor íntimo, um observador assíduo, um juiz inseparável, um reprovador do que é mau, um aprovador do que é bom... E se ele for legitimamente atendido, cuidadosamente conhecido e religiosamente adorado, da maneira como Sócrates o reverenciou, com justiça e inocência, terá mesmo o poder de prever certas coisas, levará claridade aos assuntos dúbios, será um defensor nos perigos, um apoio na necessidade. Ele também poderá, por meio de sonhos e sinais, ou mesmo manifestamente, se a ocasião o exigir, livrar-nos do mal, aumentar nossas boas circunstâncias, afastar-nos das desfavoráveis, suportar-nos em nossas quedas, iluminar nossos caminhos escuros, governar nossa prosperidade e desfazer nossas adversidades. APULEIO, *SOBRE O DEUS DE SÓCRATES*, XVI.

A VIDA É UMA DOENÇA DO ESPÍRITO

Mesmo se admitirmos que a alma tem uma existência prolongada e que aprendeu e fez muito num estágio anterior, nem por isso ela seria imortal, e sua passagem a uma forma humana poderia ser um tipo de doença, o começo de sua dissolução, que, ao fim dos trabalhos de uma vida, poderia terminar no que chamamos de morte. PLATÃO, *FÉDON*, 95C-D.

HISTÓRIA DO RAPAZ POSSUÍDO POR UM ESPÍRITO

Enquanto conversavam, os Sábios foram interrompidos por um mensageiro, que trazia consigo alguns indianos em busca de cura. O mensageiro conduziu à presença deles uma mulher que lhes fez súplicas por seu filho. Ele tinha dezesseis anos, ela disse, mas há dois estava possuído por um espírito de caráter detestável. Quando um dos sábios perguntou à mulher por que ela dizia isso, ela respondeu: "Meu filho é um belo rapaz, e o espírito se enamorou dele. Turva-lhe a razão, e não o deixa ir à escola ou às lições de arco, nem mesmo lhe permite ficar em casa, mas o arrasta a lugares ermos. Meu filho não fala mais com sua voz natural, mas em tom grave e profundo, como falam os homens, e tampouco seus olhos agora parecem os seus. Isso me faz chorar e arrancar os cabelos, e, embora eu procure educá-lo, parece não me reconhecer.

"Porém quando decidi vir ter convosco, como fiz há um ano, o espírito revelou-me quem era, falando pela boca de meu filho. Ele disse que é o fantasma de um homem que morreu na guerra, e que a morte não apagou o amor que sentia por sua mulher — mas ela violou o juramento do matrimônio casando-se novamente aos três dias de viuvez. A partir de então, disse o espírito, ele abomina as mulheres e passou a amar o meu filho. Ademais, ele prometeu dar-lhe muitos presentes, contanto que eu não vo-lo denunciasse. Tal promessa me manteve suspensa, mas há muito que espero tais presentes, e no entanto o espírito tornou-se o senhor de minha casa." FILÓSTRATO, *VIDA DE APOLÔNIO DE TIANA*, III, 38.

A HISTÓRIA DE CAMA

Sínato e Sínorix eram os tetrarcas mais poderosos da Galácia. Sínato tomou por esposa uma jovem chamada Cama. Ela atraía todos os olhares pela beleza de seu corpo, então na flor da idade; mas suas virtudes eram ainda mais dignas de admiração. Ela amava seu marido com toda honestidade; era inteligente e generosa; sua bondade lhe valia a afeição de todos os seus servos. Ademais, gozava de grande prestígio entre seus conterrâneos por ser sacerdotisa de Artêmis, deusa pela qual os gálatas têm grande devoção. Em suas procissões e sacrifícios, Cama aparecia sempre magnificamente paramentada.

Sínorix enamorou-se dela. Contudo, sabendo que, enquanto Sínato vivesse, ele nada poderia obter dela, seja por força, seja por gosto, decidiu agir de maneira odiosa. À traição, ele causou a morte de Sínato e logo depois foi pedir a mão de Cama. A jovem passava seu tempo no santuário da deusa. O crime de Sínorix não lhe abatera totalmente o espírito; ela não o lamentava em público, mas em seu coração esperava a hora de vingar-se.

Entretanto, os rogos de Sínorix tornaram-se insistentes, e não se podia negar que ele tinha argumentos sedutores: além de se ter provado, dizia, mais poderoso do que Sínato, não o tinha matado por vileza, mas por seu grande amor por Cama. Já de início, as recusas da moça não eram rudes. Pouco a pouco, ela parecia ceder. Também os seus servos e amigos, que tentavam agradar ao poderoso Sínorix, a quem deviam fidelidade, procuravam convencê-la a aceitá-lo. Ela por fim cede e pede que ele venha ter com ela; diz que dará seu consentimento na presença da deusa. Quando ele chega, ela o recebe ternamente; dirige-o ao altar, que ela asperge com o conteúdo de uma taça que tem nas mãos. Em seguida ela bebe e pede que ele também o faça. Ora, a taça continha hidromel envenenado. Assim que ela se certifica de que ele bebeu, solta um grito de júbilo e se prosta diante da deusa, dizendo: "Tomo-te por testemunha, deusa venerável; se eu sobrevivi à morte de Sínato, foi para este dia, e desde então nada fiz além de esperar minha vingança. Agora que a tenho, vou reencontrar meu marido. Quanto a ti, mais ímpio dos homens, que teus pais te aprestem um sepulcro, em vez da câmara nupcial!"

Ouvindo essas palavras, o gálata, que já sentia o veneno agir em seu corpo, sobe num carro puxado por cavalos, acreditando que o movimento lhe faria bem. Mas ele desiste logo em seguida para deitar-se numa liteira, onde morreu naquela mesma noite. Quanto a Cama, ela viveu ainda toda a noite; por fim, tendo ouvindo que Sínorix expirara, ela morreu perfeitamente feliz.

PLUTARCO, *SOBRE A EXCELÊNCIA DAS MULHERES*, "CAMA", 257E, 5-258C, 10.

EXCESSO DE SORTE

A vída de Polícrates, tirano dos sâmios, excedia em brilho, tão abundantes eram os bens de que ele gozava, causa de grande inveja. Todas as suas empresas seguiam sem sobressaltos ao sucesso, todos as suas esperanças se cumpriam, as promessas que fazia eram sem demora realizadas — nele o querer e o poder tinham de fato a mesma posição. Apenas uma vez seu semblante mudou, tomado por uma breve tristeza: foi quando ele deliberadamente atirou no mar um anel de que gostava muito, para que não carecesse ao menos de uma preocupação na vida. Mas esse anel foi recuperado logo em seguida, quando lhe trouxeram o peixe que o havia engolido. VALÉRIO MÁXIMO, *FEITOS E DITOS MEMORÁVEIS*, VI, 9 (EXT), 5.

AS AGULHAS ENVENENADAS

Nesse tempo, algumas pessoas começaram a preparar agulhas com veneno e espetá-las anonimamente na multidão, em quem quisessem. Muitas pessoas assim atacadas morreram sem saber a causa. E isso aconteceu não apenas em Roma, mas em praticamente todo o mundo. DIO CÁSSIO, EPÍTOME DO LIVRO LXVII (11, 6).

O DESTINO NUM FIO DE CABELO

Dizem que Niso, filho de Marte [...] e rei dos megáricos, tinha na cabeça um fio de cabelo de cor púrpura, e um oráculo previra que ele haveria de reinar enquanto tivesse aquele fio. Quando Minos, filho de Júpiter, veio atacá-lo, Vênus fez com que Cila, filha de Niso, se apaixonasse pelo inimigo. Para assegurar-lhe a vitória, Cila cortou da cabeça de Niso o fio de cabelo fatídico, enquanto ele dormia. E assim Niso foi derrotado por Minos. HIGINO, *FÁBULAS*, 198. "NISO".

EPITÁFIO (APÓCRIFO) DE ASSURBANIPAL

Lembra-te de que és mortal e faze-te feliz gozando banquetes — nada te será útil quando estiveres morto. Pois agora sou pó, embora tenha sido o rei da grande Nínive. O que de fato é meu foi o que comi, minha diversão e o prazer que tive na cama — enquanto que minha famosa riqueza dispersou-se e hoje é nada. Esse é um conselho sensato para os vivos. Quem porém o preferir, que sem descanso procure seu ouro. ATENEU DE NÁUCRATIS, *O BANQUETE DOS SÁBIOS*, VIII, 14.

SOBRE A FÊNIX

Disse ele também que a ave chamada fênix, que vai ao Egito cada quinhentos anos, voa pela Índia no ínterim. Existe apenas uma, que nasce dos raios do sol e tem plumagem dourada, e o tamanho e a aparência de uma águia. Ela pousa no ninho que faz com incenso, nas proximidades das fontes do Nilo. O famoso relato egípcio sobre a migração da fênix para o Egito é confirmado pelos indianos, que ajuntam que, quando a fênix incendeia seu ninho para morrer, ela canta canções de despedida a si mesma. Também os cisnes fazem o mesmo, conforme dizem os que os ouvem com especial sensibilidade. FILÓSTRATO, *VIDA DE APOLÔNIO DE TIANA*, III, 49.

O GRANDE MASSACRE DE CÃES

Enfadado com o prolongamento do sítio [da cidade de Tiana], Aureliano disse: "Não deixarei nem mesmo um cão vivo nesta cidade!" Quando por fim a cidade se rendeu, Aureliano decidiu ser piedoso com seus cidadãos e ordenou aos soldados que matassem apenas os cães. Apesar de, com isso, perderem a esperança de conseguirem muito butim, as tropas cumpriram essa ordem de bom grado, como se tratasse de uma pilhéria do imperador.

HISTÓRIA AUGUSTA, VIDA DE AURELIANO, 22.

CONVERSA DE APOLÔNIO COM AQUILES

— Não cavei uma cova, como fez Ulisses, nem invoquei os espíritos com sangue de cordeiro para falar com Aquiles. Fiz as orações que os indianos fazem a seus heróis, e disse: "Aquiles, muitos dizem que és morto, mas não sou dessa opinião, nem o era Pitágoras, de quem herdei minha sabedoria. Se a razão está conosco, portanto, revela-nos tua figura. Muito tu deverias a meus olhos, se puderes usá-los para provar tua existência".

— Então a terra tremeu, e um jovem de cinco cúbitos de altura apareceu, usando um manto à maneira tessália. Sua aparência não era a de um homem arrogante, como alguns representam Aquiles. Tinha aspecto formidável, porém alegre, e sua beleza, creio, nunca foi justamente representada, apesar do quanto disse Homero dela, pois que está além das palavras, e assim o bardo a diminuía, em vez de celebrá-la como se deve. Embora ele parecesse tão alto como primeiramente o vi, contudo pareceu crescer ainda, o dobro ou mais, de fato parecia ter doze cúbitos de altura ao fim, e sua beleza crescia conforme sua altura. Disse-me que nunca cortara seu cabelo, em honra ao rio Esperquios. [...]

— Perguntei-lhe: Helena foi de fato a Troia, ou Homero inventou essas coisas?

— Por muito tempo — respondeu-me — fomos enganados, mandando embaixadas aos troianos e guerreando por causa dela, como se em Ílio ela estivera. Vivia porém no Egito, em casa de Proteu, aonde Páris a levou.

FILÓSTRATO, *VIDA DE APOLÔNIO DE TIANA*, IV, 16.

HELENA NÃO ERA DA LUA

Néocles de Cróton estava errado ao afirmar que o ovo de que Helena nasceu era um caído da Lua — de fato, as mulheres da Lua põe ovos, mas as pessoas que nascem lá são quinze vezes maiores do que nós. ATENEU DE NÁUCRATIS, *O BANQUETE DOS SÁBIOS*, II, 50.

ESTÚPIDA LEALDADE

Um soldado desconhecido, sacando sua espada, dirigiu-se a Oto com estas palavras: — Julga com isto nossa fidelidade, César! Não há entre nós um só homem que não esteja pronto a usar a espada para te servir! — e meteu-a no próprio peito. PLUTARCO, *VIDA DE OTO*, XV, 3.

O ALIMENTO DE SÍSIFO

As provisões tornaram-se tão escassas que um quarto de medida ática de trigo se vendia por cinquenta dracmas, e um pão de cevada por seu peso em prata. E quando [os soldados] procuraram raízes e ervas, quase nada acharam das que normalmente se comem, de maneira que foram forçados a se arriscar com as plantas desconhecidas que podiam encontrar e, entre outras, acabaram por consumir uma que era mortal, cujo primeiro efeito era alienar todo senso e compreensão dos homens. Quem comia dela não lembrava mais nada do mundo e passava a se ocupar movendo enormes pedras de um lado para outro, o que fazia com muita seriedade e dedicação, como se fosse negócio de muita consequência. Em todo o acampamento nada se via além de homens arrancando pedras do chão, que eles depois carregavam de um lado para outro. Por fim vomitavam bile negra e morriam. PLUTARCO, *VIDA DE ANTONIUS*, 45, 6.

APOLÔNIO E A LÂMIA

Segundo todos criam, Menipo era amante de uma mulher estrangeira, bela, de muito bons modos e rica — que, em verdade, não era nada disso, pois que tudo era ilusão. Ele caminhava só no rumo de Cencreia, quando um fantasma em imagem de mulher o abordou. Tomando-lhe a mão, ela lhe disse que há muito o amava, que era fenícia e morava nos arredores de Corinto. E lhe disse: — Vem ter comigo esta noite, e cantar-te-ei canções, e beberás vinho doce como nunca bebeste. Não terás rival, e seremos juntos belo par. — Tais palavras seduziram o moço, que, embora pertinaz noutras virtudes, tinha um fraco pelo amor. Foi ter com ela, portanto, à noitinha, e muitas vezes depois a visitou, sem notar que ela era um fantasma.

Tendo-o ouvido, Apolônio mirou o rapaz em silêncio por um tempo, como o escultor mira a rocha à sua frente, e lhe disse: — Tu és um belo rapaz, como querem as belas mulheres — mas nutres uma serpente, e uma serpente te nutre. — Essas palavras pasmaram Menipo, e disse-lhe então Apolônio: — Visitas uma mulher que não é tua esposa. Crês que ela te ama? — Certamente — respondeu o rapaz —, pois que me trata como o faria uma mulher apaixonada. Então Apolônio lhe perguntou: — Quando é a boda? — Em breve — respondeu o jovem. — Amanhã, talvez.

Apolônio esperou a hora da festa e, juntando-se aos outros convidados que chegavam, perguntou: — Que é da formosa dama, em cuja honra viestes? — Aqui está — respondeu Menipo, com a face rubra. — E toda a prata e todo ouro e os belos objetos do lauto banquete que tu nos ofereces — a quem tudo isso pertence? — À minha esposa — respondeu o rapaz —, pois que nada tenho senão isto — disse, mostrando-lhe seu manto roto de filósofo.

Disse Apolônio: — Conheceis a história do pomar de Tântalo — que existe e não existe? — Sim — responderam os convivas. — De Homero[1], e não porque já visitamos o Hades. — Pois o mesmo deparamos aqui — não a matéria, mas sua aparência somente. Isso vos provo: que esta excelente noiva é de fato um vampiro — embora muita gente julgue ser o mesmo um vampiro que uma sereia, ou um lobisomem. Ora, também os vampiros amam — mas amam somente o sexo e a carne humana, e atraem para o sexo aqueles que pretendem devorar.

— Cuida o que dizes e sai! — disse a mulher, fingindo indignação com as palavras de Apolônio e escarnecendo dos filósofos como perpétuos falastrões. Eis porém que a ilusão dos cálices de ouro e toda a prata esvaeceu, e tudo desapareceu da vista, todos os copeiros, cozinheiros e outros servos também se desfizeram no ar, ante o exame de Apolônio. O fantasma então fingiu chorar, implorando a Apolônio que não lhe obrigasse a confessar sua verdadeira natureza, mas Apolônio insistiu, até que o vampiro confessou estar engordando Menipo com prazeres e delícias para depois devorá-lo, pois era seu costume alimentar-se da carne fresca de corpos jovens. FILÓSTRATO, *VIDA DE APOLÔNIO DE TIANA*, IV, 25.

1. *Odisseia*, XI, 582-592.

A NOZ ONÍRICA

Eu conheço um homem que [...] sonhou ganhar de alguém uma noz. Quando acordou, ele tinha na mão essa mesma noz. ARTEMIDORO, *ONIROCRÍTICA*, I, 73.

UMA HISTÓRIA DE LOBISOMEM

Naquele dia, meu senhor havia ido a Cápua comprar seus bricabraques. Aproveitando a oportunidade, eu convenci um outro hóspede da casa a me acompanhar pelas primeiras cinco milhas do caminho. Ele era um soldado, forte e corajoso como o diabo. Partimos quando o galo cantou meia-noite; a lua iluminava como ao meio-dia. A certa altura topamos com um cemitério e paramos para descansar; o soldado perdeu-se entre as lápides, para ler os epitáfios; eu permaneci sentado, alegre, e comecei a contar as tumbas, para me distrair. Pouco depois, quando vi novamente meu companheiro, ele estava nu, tendo deixado suas roupas à beira da via. O coração me veio à boca; eu permaneci imóvel, feito um homem morto. Ele então urinou um círculo em volta de suas roupas e transformou-se de repente num lobo. Isto não é galhofa! Nem toda a fortuna do mundo me faria mentir sobre o que vi. Transformado em lobo, ele começou a uivar e correu para a floresta. Por um instante, estive fora de mim, tomado de pavor; em seguida, levantei-me para apanhar as roupas dele – mas elas haviam se transformado em pedras! Podeis imaginar alguém mais apavorado do que eu? Consegui porém empunhar minha espada e atacar as sombras até a casa de minha amiga. Entrei feito um cadáver, quase sem respiração, suor escorrendo pelas pernas, os olhos mortiços. Com dificuldade consegui recobrar a voz. Minha Melissa surpreendeu-se ao me ver chegar tão tarde, e disse: "Se tivesses chegado mais cedo, poderias ter-nos ajudado: um lobo veio até o quintal, assustou todas as ovelhas e sangrou várias delas, como se fosse um açougueiro. Mas o desgraçado não ficou impune, ainda que tenha fugido, pois nosso escravo o atingiu no pescoço com uma lança". Tendo ouvido esse relato, despertei de um salto e não consegui descansar. Ao raiar do dia, corri para a casa de meu senhor Caio, como alguém demandando justiça. Passando pelo lugar em que as roupas haviam se transformado em pedra, nada achei senão uma poça de sangue. Quando por fim cheguei à casa, o soldado jazia em uma cama, grande como um boi, e um médico cuidava de seu pescoço. Eu compreendi que ele era um lobisomem! Depois disso, nunca mais consegui cear em sua companhia, nem que ele me matasse. Cada um julgue essa história como quiser! Mas se eu estiver mentindo, que todos vossos gênios protetores se voltem contra mim. PETRÔNIO, *SATYRICON*, 62.

A MATÉRIA É INVISÍVEL

E se consideras o conjunto, aprenderás que na verdade o Cosmo sensível, com todas as coisas que nele se encontram, é tecido como um vestido por esse Cosmo superior. Pois a matéria, carecendo de qualidade ou forma própria que a torne visível, é em si mesma totalmente invisível; por esse motivo, muitos acreditam que ela é como o próprio espaço. É somente em função dos contornos das formas ideais, à semelhança das quais ela está formada, que podemos perceber a matéria visível. Mas na verdade a matéria é em si sempre invisível. [...] A forma ideal, que é divina, é incorpórea, como são todas as coisas que só o pensamento pode compreender.
ANÔNIMO, *CORPUS HERMETICUM*, IX ("ASCLÉPIO") 58.

OS MAUS NÃO EXISTEM

E isto pode parecer coisa estranha para alguns, que digamos dos homens maus — que são a maioria das gentes — que eles não existem, mas assim é, de fato. Sobre os maus, não nego que sejam maus, mas que eles simplesmente existam — isso eu nego. Pois do mesmo modo que tu poderias dizer que um cadáver é um homem morto, sem no entanto poderes chamá-lo de homem, sem mais, assim também digo dos maus que são maus, sem admitir absolutamente que eles existam. Pois só existe aquilo que mantém sua própria ordem e preserva sua própria natureza, e tudo o que foge a isso deixa também de existir, pois que sua existência depende de sua natureza. Mas os homens maus, tu o dirás, são capazes de fazer coisas. Nem mesmo isso eu negarei, mas essa capacidade deriva de sua fraqueza, não de sua força. Pois eles podem sim fazer coisas más, mas não o poderiam, se exercitassem as boas. E essa capacidade que eles têm demonstra mui claramente que de fato eles nada podem; pois, como há pouco concluímos, o mal não é nada, e se eles podem apenas operar o mal, está claro que nada podem. BOÉCIO, *A CONSOLAÇÃO DA FILOSOFIA*, IV, 2, 33-42.

NERO LÊ

Muito antes de sua morte, Fânio teve dela um pressentimento: uma noite [antes de escrever sua História] ele sonhou que trabalhava em seus textos, sentado à mesa onde geralmente escrevia, quando, de repente, Nero entrou, colocou-se ao lado dele em silêncio e tomou da mesa os três primeiros livros da História; leu-os e saiu. Este sonho muito o alarmou, e ele o interpretou como sinal de que não conseguiria escrever aquela obra além do ponto até onde Nero leu — como realmente aconteceu. PLÍNIO, O JOVEM. *CARTAS*, V, 5 (PARA NÓVIO MÁXIMO).

O PRÊMIO PARA UM NOVO PRAZER

Na ostentação extravagante da riqueza real, ele [Xerxes] tanto apreciava a luxúria que publicou um edito oferecendo um prêmio a quem descobrisse um novo tipo de prazer. VALÉRIO MÁXIMO, *FEITOS E DITOS MEMORÁVEIS*, IX, 1 (EXT), 3.

A LUXÚRIA DOS TARENTINOS

Mais tarde, porém, eles [os tarentinos] foram de tal forma dominados pela luxúria que se comportaram de maneira terrível na tomada da cidade de Carbina. [...] Eles juntaram nos templos os meninos e meninas da cidade, assim como as jovens casadas, expondo-os por todo o dia como gado, nus, permitindo que qualquer dos invasores examinasse em detalhe aqueles corpos e saciasse sua luxúria com qualquer deles da maneira que achasse melhor, enquanto todos assistiam — especialmente aqueles a quem a visão mais devia ofender, os deuses. A ira divina despertada por essa impiedade foi tão grande que se conta que todos os tarentinos envolvidos foram calcinados com raios do céu. Ainda hoje em Tarento todas as casas têm à frente uma coluna em memória daqueles criminosos. E no dia do aniversário de sua destruição, seus descendentes não os lamentam, nem prestam as honras devidas aos mortos, mas fazem em vez disso sacrifício a Zeus do Relâmpago. ATENEU DE NÁUCRATIS, *O BANQUETE DOS SÁBIOS*, XII, 23.

A NAVE DE TESEU

A nave na qual Teseu e seus companheiros retornaram tinha trinta remos, e foi preservada pelos atenienses até o tempo de Demétrio de Falero, pois eles substituíam as tábuas e traves que apodreciam por novas — de maneira que essa nave tornou-se um exemplo prático para os filósofos que debatiam questões naturais: uns diziam que a nave era ainda a mesma, outros sustentavam que era já outra. PLUTARCO, *VIDA DE TESEU*, 23.

APOLÔNIO E O DOM DE ESOPO

— Minha mãe contou-me a história da sabedoria de Esopo, o fabulista, quando eu era criança. Esopo, ela disse, era um pastor que apascentava seu rebanho nas proximidades do santuário de Hermes, e, amando a sabedoria, pediu ao deus que lha desse. Muitos outros visitavam o santuário para fazer o mesmo pedido ao deus, dedicando-lhe ouro, prata, marfim e outras riquezas. Esopo, contudo, nada tinha de semelhante, sendo ademais mesquinho com o que possuía. Costumava, pois, oferecer ao deus a quantidade de leite que uma ovelha dá numa ordenha, ou um favo de mel do tamanho de seu punho, e julgava valiosas como o mirto as poucas rosas ou violetas que oferecia a Hermes. "Por que motivo eu faria coroas, Hermes, ignorando meu rebanho?" — ele dizia.

— Mas quando os fiéis vieram no dia acertado para a distribuição de sabedoria, Hermes, que ama a erudição e o proveito, disse àquele que lhe dera a maior oferta: "Tu terás a filosofia". Ao segundo mais generoso ele disse: "Terás o dom da eloquência", e aos outros do mesmo modo distribuiu os dons da astronomia, da música, da poesia épica e da poesia jâmbica e todos os ramos da sabedoria, tendo por descuido negligenciado o dom que devia a Esopo. O deus porém lembrou-se das histórias que as Horas lhe contavam quando era ainda infante [...] e deu a Esopo o dom das fábulas — tudo o que lhe restou da mansão da sabedoria, dizendo: "Terás o que aprendi primeiro". Assim Esopo conseguiu sua excelência, e assim acaba o mito das fábulas. FILÓSTRATO, *VIDA DE APOLÔNIO DE TIANA*, V, 15.

AS ALMAS QUEREM VAGAR

E há também quem afirme existir nas almas humanas uma certa inclinação natural a mudar de sede e transferir a sua própria residência; pois o homem recebeu da natureza um intelecto móvel e inquieto, que nunca para num lugar, mas anda de um lado e de outro, levando seus próprios pensamentos para qualquer coisa, ansioso de sossego e ávido de novidade. Isso não pode admirar a quem reflita em sua primeira origem; pois que o homem não é plasmado de pesada matéria terrena, mas deriva do sopro divino: e as coisas celestes estão sempre em movimento: melhor, fogem em pesada corrida. [...] Continuas a pensar que a alma humana, formada pelas mesmas partículas das quais são constituídos os astros, sofre em viajar e em migrar, quando o próprio deus simpatiza ou talvez vive justamente pelo seu eterno velocíssimo movimento? SÊNECA, *CONSOLAÇÃO A MINHA MÃE HÉLVIA*, VI, 6. TRADUÇÃO DE G. D. LEONI.

QUANDO A NATUREZA TATEAVA

Muitas criaturas nasceram então com faces e peitos voltados para direções diferentes; alguns, filhos de touros com caras de homens; outros, a prole de homens com cabeças de touro, e também criaturas em quem a natureza de homens e mulheres estava confundida, providos de partes estéreis. EMPÉDOCLES, *FRAGMENTO* 61 (DIELS-KRANZ).

OS ANDRÓGINOS

[...] pois a forma humana original não era como a de agora, mas muito diferente. Não eram dois os sexos, como hoje, mas três: havia macho, fêmea e a união dos dois, que tinha um nome correspondente a essa natureza dupla, que outrora existia de fato, embora hoje o nome "andrógino" seja apenas um termo injurioso. Ademais, esse humano primevo era redondo, suas costas e os lados formando um círculo; ele tinha quatro mãos e quatro pés e uma cabeça com duas faces idênticas, que olhavam em direções opostas, presas a um pescoço redondo. Também quatro orelhas e duas partes genitais e todo o resto que corresponde. Ele podia andar ereto como os homens de hoje, para frente e para trás, como quisesse, mas também podia rolar com grande velocidade, girando sobre suas quatro mãos e seus quatro pés. [...] Ora, os sexos eram três, como os descrevi, pois o sol, a lua e a terra são três, e o homem era originalmente filho do sol, a mulher da terra, e o homem-mulher da lua, que é feita de terra e sol. [...] Sua vitalidade e sua força eram formidáveis, a ambição de seus corações era grande, e eles tentaram um ataque aos deuses. [...] no conselho olímpico, os deuses hesitavam sobre o que fazer: deveriam exterminá-los com raios, como fizeram com a raça dos gigantes? Contudo, se assim agissem, faltaria quem lhes prestasse culto; por outro lado, os deuses não podiam aceitar sua insolência.

Por fim, após longa deliberação, Zeus imaginou um meio. Ele disse: "Achei maneira de dominar o orgulho dessa gente, e que vai lhes ensinar melhor comportamento. Os humanos seguirão existindo, mas eu os cortarei pela metade — assim sua força será diminuída e seu número crescerá, o que nos será mais útil. Eles andarão eretos sobre duas pernas; se ainda assim continuarem insolentes, cortarei-os ainda uma vez, de modo que só poderão andar aos pulinhos sobre uma perna". Ele falou e cortou os humanos em dois — como uma maçã que se vai guardar em conserva, ou como quando cortamos um ovo cozido com um fio. Tendo feito isso, ordenou a Apolo que girasse a face dos humanos, de maneira que cada metade pudesse ver aquela da qual foi separada, e assim aprender a humildade. Apolo também curou as feridas e deixou as novas formas belas. [...] Depois de separadas, cada metade procurou a outra, para juntar-se a ela; abraçavam-se, querendo cada qual voltar a unir-se com a outra. Assim permaneceram longo tempo, até quase morrer de inanição e descuido, porque as metades não queriam fazer nada sem suas companhias. [...] Dessa maneira, essa raça definhava, mas Zeus se apiedou dela e imaginou outro plano: ele fez com que as partes reprodutivas desses humanos passassem para a frente [...] e eles passaram a depositar sua semente um no outro, e não no chão [...]. Com isso, o homem passou a cobrir a mulher, para que a raça continuasse a existir, ou ainda, um homem podia unir-se a outro, e, satisfeito, seguir com seus negócios — tão forte foi o desejo que Zeus implantou em nós de reunir nossa natureza primordial, fazendo um de dois. [...]

Cada um de nós, quando separado, por ter um lado só, como um linguado, é apenas o perfil de um humano, e está sempre procurando sua outra metade. Os humanos que são uma seção daquele tipo duplo chamado andrógino são hoje amantes de mulheres; os adúlteros são geralmente seres desse tipo, também as mulheres adúlteras que têm grande desejo por homens. As mulheres que estavam unidas a outras num corpo só não se importam com homens, mas buscam também mulheres [...] Homens que formavam um só ser com outros homens preferem ainda os machos [...] e são os melhores jovens, por terem a natureza mais máscula [...] pois eles não agem assim por faltar-lhes vergonha, mas porque são corajosos e másculos, e abraçam os que lhes são semelhantes. PLATÃO, *O BANQUETE*, 189D-192A.

A IDADE DE OURO

Pois vos direi que tipo de vida eu dava aos mortais naquele tempo: Paz, em primeiro lugar, que era tão comum quanto a água pura. A terra não produzia medos ou males. Em vez disso, o que quer que precisassem aparecia-lhes por si, do nada. Em cada rio corria vinho, e bolos doces disputavam com pães brancos as bocas dos mortais, implorando-lhes que os comessem. [...] Os peixes pulavam sozinhos nas grelhas e, assados, iam sozinhos às mesas. Ao lado das poltronas corria um riacho de sopa, no qual boiavam pedaços de carne, e correntes de molho estavam ao alcance da mão de quem quisesse se servir. [...] Garotas com lenços de lã ao pescoço, jovenzinhas pós-adolescentes e totalmente depiladas nas partes íntimas, usavam funis para encher as taças de vinho escuro e perfumado, para quem quisesse um gole.
ATENEU DE NÁUCRATIS, *O BANQUETE DOS SÁBIOS*, VI, 95.

PITÁGORAS E OS PEIXES

Naqueles dias, ao partir de Síbaris rumo a Crotona, caminhando pela praia encontrou alguns pescadores no momento em que eles tiravam sua pesada rede da água do mar. Ele predisse então a quantidade exata de peixes que estariam na rede. Disse-lhes que, se seu prognóstico estivesse correto, os pescadores deveriam fazer o que ele ordenava: depois de puxarem a rede para a praia e de contarem a quantidade exata de peixes, que devolvessem ao mar os que ainda estivessem vivos. Espantosamente, nenhum dos peixes morreu durante o longo tempo em que se deu a contagem. Pitágoras pagou aos pescadores a quantia referente à pescaria e seguiu seu caminho.

JÂMBLICO, *VIDA DE PITÁGORAS*, VIII, 36.

O HOMEM CHEGA PARA O BANQUETE

E alguns podem perguntar-se por que foi o homem a última obra na Criação. Pois o Pai e Criador o criou depois de tudo o mais, como nos informam as Escrituras [...], por querer que, quando nascesse o homem, não lhe faltasse nada do que é necessário para viver bem. [...] Desse modo agiu o Governante do universo como um que oferece jogos ou um banquete, e que, prestes a receber seus convidados para a ceia ou para o espetáculo, prepara antes toda sorte de entretenimento, de modo que, ao chegar o homem ao mundo, ele pudesse encontrar diante de si o banquete já posto, e um mui sagrado teatro[1].

FILO DE ALEXANDRIA, *DA CRIAÇÃO DO MUNDO*, XXV, 77-78.

1. Outro argumento de Filo é que o homem foi criado por último para que os animais, não o conhecendo, mais facilmente o temessem e se lhe sujeitassem.

APOLÔNIO E O LEÃO

Ainda outra coisa Apolônio fez no Egito que se considerou milagre. Um homem trazia um leão pela coleira, como um cão, e o animal fazia festa não somente a ele, mas a todos os passantes. Com esse leão o homem seguia mendigando de cidade em cidade, sendo os dois admitidos mesmo em santuários, pois nunca sequer a besta lambeu o sangue sacrifical ou cheirou as vítimas que se esfolavam ou cortavam, mas nutria-se de bolos de mel, pão, frutas secas e carne cozida, além de beber vinho sem que isso alterasse seu comportamento. Um dia o animal chegou-se a Apolônio, que estava sentado num santuário, focinhou seus joelhos parecendo pedir-lhe algo. Disse Apolônio: — O leão pede-me que vos declare que alma humana ele já foi: foi Amasis, rei do Egito.

Quando a besta ouviu esse nome, rugiu debilmente, como se emitisse lamento, e então rendeu-se ao pranto, derramando lágrimas reais. Apolônio o acarinhou e disse a seu dono: — Leva o leão a Leontópolis, para que seja dedicado no santuário da cidade, pois que não me parece certo que um rei tornado rei dos animais deva vagar de cidade em cidade, qual mendigo. — Então os sacerdotes sacrificaram em honra de Amasis, e, tendo enfeitado o animal com colares e fitas, acompanharam-no até Leontópolis, ao som de flautas e odes em sua honra. FILÓSTRATO, *VIDA DE APOLÔNIO DE TIANA*, V, 42.

A FOME DE ERISÍCTON

Esse Erisícton era homem que desprezava os deuses e não queimava sacrifícios em seus altares. Ele, diz a história, violou certa vez com um machado o bosque sagrado de Ceres, profanando as árvores vetustas com seu ferro. [...]

As dríades, pasmadas com a ruína da floresta, vestidas de preto, foram ter com Ceres e lhe rogaram que punisse Erisícton. A bela deusa consentiu. [...] Ela arquitetou punição que faria a gente lamentar a sorte de Erisícton: torturá-lo com a terrível Fome. Mas, uma vez que a própria deusa não podia ir ter com ela — pois os fados não permitem que Ceres e Fome andem juntas — mandou-lhe como mensageira uma [ninfa] divindade menor da montanha [...] a quem assim falou: — Há um lugar na fronteira mais distante da gelada Cítia, terra de solo triste e estéril, sem cereais nem árvores. O Frio preguiçoso mora lá, também a Palidez, o Medo e a magra Fome. Ordena pois à própria Fome que se instale no ventre sacrílego do miserável. Que nenhuma abundância a safisfaça, que ela vença meu poder imenso de nutrir. [...] — A ninfa, levada pelo ar [no carro que Ceres lhe emprestara], chegou à Cítia, e no ermo topo da montanha que os homens chamam Cáucaso soltou as rédeas dos dragões [que puxavam sua carruagem]. Buscou a Fome e a achou num campo pedregoso, arrancando da terra ralas ervas com suas unhas e dentes. Seu cabelo pendia grumoso, seus olhos eram fundos, sua face pálida, os lábios descorados e doentes, a garganta avermelhada de feridas; sua pele era dura e seca, e tão fina que através dela se podiam ver as vísceras. [...]

Quando a ninfa a viu ao longe — pois não ousava aproximar-se — recitou-lhe as ordens da deusa. Embora tenha se demorado muito pouco e mantivesse sua distância [...] ainda assim sentiu fome. [...]

A Fome cumpriu as ordens de Ceres, embora suas tarefas sejam contrárias, e voou pelos ares até a mansão indicada. Adentrou sem demora a alcova do rei ímpio, que dormia um sono profundo (pois que era noite). Enlaçou-o com seus braços franzinos, soprou nele seu hálito — na garganta, no peito e nos lábios — e implantou a fome em suas veias vazias. Cumprida sua ordem, ela deixou a terra fértil e retornou ao mundo das casas miseráveis e dos antros usuais.

O Sono gentil de asas suaves embalava ainda Erisícton. E em seu sono ele sonha com banquetes, mastiga a boca vazia, gastando um dente no outro, engole iguarias fantasiosas — pois seu festim nada mais é que fantasia. Ao acordar, porém, um desejo insano de comida reina em sua garganta ávida e em seu ventre inflamado. Ele pede imediatamente tudo o que o mar, a terra e o ar podem fornecer. Tendo à frente mesas abarrotadas de comida, queixa-se ainda de fome. Em meio a um banquete ele quer outros. O que bastaria para cidades inteiras, para toda uma nação, não basta a um homem só. [...]

Por fim, quando a força do castigo já havia exaurido todas as provisões, mas sua moléstia requeria ainda comida, o miserável rasga com os dentes os seus próprios membros. OVÍDIO, *METAMORFOSES*, VIII, 738-878.

DINHEIRO NÃO SE COME

Em Preneste, trezentos homens eram prisioneiros dos sitiantes e de sua própria lealdade. Aconteceu que um deles conseguiu capturar um rato, mas preferiu vendê-lo por duzentos denários a comê-lo ele próprio e assim aliviar sua fome. Mas a providência divina, acredito, deu ao vendedor e ao comprador os destinos que eles mereciam: o avarento morreu de inanição e não pode aproveitar o lucro de sua transação, já aquele que com serenidade resignou-se a, por necessidade, pagar tão caro por aquela comida, esse sobreviveu. VALÉRIO MÁXIMO, *FEITOS E DITOS MEMORÁVEIS*, VII, 6, 3.

OURO À MESA

[O rei] Pites descobrira minas de ouro em seu território e ordenou que todos os habitantes trabalhassem nelas, forçando-os a escavar e purificar o ouro, sem permitir-lhes qualquer outra atividade na terra ou no mar. Como esse mister lhes impedia de plantar e colher e satisfazer suas necessidades mais vitais, eles desanimaram. Suas esposas procuraram então Pitópoles, esposa de Pites, e imploraram seu auxílio. Pitópoles deu-lhes boas esperanças. Ela mandou chamar os ourives e lhes ordenou que fizessem uns peixes de ouro, e também pães, bolos e outras viandas do mesmo metal. Retornando de viagem, Pites quis cear. Sua mulher fez lhe trazerem uma mesa de ouro coberta não das comidas usuais, mas de peças de ouro trabalhado que as imitavam. Pites elogiou o labor e o engenho dos ourives, e pediu novamente que lhe trouxessem de comer. Novamente lhe puseram à frente pratos feitos de ouro, e ainda outra rodada depois dessa. Pites, já irado, disse que tinha fome. Sua mulher lhe respondeu: — Arruinaste a agricultura em nossa terra, e todas as atividades honestas que garantem a sobrevivência da gente, exigindo em troca que todos trabalhassem com ouro. Agora vês que ninguém pode comer esse metal, nem com ele comprar grãos e frutos, quando estes não são produzidos. — Tocado pela sabedoria de sua esposa, Pites fez cessar o trabalho nas minas e permitiu aos habitantes que se dedicassem novamente à lavoura e aos ofícios. POLIENO, *ESTRATAGEMAS*, VIII, 42.

ALGEMAS DE OURO

Então os etíopes levaram esses homens [da delegação do rei Cambises] para uma prisão, onde os prenderam com algemas feitas de ouro, pois entre eles o bronze é que é o metal mais raro e valioso. HERÓDOTO, *HISTÓRIA*, III, 23.

A MORTE DE APOLÔNIO

Outros dizem que ele morreu em Lindo, depois de adentrar o santuário de Atena, onde desapareceu. Outra versão refere que ele morreu em Creta, de modo ainda mais miraculoso. Apolônio vivia então em Creta, mais admirado por todos do que sempre fora, quando, noite alta, visitou o santuário de Dictina. A proteção do santuário e seus tesouros é confiada a cães, que os cretenses consideram tão ferozes quanto ursos — mas esses cães nem ao mesmo latiram quando Apolônio chegou — na verdade correram a seu encontro com os rabos abanando, aparentando mais alegria do que a costumeira quando chegava alguém a quem estivessem acostumados.

Os guardas do templo acorrentaram Apolônio, acusando-o de feiticeiro ou de saqueador, alegando que ele havia de algum modo entorpecido os cães. Por volta da meia-noite, porém, Apolônio libertou-se das cadeias, e, tendo chamado os carcereiros, para que o vissem, correu em direção às portas do templo, que se abriram sozinhas, fechando-se também sozinhas, tão logo Apolônio adentrou o recinto. Ouviram-se então vozes femininas, que cantavam "Vêm, segue da terra aos céus..."

A imortalidade da alma era ainda sua doutrina, e ele ensinava que a explicação tradicional era a correta, mas desencorajava a curiosidade sobre esses temas tão graves. Chegou a Tiana um rapaz sedento de disputas, mas que não aceitava a verdadeira doutrina. Apolônio já não estava entre os mortais, mas sua transfiguração causara assombro e ninguém ousava negar que ele era imortal. A maior parte de suas discussões versava sobre a alma, pois que havia lá grupo de rapazes amantes da sabedoria. O rapaz recém-chegado, porém, descrente da imortalidade da alma, lhes dizia: — Há nove meses peço a Apolônio que me revele a verdade sobre a alma, mas creio-o de fato tão morto que nunca consegui ver seu vulto, nem pôde ele persuadir-me de sua própria imortalidade.

Isso disse o rapaz na ocasião, porém quatro dias depois, quando se discutia o mesmo tema, ele adormeceu, enquanto seus colegas liam seus livros ou desenhavam figuras geométricas no chão. Ele então, como se estivera louco, acordou num sobressalto, suando profusamente, e gritou: — Creio em ti! — Quando os outros rapazes lhe perguntaram o que ocorrera, ele respondeu: — Não vedes o sábio Apolônio? Ele é conosco, e ouve nossas discussões, às quais responde com maravilhosas perorações sobre a alma. — Onde está ele? — perguntaram. — Pois não o vemos em parte alguma, o que nos seria mais valioso do que qualquer riqueza deste mundo.

O rapaz lhes disse: — Creio que ele veio ter comigo apenas, para tratar das coisas que não alcanço crer — permiti-me pois dizer-vos em que palavras ele ditou-me sua doutrina:

"Imortal é a alma, e tua não é,
Mas da Providência. Quando o corpo se desfaz,
A alma, qual cavalo em carreira, dispara,
E num salto lépido mistura-se ao ar fino,
Abominando sua pesada servidão.
Mas a vós, de que vos serve? —
Quando não mais fordes,
Então o crereis: Por que então, ainda em vida,
Sondar inutilmente o que é oculto?"

FILÓSTRATO, *VIDA DE APOLÔNIO DE TIANA*, VIII, 30.

SOBRE A MORTE DO TIRANO PERÍANDROS

Dizem alguns autores que ele não desejava que fosse conhecido o local onde seria sepultado, e com esse objetivo adotou o seguinte ardil. O tirano deu ordens a dois jovens para saírem à noite por uma certa estrada que ele indicou; eles deveriam matar o homem que encontrassem e enterrá-lo. Em seguida, Períandros ordenou a outros quatro homens que saíssem em perseguição aos dois primeiros, matassem-nos e os sepultassem; logo após despachou um contingente ainda maior de soldados em perseguição aos quatro. Tomadas essas medidas o próprio tirano saiu ao encontro dos dois primeiros soldados e foi morto pelos mesmos. DIÔGENES LAÊRTIOS, *VIDAS E DOUTRINAS DOS FILÓSOFOS ILUSTRES*, I, VII, 96 . TRADUÇÃO DE MÁRIO DA GAMA KURY. 2. ED, BRASÍLIA, EDITORA DA UNIVERSIDADE DE BRASÍLIA, 2014, PP. 38-39.

O SONO DE EPIMENIDES

Em certa época o pai [de Epimenides] mandou-o ao campo em busca de uma ovelha desgarrada, porém, aproximadamente ao meio-dia, Epimenides desviou-se do caminho e foi dormir numa caverna, onde teria ficado adormecido durante cinquenta e sete anos. Despertando depois disso, Epimenides levantou-se e saiu à procura da ovelha, imaginando que estivera dormindo por pouco tempo. Não tendo podido encontrá-la, encaminhou-se para a fazenda, onde achou tudo mudado e de posse de outro dono. Em seguida, Epimenides voltou perplexo para a cidade, e lá, ao entrar em sua própria casa, viu-se cercado por pessoas desejosas de saber quem era ele; finalmente encontrou seu irmão mais novo, agora um homem idoso, e tomou conhecimento de toda a verdade por meio dele. DIÔGENES LAÊRTIOS, *VIDAS E DOUTRINAS DOS FILÓSOFOS ILUSTRES*, I, X, 109. TRADUÇÃO DE MÁRIO DA GAMA KURY. 2. ED, BRASÍLIA, EDITORA DA UNIVERSIDADE DE BRASÍLIA, 2014, P. 42.

DEMÓCRITO ESCOLHE A CEGUEIRA PARA VER A VERDADE

Está escrito nos livros de história grega que o filósofo Demócrito, homem de grande autoridade e digno da mais alta admiração, privou-se voluntariamente da visão por acreditar que suas reflexões sobre a natureza seriam mais claras e exatas se ele conseguisse se livrar das armadilhas e distrações dos olhos. Esse seu ato e o modo sutil como o executou foram descritos pelo poeta Labério na comédia *O Cordoeiro* [...]:

> "Demócrito de Abdera, filósofo natural,
> Contra o astro levantou espelho brônzeo,
> Para esvaziar-se os olhos com o esplendor do sol..."

AULO GÉLIO, *NOITES ÁTICAS*, X, 17.

O SONHO DOS POETAS

Para os poetas, este sonho [o de estar cego] é o melhor que podem ter: de fato, eles gozariam de grande tranquilidade para compor suas obras se, privados da vista, não fossem confundidos nem pelas formas, nem pelas cores.

ARTEMIDORO, *ONIROCRÍTICA*, I, 26.

O SONHO DE SÓCRATES SOBRE PLATÃO

Narra-se que Sócrates viu em seus joelhos num sonho um filhote de cisne, cuja plumagem cresceu num instante, e que levantou voo para emitir um doce canto. No dia seguinte Platão lhe foi apresentado como discípulo, e imediatamente Sócrates disse que ele era a ave de seu sonho[1]. DIÔGENES LAÊRTIOS, *VIDAS E DOUTRINAS DOS FILÓSOFOS ILUSTRES*, III, I, 5. TRADUÇÃO DE MÁRIO DA GAMA KURY. 2. ED, BRASÍLIA, EDITORA DA UNIVERSIDADE DE BRASÍLIA, 2014, P. 86.

1. Os detratores de Platão relatam porém outro sonho: "Sócrates, na presença de muitas testemunhas, descreveu um sonho que tivera e disse sobre Platão coisa muito divertida: 'Pois eu sonhei que Platão se transformava num corvo, que se empoleirou na minha cabeça e pôs-se a bicar minha calva, olhando para todos os lados e grasnando. Por isso suspeito, Platão, que tu ainda dirás muitas mentiras a meu respeito!'" ATENEU, *O BANQUETE DOS SÁBIOS*, XI, 507.

DA VAIDADE DA ASTROLOGIA

[...] E ele [Favorino] julgava que também o seguinte devia tomar-se em consideração: se uma constelação ascende quando um homem é gerado no ventre de sua mãe e outra nove meses depois, quando ele nasce, como seria defensável ter duas indicações para a mesma pessoa, uma vez que, como eles próprios [astrólogos] acreditam, posições e ordens diferentes das mesmas estrelas resultam em destinos diferentes? Mas também no momento de um matrimônio do qual se espera descendência, ou do próprio coito de um casal, ele dizia, as estrelas deveriam indicar com exatidão qual seria o caráter dos filhos a nascer. Ora, mesmo muito antes, quando o marido e a mulher nasceram, seus horóscopos então deveriam prever que tipo de filhos eles haveriam de ter no futuro; e também muito, muito antes disso, até o infinito, de modo que, se essa ciência tem algum fundamento de verdade, cem anos atrás, ou melhor, no início mesmo do céu e da terra [...] essas estrelas deveriam ter previsto que tipo de homens seriam aqueles que nasceram hoje. [...] — E se, como eles afirmam, foi possível prever se o rei Pirro ou Mânio seria vitorioso na batalha, por que, pois, não arriscam prever qual de dois jogadores vencerá nos dados ou no tabuleiro? Talvez eles tenham conhecimento das coisas importantes, mas não das triviais — seriam pois os eventos importantes mais fáceis de prever do que os banais? — [...] Por fim ele perguntou que resposta poderiam dar ao argumento de que seres humanos dos dois sexos e de qualquer idade, nascidos pois sob diferentes conjunções astrais e em regiões muito distantes umas das outras, acabam às vezes morrendo num mesmo evento, seja num terremoto ou no colapso de uma casa, ou num naufrágio. [...] — Mas se eles a isso responderem que na vida e na morte de pessoas nascidas em tempos diferentes alguns eventos de mesma natureza podem ocorrer, por obra de uma conjunção semelhante dos astros, por que pois não se tornam todos semelhantes em algum momento, de modo que essa sintonia ou semelhança de estrelas venha a produzir vários Sócrates e Antístenes e Platões — iguais no nascimento, na pessoa, no talento, no caráter, na vida e na morte? Mas isso nunca poderia acontecer. Eles não podem, portanto, usar com propriedade o argumento contra a diferença dos homens ao nascer e sua semelhança na morte. [...] Mas todas as coisas verdadeiras que eles dizem, seja por trapaça ou por acaso, não são sequer um milésimo das falsidades que arriscam dizer". AULO GÉLIO, *NOITES ÁTICAS*, XIV, 1, 24.

O TRATAMENTO DA HISTERIA

Se porém a condição de afonia [da mulher histérica] permanecer, devem-se aplicar ventosas para sucção na virilha, no monte-de-vênus e nas partes adjacentes. Em seguida, deve-se massagear essas partes com óleo morno por um bom tempo, e finalmente cobrir as extremidades com lã macia e limpa. [...] Isso deverá causar relaxamento nessas partes externas e um pouco mais profundamente. SORANO, *GINECOLOGIA*, III, 27.

DA POLISSEMIA DOS SONHOS

Do mesmo modo, se várias pessoas têm o mesmo sonho, seu significado deve variar para cada indivíduo, pois é claro que cada um vive situação diferente. Se as circunstâncias [de uma pessoa] variam [e o sonho se repete], variam igualmente os sentidos cada vez. Certo homem sonhou que perdia seu nariz. Ele era então vendedor de perfumes; perdeu sua loja e abandonou essa ocupação. [...] Já em outras condições, teve de novo o mesmo sonho. Logo depois foi preso em flagrante por falsificar documentos e sofreu o exílio. Um rosto ao qual falta algo perde sua dignidade, e o rosto é a própria imagem da dignidade e da honra de um cidadão —o sonho portanto anunciou, com boa lógica, que ele haveria de perder seus direitos civis. O mesmo homem, doente, sonhou ainda uma vez que perdia seu nariz, e morreu pouco depois — as caveiras dos mortos são de fato desprovidas de nariz. [...] E assim o mesmo sonho teve para a mesma pessoa três resultados diferentes. ARTEMIDORO, *ONIROCRÍTICA*, IV, 27.

A CORTESÃ DOS SONHOS

Relata-se também anedota sobre a opinião de Lâmia a respeito do famoso julgamento de Bócoris. Um jovem egípcio enamorou-se de Tônis, a cortesã, oferecendo por seus favores uma grande quantia de ouro. Mas, antes que o encontro amoroso ocorresse, uma noite ele sonhou que a possuía e, tendo gozado daquele prazer em seu sonho, deu-se por satisfeito, desfazendo o acerto com a cortesã. Com isso, Tônis levou a juízo ação para receber o dinheiro. Bócoris, o juiz, tendo ouvido o caso, ordenou que o acusado trouxesse à corte aquela quantia em ouro num pote, que ele deveria mover à vista de Tônis — como se apenas a visão do ouro fosse o pagamento que lhe era devido. Lâmia, diz-se, contestou a justeza dessa sentença, argumentando que o jovem egípcio de fato gozara do encontro em seu sonho, enquanto que o desejo da cortesã pelo dinheiro não poderia ser satisfeito apenas com sua imagem. PLUTARCO, *VIDA DE DEMÉTRIO*, 27.

O TEATRO E A FILOSOFIA

Mas, da mesma forma que antigamente apenas o coro se incumbia de representar a tragédia, e mais tarde, para dar ao coro tempo de respirar, Téspis introduziu um primeiro ator proporcionando pausas ao coro, e Ésquilo um segundo ator, e Sófocles um terceiro, fazendo a tragédia chegar à sua plenitude, da mesma forma a filosofia primeiro dedicou-se unicamente à natureza; depois, com Sócrates, introduziu a ética como segundo assunto, e com Platão a dialética como terceiro, levando assim a filosofia à sua perfeição. DIÔGENES LAÊRTIOS, *VIDAS E DOUTRINAS DOS FILÓSOFOS ILUSTRES*, III, 56. TRADUÇÃO DE MÁRIO DA GAMA KURY. 2. ED, BRASÍLIA, EDITORA DA UNIVERSIDADE DE BRASÍLIA, 2014, P. 98.

COMER UM LIVRO

Comer um livro é [sonho] vantajoso para os preceptores, para os professores de retórica e para todos aqueles que vivem dos discursos e dos livros. A outros, isso anuncia a morte para breve. ARTEMIDORO, *ONIROCRÍTICA*, II, 45.

ARCESÍLAOS, O CÉTICO

Segundo alguns autores, em consequência de sua suspensão do juízo sobre todos os assuntos, Arcesílaos não escreveu um livro sequer; segundo outros autores, foi surpreendido revisando algumas obras de Crântor, que de acordo com certas fontes ele publicou, e de acordo com outras queimou. DIÔGENES LAÊRTIOS, *VIDAS E DOUTRINAS DOS FILÓSOFOS ILUSTRES*, IV, VI, 32. TRADUÇÃO DE MÁRIO DA GAMA KURY. 2. ED, BRASÍLIA, EDITORA DA UNIVERSIDADE DE BRASÍLIA, 2014, P. 119.

APOCRIFIA DE DIONÍSIOS

Dionísios, o Renegado[1], ou, como alguns o chamam, "Fagulha", escreveu um poema, *Partenopeus*, e o publicou sob o nome de Sófocles; Heracleides acreditou na autoria, e numa de suas próprias obras citou-o como evidência de Sófocles. Tomando conhecimento da citação, Dionísios confessou o que tinha feito, porém Heracleides o contestou e não quis acreditar. Então Dionísios chamou-lhe a atenção para o acróstico formado pelas letras iniciais dos primeiros versos, compondo a palavra "Pâncalos", nome do amásio de Dionísios. Heracleides, por seu turno, insistia em não querer acreditar, e teimava que tal fato era pura coincidência. A essa altura dos acontecimentos, Dionísios disse: "Encontrarás também os versos seguintes:"

"A. Macaco velho não cai em armadilha. B. Cai, sim; dentro de algum tempo cai." DIÔGENES LAÊRTIOS, *VIDAS E DOUTRINAS DOS FILÓSOFOS ILUSTRES*, V, VI, 92-93. 2 ED. TRADUÇÃO DE MÁRIO DA GAMA KURY. 2. ED, BRASÍLIA, EDITORA DA UNIVERSIDADE DE BRASÍLIA, 2014, PP. 150-151.

1. Chamado também o"Renegado", que se tornou defensor da teoria hedonística, porque em consequência de uma grave doença nos olhos não teve mais convicção para afirmar que a dor é uma coisa indiferente (CF. DIÔGENES LAÊRTIOS, VII, 37, P. 190).

O QUE SÓCRATES ESCREVEU

Pois, segundo creio, nenhuma doutrina seria mais ridicularizada pelo populacho do que essa. [...] Ora, a melhor salvaguarda é pois nada escrever, mas aprender de memória, uma vez que é impossível impedir que esses escritos cheguem ao público. Eis por que eu nunca escrevi coisa alguma sobre esses temas [metafísicos]. De Platão, não há nenhum tratado sobre eles, nem nunca haverá. Aqueles atribuídos a mim foram escritos por Sócrates, quando ele era jovem e belo. PLATÃO, *CARTA II*, 314B-C.

ADMIRADOS DE DIÔGENES, O CÍNICO

Diôgenes elogiava os que estavam na iminência de casar mas não casavam, os que estavam a ponto de realizar uma viagem porém não viajavam, os que pensavam em dedicar-se à política mas não se dedicavam, os que desejavam constituir uma família e não a constituíam, os que se preparavam para conviver com os poderosos mas não se aproximavam deles. DIÔGENES LAÊRTIOS, *VIDAS E DOUTRINAS DOS FILÓSOFOS ILUSTRES*, VI, II, 29. TRADUÇÃO DE MÁRIO DA GAMA KURY. 2. ED, BRASÍLIA, EDITORA DA UNIVERSIDADE DE BRASÍLIA, 2014, P. 159.

DIÔGENES E O ATUM

A alguém que desejava estudar filosofia com ele Diôgenes deu um atum e ordenou à pessoa que o seguisse com o peixe na mão. Essa pessoa envergonhou-se de levá-lo, lançou-o fora e foi-se embora. Algum tempo depois o filósofo a encontrou e disse-lhe rindo: "Um atum desfez nossa amizade". DIÔGENES LAÊRTIOS, *VIDAS E DOUTRINAS DOS FILÓSOFOS ILUSTRES*, VI, II, 36. TRADUÇÃO DE MÁRIO DA GAMA KURY. 2. ED, BRASÍLIA, EDITORA DA UNIVERSIDADE DE BRASÍLIA, 2014, P. 161.

DIÔGENES E A FILOSOFIA

A alguém que lhe falou: "Não sabes coisa alguma e te fazes de filósofo", sua resposta foi: "Aspirar à filosofia também é filosofar". DIÔGENES LAÊRTIOS, *VIDAS E DOUTRINAS DOS FILÓSOFOS ILUSTRES*, VI, II, 64. TRADUÇÃO DE MÁRIO DA GAMA KURY. 2. ED, BRASÍLIA, EDITORA DA UNIVERSIDADE DE BRASÍLIA, 2014, P. 168.

METROCLÉS QUEIMA SUAS OBRAS

Hécaton afirma que Metroclés queimou suas obras exclamando: "Estes são fantasmas de sonhos do outro mundo". DIÔGENES LAÊRTIOS, *VIDAS E DOUTRINAS DOS FILÓSOFOS ILUSTRES*, VI, VI, 95. TRADUÇÃO DE MÁRIO DA GAMA KURY. 2. ED, BRASÍLIA, EDITORA DA UNIVERSIDADE DE BRASÍLIA, 2014, P. 176.

ZÊNON E OS AUTORES ANTIGOS

Zênon foi consultar o oráculo a fim de saber que deveria fazer para viver da melhor maneira possível, e o deus respondeu que teria de igualar-se aos mortos. O filósofo entendeu corretamente e passou a ler os autores antigos. DIÔGENES LAÊRTIOS, *VIDAS E DOUTRINAS DOS FILÓSOFOS ILUSTRES*, VII, I, 2. TRADUÇÃO DE MÁRIO DA GAMA KURY. 2. ED, BRASÍLIA, EDITORA DA UNIVERSIDADE DE BRASÍLIA, 2014, P. 181.

ENCONTRO DE ZÊNON COM CRATES

Após haver comprado púrpura na Fenícia, Zênon sofreu um naufrágio nas proximidades do Peiraieus; dirigiu-se então a Atenas (nessa época Zênon tinha trinta anos de idade) e sentou-se na loja de um livreiro. Lendo o segundo livro das *Memorabília* de Xenofon, sentiu tanta satisfação que perguntou onde seria possível encontrar homens como Sócrates.

Naquele exato momento Crates passava por lá, e o livreiro apontou para o filósofo e disse: "Segue aquele homem!" Desde então ele se tornou discípulo de Crates; seu espírito mostrou-se fortemente inclinado para a filosofia, porém era muito tímido para adaptar-se ao despudor cínico. Percebendo essa resistência e querendo superá-la, Crates deu-lhe uma panela cheia de sopa de lentilhas para levar ao longo do [cemitério de] Cerameicôs; vendo que ele estava envergonhado e tentava esconder a panela, Crates partiu-a com um golpe de seu bastão. Zênon começou a fugir, enquanto as lentilhas escorriam de suas pernas, e Crates disse-lhe: "Por que foges, meu pequeno fenício? Nada te aconteceu de terrível". DIÔGENES LAÊRTIOS, *VIDAS E DOUTRINAS DOS FILÓSOFOS ILUSTRES*, VII, I, 2-3. TRADUÇÃO DE MÁRIO DA GAMA KURY. 2. ED, BRASÍLIA, EDITORA DA UNIVERSIDADE DE BRASÍLIA, 2014, P. 181.

O QUE ERA PROIBIDO AO SACERDOTE DE JÚPITER

Muitas cerimônias e proibições estão impostas ao sacerdote de Júpiter, como se pode ler no livro *Sobre os Sacerdotes Públicos*, de Fábio Pictor. Recordo-me das seguintes: ele não pode andar a cavalo; não pode ver o exército em formação; não pode fazer juramento; não pode usar anel — a menos que seja um anel partido e sem pedra [...] se alguém acorrentado entra em sua casa, esse deverá ser libertado e mandado de volta à rua através do telhado. Ele não pode usar nós nos cabelos, na cintura ou em qualquer parte de sua roupa; se alguém a caminho de ser punido com chicote se atirar aos seus pés como suplicante, será nefasto puni-lo naquele dia. Somente um homem livre pode lhe cortar os cabelos. Segundo o costume, esse sacerdote não deve comer, nem mesmo mencionar, carne de cabra, qualquer carne crua, hera e feijões.

O sacerdote de Júpiter tampouco pode passar por debaixo de videiras. Os pés do leito onde dorme devem ser cobertos de lama; ele não deve dormir em outro lugar por três noites sucessivas, tampouco deve sua cama ser usada por outrem. [...] Quando lhe cortam os cabelos ou as unhas, os restos devem ser enterrados ao pé de uma árvore frutífera. [...]Ele não deve sair ao ar livre sem seu gorro. [...]

Ele não pode tocar pão fermentado. Quando ao ar livre, deve trazer sempre uma túnica por baixo de suas vestes — para que não fique [por acidente] nu aos olhos de Júpiter. [...] Se perder sua mulher, deve deixar o sacerdócio. Seu matrimônio não pode ser desfeito senão pela morte. Ele nunca vai ao local onde se queimam ou enterram os mortos e nunca deve tocar um cadáver. AULO GÉLIO, *NOITES ÁTICAS*, X, 15, 1-25.

CONTRA A GUARDA DO SÉTIMO DIA

Além desses exemplos, há apenas pouco tempo que eu próprio conheci um homem de elevada posição, prefeito e governador do Egito, que firmou em sua cabeça o propósito de mudar as instituições e os costumes de nossa nação e de maneira extraordinária ab-rogar aquela mais santa das leis, protegida por tão temíveis punições, que diz respeito à guarda do sábado. Queria pois forçar-nos a obedecer-lhe e a fazer outras coisas contrárias aos nossos costumes, e acreditava que esse poderia ser o começo do abandono de toda a nossa Lei e crença, apenas alcançasse perturbar nossa observância hereditária e costumeira do sétimo dia. Ao ver porém que aqueles a quem ele ameaçava com violência não cediam, e que tampouco os demais estavam dispostos a submeter-se mansamente, mas que, pelo contrário, bradavam indignação com seu propósito ou choravam pelas ruas, como se lhes fora ameaçada a escravidão ou a ruína completa de nosso povo, julgou ele apropriado dirigir-se à gente com o seguinte discurso, para persuadi-la a pecar: "Se inimigos invadissem sem aviso vossa terra, ou se lhes sobreviesse a violência de um dilúvio, tendo-se rompido as barreiras de um rio mui caudaloso, ou um incêndio terrível, ou raios do céu, ou a fome, ou a peste, ou se a terra tremesse — ou qualquer outro mal, causado por homens ou mandado por Deus — permaneceríeis ainda quietos em vossas casas? Andaríeis em vosso modo habitual, mantendo a mão direita às costas e a outra sob as vestes, junto à cintura, para evitardes qualquer movimento, ainda que involuntário, desdenhando de bom grado a própria salvação? Permaneceríeis sentados em vossas sinagogas, reunidos em vossas assembleias usuais, lendo vossos volumes sagrados em segurança, interpretando a cada passo o que não está claro, devotando todo vosso tempo livre à filosofia de vossos ancestrais? Ou, sem cuidar dessas coisas, não estaríeis antes dedicados à vossa salvação e à de vossos pais e filhos e (se a verdade deve ser dita) de vossas posses e tesouros, para impedir que tudo fosse consumido na catástrofe? Pois bem: eu sou os males que enumerei; eu sou a tempestade, eu sou a guerra e o dilúvio, eu sou o raio que cai do céu, a calamidade da fome, o sofrimento da peste e um terremoto que faz tremer e derruir o que antes era firme — não o mero nome da necessidade ou do destino, mas uma potência real e visível, à vossa frente". FILO DE ALEXANDRIA, *SOBRE OS SONHOS INSPIRADOS POR DEUS*, II, XVIII, 123-129.

O PODER DE CÉSAR

Eu sou árbitro da vida e da morte das gentes, na minha mão está a condição e a sina de cada um. Por minha boca a Fortuna declara o que reserva a cada homem. De acordo com minha resposta, povos e cidades têm motivo de regozijo; não há lugar algum que prospere sem que eu o queira e permita. Com um aceno meu, milhares de espadas que minha Paz sujeita são desembainhadas. Que países convém extirpar pela raiz, quais devem ser movidos, quais recompensados com a liberdade e quais privados dela, que reis convém escravizar e na cabeça de quais colocar o diadema real, que cidades devem permanecer arrasadas e quais podem renascer — tudo isso depende de mim. SÊNECA, *SOBRE A CLEMÊNCIA*, I, I, 2.

O PÁTRIO PODER

Mas as leis que Rômulo criou para reverência e obediência dos filhos a seus pais, a fim de que eles os honrem e obedeçam em todas as coisas, tanto em palavras quanto em ações, eram ainda mais augustas e muito superiores às nossas. Pois os legisladores gregos definiram um período muito curto para que os filhos estivessem sob o governo de seus pais - alguns até a expiração do terceiro ano depois de atingirem a maioridade, outros enquanto continuassem solteiros, e alguns até que seus nomes fossem inscritos nos registros públicos [...]. Também as punições que [os gregos] ordenaram pela desobediência dos filhos não eram graves: permitiam que os pais expulsassem seus filhos de casa e os deserdassem, mas nada além disso. Ora, punições brandas não são suficientes para restringir a loucura e os modos obstinados da juventude, ou para dar autocontrole àqueles que são negligentes com o que é honroso; e, portanto, entre os gregos, muitos atos impróprios são cometidos por filhos contra seus pais. Mas o legislador dos romanos deu pleno poder ao pai sobre seu filho, e por toda a sua vida, quer ele julgasse apropriado aprisioná-lo, açoitá-lo, prendê-lo em cadeias, mantê-lo trabalhando nos campos ou mesmo condená-lo à morte, ainda que o filho já estivesse envolvido em assuntos públicos, e mesmo que fosse dos mais altos magistrados, celebrado por suas virtudes pela comunidade.

De fato, em razão dessa lei, homens de distinção, enquanto da tribuna faziam discursos hostis ao senado e agradáveis ao povo, foram arrastados de lá por seus pais para sofrerem o castigo que esses consideravam adequado; e enquanto eram conduzidos através do Fórum, ninguém presente, nem o cônsul, nem o tribuno, nem a própria multidão, que os julgava homens de grande poder, poderia resgatá-los.

[...] ele até deu permissão ao pai de obter lucro vendendo seu filho por até três vezes, dando assim maior poder ao pai sobre o filho do que ao senhor sobre seus escravos. Pois um escravo que foi vendido uma vez e posteriormente obteve sua liberdade torna-se seu próprio senhor para sempre, mas um filho que fosse vendido uma vez por seu pai, uma vez liberto, retornaria ao mando de seu pai, e se fosse vendido uma segunda vez e novamente liberto, ele ainda seria, como no início, escravo de seu pai; somente após a terceira venda ele poderia conseguir sua liberdade. DIONÍSIO DE HALICARNASSO, ANTIGUIDADES ROMANAS, 26-27.

O FOGO VIVO

[Por que os romanos] Não apagavam uma lâmpada, mas deixavam que ela se consumisse sozinha?

[...] Talvez como símbolo a indicar que não é necessário destruir ou aniquilar uma coisa animada, a menos que ela seja nociva — pois o fogo se assemelha a uma coisa viva. De fato, ele precisa ser alimentado, move-se sozinho, e quando é extinto emite um som, como se morresse. Ou talvez esse costume ensine que não se deve destruir nem o fogo, nem a água, nem qualquer coisa necessária quando já temos dela o bastante, mas sim permitir que os necessitados possam usá-las, e portanto deixá-las a outros quando já não nos são mais úteis. PLUTARCO, *QUESTÕES ROMANAS*, 75.

OS PRECEITOS DE PITÁGORAS

Seus preceitos eram os seguintes: não atiçar o fogo com uma faca, não forçar a balança, não sentar sobre a medida de grãos, não comer o coração, ajudar a depor a carga e não a agravá-la, ter sempre as cobertas enroladas juntas, não pôr a imagem de um deus na placa de um anel, não deixar a marca da panela nas cinzas, não esfregar um vaso com uma tocha, não urinar voltado para o sol, não caminhar por fora da estrada, não apertar mãos com facilidade, não ter andorinhas sob o próprio teto, não criar animais com os artelhos aduncos, não urinar nem pisar sobre unhas ou cabelos cortados, afastar de si as facas afiadas, não voltar atrás na fronteira quando sair da pátria.

Com o preceito "não atiçar o fogo com uma faca", Pitágoras queria dizer: não se deve provocar a ira ou o orgulho inflado dos poderosos; com "não forçar a balança", não atentar contra a equidade e a justiça; com "não sentar sobre a medida de grãos", cuidar também do futuro, pois a medida de grãos é a ração para um dia; com "não comer o coração" queria significar não consumir a alma com aflições e penas; com "não voltar atrás na fronteira quando sair da pátria" advertia todos os que estão partindo da vida a não se deixarem deter pelo desejo de viver nem a se deixarem atrair pelos prazeres desta vida. Poderíamos explicar também os outros preceitos, mas isso nos levaria muito longe. DIÓGENES LAÊRTIOS, *VIDAS E DOUTRINAS DOS FILÓSOFOS ILUSTRES*, VIII, I, 17-18. TRADUÇÃO DE MÁRIO DA GAMA KURY. 2. ED, BRASÍLIA, EDITORA DA UNIVERSIDADE DE BRASÍLIA, 2014, PP. 232-233.

PITÁGORAS E OS FEIJÕES

Uma falsa opinião corrente já há muito tempo sustenta que Pitágoras não comia animais, e que também se abstinha de feijões. [...] Repetindo essa opinião, o poeta Calímaco escreveu: "Assim como Pitágoras, eu vos digo: afastai vossas mãos do feijão, alimento malfazejo". Também por conta dessa crença, Cícero registrou no livro *De Divinatione*: "Platão portanto recomenda que ao dormir tenhamos o corpo em tal condição que nada nos cause perturbação ou fantasias. Por esse mesmo motivo, acredita-se que os pitagóricos proibiam a ingestão de feijões — alimento que causa muita flatulência, coisa que perturbaria os que buscam tranquilidade de alma".

Isso diz Cícero. Mas Aristóxeno, o músico, um homem muito instruído na literatura antiga, aluno do filósofo Aristóteles, diz em seu livro sobre Pitágoras que ele, pelo contrário, preferia os feijões a quaisquer outros vegetais, uma vez que ajudam a aliviar os intestinos. Copio as palavras do próprio Aristóxeno: "Dentre os vegetais, Pitágoras preferia as vagens, julgando-as ao mesmo tempo digestivas e laxantes; fazia portanto uso frequente desse alimento".

Aristóxeno relata ainda que Pitágoras comia leitões muito jovens e cabritos tenros. Esse fato aparentemente ele descobriu por intermédio de Xenófilo, o pitagórico, e de alguns outros homens idosos, que viveram não muito depois do tempo de Pitágoras. A mesma informação sobre o consumo desses animais refere o poeta Aléxis, em sua comédia chamada *A Megera Pitagórica*. Esse erro sobre a abstinência de feijões parece ademais resultar de um poema de Empédocles, que era seguidor de Pitágoras, em que se encontra este verso: "Homens danados, mantende vossas mãos distantes dos feijões". A maioria dos leitores acredita que o poeta aí se refere aos feijões, de acordo com o uso comum da palavra. Mas os que estudaram mais a fundo os poemas de Empédocles sustentam que a palavra grega significaria "testículos", referidos obliquamente, à maneira pitagórica, por "feijões" [...] e que portanto Empédocles estaria admoestando os homens não a deixarem de comer feijões, mas a evitar a luxúria. AULO GÉLIO, *NOITES ÁTICAS*, IV, XI, 1-10.

SOBRE A ESCOLA PITAGÓRICA

Diz-se que a maneira e o método de Pitágoras (e posteriormente de sua escola e de seus sucessores) na admissão e instrução de seus pupilos eram os seguintes: de início ele os examinava com as artes da fisiognomonia — isto significa analisar o caráter e as disposições de uma pessoa de acordo com a conformação da boca, da face e de todo o corpo. Tendo assim examinado um jovem e o julgado idôneo, ordenava que imediatamente o admitissem na escola, onde deveria ficar em silêncio por um tempo determinado. Esse tempo não era o mesmo para todos, mas variava de acordo com a estimação que ele fazia da capacidade de compreensão do postulante. Aquele que fazia silêncio devia ouvir o que os outros diziam, mas era-lhe vetado fazer perguntas, se tivesse dúvidas, ou quaisquer comentários — de qualquer forma ninguém deveria ficar em silêncio por menos de dois anos. Por todo esse período de audição silenciosa os alunos eram chamados de "ouvintes". — Quando por fim haviam aprendido essa mais difícil das artes — calar e ouvir — e encerravam essa espécie de "silêncio erudito" (segundo seu nome grego), tornava-se-lhes então permitido falar, perguntar, escrever sobre o que aprendiam e mesmo externar suas próprias opiniões. Nesse estágio, eram chamados de "matemáticos", pois os gregos outrora definiam como "matemáticas" essas ciências que se lhes franqueavam: geometria, construção de relógios solares, música e outras estudos superiores; entre nós, porém, o povo chama de "matemáticos" aqueles que deveriam ser chamados de "caldeus" [astrólogos]. Por fim, dotados desses conhecimentos, avançavam ao estudo dos fenômenos do universo e das leis da natureza, e nessa fase eram chamados de "físicos".

Tendo me ensinado essas coisas sobre os pitagóricos, meu amigo Taurus costumava dizer: "Hoje em dia, porém, esses jovens que chegam à filosofia com os pés sujos, por assim dizer, não contentes de serem [em grego] 'sem propósito, sem instrução, sem habilidade', querem eles próprios ditarem as leis sobre como se lhes deve ensinar a filosofia. Um diz: 'Ensina-me isto primeiro', outro diz: 'Isto quero aprender, aquilo não'. Um pede para começarem com o Simpósio de Platão, por conta da bebedeira de Alcibíades, outro com o Fedro, pelo discurso de Lísias. Por Júpiter! Há mesmo quem queira ler Platão não para melhorar sua vida, mas para melhorar sua dicção e seu estilo, não para tornar-se mais modesto, mas para parecer mais elegante". Essas coisas Taurus dizia, comparando os estudantes de filosofia de hoje com os pitagóricos de outrora.

Mas tampouco se deve omitir que todos eles, assim que eram admitidos por Pitágoras no grupo de pupilos, cediam para uso comum tudo o que possuíam, formando-se assim uma sociedade indissolúvel, como aquela que no antigo direito romano se chamava "herança indivisível". AULO GÉLIO, *NOITES ÁTICAS*, I, IX, 1-12.

HOMERO E HESÍODOS NO HADES

Hierônimos diz que Pitágoras, descendo ao Hades, viu a alma de Hesíodos presa a uma coluna de bronze e gritando, e a de Homero pendente de uma árvore cercada de serpentes, pelo que esses poetas haviam dito dos deuses. DIÔGENES LAÊRTIOS, *VIDAS E DOUTRINAS DOS FILÓSOFOS ILUSTRES*, VIII, I, 21. TRADUÇÃO DE MÁRIO DA GAMA KURY. 2. ED, BRASÍLIA, EDITORA DA UNIVERSIDADE DE BRASÍLIA, 2014, P. 233.

O FLAGELO DE HOMERO

Nos anos que se seguiram, Zoilo, que mereceu ser cognominado de *Homeromastix* ["o flagelo de Homero"], chegou a Alexandria, vindo da Macedônia, e declamou perante o rei os seus versos contra a *Ilíada* e a *Odisseia*. Ptolomeu, porém, vendo que o pai dos poetas e príncipe de toda a literatura era insultado estando ausente, e que era vituperado aquele cujos escritos eram objeto da admiração de todos os povos, indignado, não lhe deu qualquer resposta. Todavia, permanecendo [Zoilo] naquele reino muito mais tempo, obrigado pela necessidade, dirigiu-se suplicante ao rei, solicitando-lhe que lhe fosse concedida alguma coisa.

O rei, conta-se, respondeu-lhe que Homero, falecido havia mais de mil anos, continuava através dos tempos a agradar a muitos milhares de pessoas. Por isso, quem se arrogava de melhor engenho devia agradar não apenas a uma pessoa, mas a muitas. Zoilo acabou por ser condenado por parricídio, sendo a sua morte contada de várias maneira. Uns escreveram que foi pregado numa cruz [...]; alguns, que foi apedrejado em Quio; e outros, ainda, que foi lançado vivo a uma pira, em Esmirna. VITRÚVIO, *TRATADO DA ARQUITETURA*, VII (PREÂMBULO), 8-9. TRADUÇÃO DE M. JUSTINO MACIEL.

SE OS MORTOS VOLTASSEM

[Sonhar com] mortos ressuscitados significa dificuldades e preocupações; com efeito, deve-se imaginar que espécie de problemas teríamos se os mortos ressuscitassem, pois então, naturalmente, eles haveriam de requisitar seus bens. ARTEMIDORO, *ONIROCRÍTICA*, II, 62.

OS FALSOS NEROS

Ele morreu aos 32 anos de idade, no aniversário do assassinato de Otávia, e tão grande foi o júbilo público com a notícia que as pessoas passaram a correr pelas ruas com o barrete frígio na cabeça [como se fossem escravos postos em liberdade]. [...] Vinte anos depois de sua morte, quando eu era ainda um rapazinho, surgiu uma pessoa de origem obscura que dizia ser Nero. O nome do imperador gozava ainda de tanto prestígio [...] que eles o apoiaram com grande dedicação, e só com muita relutância o entregaram às autoridades. SUETÔNIO, *VIDA DOS DOZE CÉSARES*, VI, "NERO", 57.

Por essa época, as províncias da Acaia e da Ásia Menor viviam terror com a falsa notícia de que Nero se aproximava. Vários rumores sobre sua morte corriam então, e muitos acreditavam, ou fingiam acreditar, que ele ainda vivia. [...] O impostor era um escravo do Ponto ou, de acordo com alguns relatos, um liberto da Itália, habilidoso cantor e tocador de lira, qualidades que, somadas à semelhança da face, tornavam sua pretensão muito plausível. Tendo atraído alguns desertores e vagabundos famintos, a quem ele prometia grandes recompensas, tripulou uma nave e partiu pelo mar. Com o tempo ruim, teve de aportar na Ilha de Citno, onde convenceu alguns soldados a se juntarem ao grupo, mandando executar os que se recusaram. [...] A partir de então o medo espalhou-se; muitos porém se exaltavam ao ouvir aquele nome famoso [de Nero], demandando mudanças, por detestarem suas condições. [...]

[O imperador] Galba [deu a Calpúrnio Asprenate] dois trirremes para ir à caça do impostor. [...] A seu comando, a nave foi invadida e tomada, e aquele homem, quem quer que ele fosse, foi morto. O corpo, a que olhos, cabelo e feições selvagens davam aparência impressionante, foi levado para a Ásia e daí para Roma. TÁCITO, *HISTÓRIAS*, II, VIII-IX.

OS ELEFANTES DE POMPEU

Mas os elefantes de Pompeu, tendo perdido toda esperança de escaparem [porque seriam mortos em combates na arena], tentaram conseguir a compaixão do público com indescritíveis gestos de súplica, lamentando sua sorte com uma espécie de choro — para tamanho desgosto dos espectadores que eles acabaram por ignorar a generosidade de Pompeu, que lhes havia preparado aqueles jogos magníficos; todos se levantaram em prantos e lançaram contra ele suas maldições, que logo viriam a se cumprir. PLÍNIO, O VELHO, *HISTÓRIA NATURAL*, VIII, 7, 21.

O DEDÃO DE PIRRO

Algumas pessoas nascem com partes do corpo dotadas de virtudes admiráveis, como o rei Pirro, cujo dedão do pé direito tinha o condão de, somente com um toque, curar as pessoas da inflamação do baço. Diz-se, que morto o rei, não se conseguiu cremar o dedão com o resto do corpo, e que ele foi depois guardado num templo. PLÍNIO, O VELHO, *HISTÓRIA NATURAL*, VII, 2, 20.

O VERDADEIRO MAUSOLÉU

Também em outras terras houve amores justos que a fama preservou. [...] Seria desnecessário argumentar quanto Artemísia, rainha da Cária, sentiu a falta de seu marido Mausolo, tendo em conta as tantas honras que ela lhe dedicou, assim como aquele monumento listado entre as Sete Maravilhas. Por que, pois, enumerá-las, ou falar daquele túmulo famoso, quando sabemos que ela própria quis tornar-se sepulcro vivo do marido, de acordo com o testemunho daqueles que dizem que ela tomava [diariamente] uma bebida em que dissolvera os ossos do defunto? VALÉRIO MÁXIMO, *FEITOS E DITOS MEMORÁVEIS*, IV, 6 (EXT), 1.

O OBJETO ASSASSINO

E se uma coisa sem vida causar a morte de alguém — exceto no caso de um raio do céu, ou de outro golpe fatal enviado pelos deuses —, seja o caso de um homem que morre quando algum objeto lhe cai por cima, ou quando ele próprio cai sobre o objeto, seu parente mais próximo deverá escolher um vizinho como juiz, que comprovará que ninguém da família foi culpado pela morte. E ele deverá atirar para além da fronteira a coisa culpada, como se disse também dos animais. PLATÃO, *LEIS*, IX, 873L-874A.

A MULHER ADÚLTERA, O ASNO E A PEDRA

[Em Cime] A mulher que fosse flagrada em adultério deveria ser exposta sobre uma pedra em praça pública. Depois disso, faziam-na montar um asno e, tendo rodado com ela pela cidade, levavam-na de volta ao lugar da pedra. Pelo resto de sua vida ela seria desprezada e conhecida como "aquela que monta o asno". Quanto à pedra, por acreditarem que a mulher a tinha conspurcado, atiravam-na fora da cidade, em respeito às coisas sagradas. PLUTARCO, *QUESTÕES GREGAS*, 2, 291, F1-291, F5.

XERXES CASTIGA O MAR...

Quando essa ponte franqueava já o canal, rebentou porém violenta tempestade, que destruiu aquela obra, anulando todo o esforço que se fizera. Quando Xerxes teve notícia disso, encheu-se de ira e ordenou que o [estreito de] Helesponto recebesse trezentas chicotadas e que se atirasse um par de grilhões em suas águas. Ouvi também que ele ordenou que marcassem o mar com um ferro em brasa. É certo porém que ele deu ordens de que se pronunciassem estas palavras enquanto as águas eram fustigadas: "Águas amargas, vosso senhor vos condena a esse castigo porque injustamente lhe fizestes mal, sem que de parte dele houvesses sofrido qualquer dano. É fato que o rei Xerxes há de vos cruzar, vós o querendo ou não. Bem mereceis que nenhum homem vos ofereça sacrifício — pois que sois de fato um rio traiçoeiro e repulsivo". Enquanto o mar era assim punido, ele ordenou também que os supervisores dos trabalhos fossem decapitados. HERÓDOTO, *HISTÓRIA*, VII, 34-35.

...E AMEAÇA A MONTANHA

Quanto a Xerxes, ele não hesitou em mandar fustigar o mar, e ao Monte Atos ele enviou cartas de ameaça do seguinte teor: "Tu, maldito Atos, que levantas a cabeça contra o céu — cuida não impedires minhas obras com tuas pedras escarpadas, ou mui duras e difíceis de cortar. Doutro modo, se assim fizeres, é certo que te cortarei pelas entranhas e te lançarei no mar!"

PLUTARCO, *SOBRE A MANSIDÃO*, VIII, 30.

GLORIA MUNDI

Em seu sepulcro e nos monumentos que o adornariam, ele [Alexandre] pretendia gastar dez mil talentos. Desejoso de que a excelência do lavor e a singularidade do desenho fossem ainda maiores do que as expensas, mandou chamar Estesícrates, arquiteto que sempre prometia coisa ousada, inaudita e magnífica em seus projetos. Quando se encontraram, Estesícrates lhe disse que de todas as montanhas que conhecia, o Monte Atos, na Trácia, era o mais apto para ser trabalhado para representar a forma humana, e que, se isso fosse do agrado do rei, ele faria daquela montanha a maior e mais durável estátua deste mundo, pois que em sua mão esquerda caberia uma cidade de dez mil homens, e sua destra verteria para o mar um copioso rio. Embora Alexandre tenha declinado desse projeto, gastou ainda muito tempo com arquitetos e artífices para planejar outros planos ainda mais extravagantes e suntuosos.

[...]

Então, tendo encontrado aberto o sepulcro de Ciro [...] leu a inscrição: "Tu, quem quer que sejas e de onde quer que venhas: sou Ciro, o fundador do Império Persa. Não me negues o pouquinho de terra que cobre meu corpo". Essas palavras tocaram fundo Alexandre, enchendo-o de pensamentos sobre a incerteza das coisas humanas. PLUTARCO, *VIDA DE ALEXANDRE*, 69 E 72.

A CALVÍCIE DE CÉSAR

César cuidava com muito esmero de sua aparência, apresentando-se sempre não apenas muito bem barbeado e de cabelos bem aparados, como ainda, diz-se, costumava depilar-se dos pelos supérfluos. Contudo, sua calvície era coisa que o perturbava sobremaneira, também por dar aos adversários motivo para troça. Para escondê-la, ele costumava pentear os cabelos do cocoruto para frente, e nenhuma honra concedida pelo senado ou pelo povo lhe era mais cara do que o privilégo de usar coroa de louros em todas as ocasiões. SUETÔNIO, *VIDA DOS DOZE CÉSARES*, I, "CAIO JÚLIO CÉSAR", 45.

O OSTRACISMO DE ARISTIDES

De toda as suas virtudes, admiravam mais a justiça, pois que ele fazia dela uso constante. Assim, embora fosse homem de nascimento humilde e de poucas posses, tinha o apodo mui real e mesmo divino de "O Justo". [...]

Juntando-se de todas as partes de Atenas [os cidadãos] baniram Aristides com o ostracismo, fingindo ser medo da tirania o que era de fato inveja de sua reputação — pois o ostracismo não era a punição de um ato criminoso, mas um meio de podar e vexar excessiva grandeza ou influência, servindo, de fato, como um alívio para o sentimento de inveja, à qual assim permitiam expressar-se, sem com isso causar ao condenado mal maior que dez anos de banimento. [...]

Em resumo, corria assim o processo: cada um apanhava um "ostracon", isto é, um caco de cerâmica, no qual escrevia o nome do cidadão que queria ver banido. [...] O magistrado contava então todos os votos — se no total fossem menos de seis mil, o processo não tinha validade — depois liam-se os nomes. Aquele cujo nome aparecesse mais vezes seria banido por dez anos, a expensas da cidade.

Enquanto, pois, os cidadãos escreviam os nomes nos cacos, diz-se que um rufião analfabeto deu o seu a Aristides — a quem não conhecia — pedindo-lhe que escrevesse "Aristides" nele. Ele, surpreso, perguntou ao homem se aquele Aristides já lhe havia feito algum mal. "Nenhum", o homem respondeu, "nem de fato o conheço; mas cansei-me de ouvi-lo chamado de 'o Justo' em toda parte". Aristides, tendo ouvido isso, não disse qualquer palavra, escreveu seu nome no caco e devolveu-o ao homem.

PLUTARCO, *VIDA DE ARISTIDES*, 7.

A BIBLIOTECA VIVA

Lembro-me ainda de um ricaço, Calvísio Sabino. [...] A sua memória era tão má que de vez em quando até esquecia os nomes de Ulisses, de Aquiles, de Príamo, embora todos conheçam os seus nomes tão bem como nós conhecemos os nomes de nossos pedagogos. Nenhum nomenclador[1] senil, daqueles que já não sabem o nome às pessoas e dizem o que lhes vem à cabeça, citaria tão erradamente os apelidos de família como Sabino fazia aos Troianos e aos Aqueus! Apesar disso ele queria fazer-se passar por erudito. E aqui tens o método que congeminou: comprou a peso de ouro uma série de escravos, um que sabia Homero de cor, outro, Hesíodo, e mais nove a quem encarregou de decorar os poetas líricos. Que tais escravos lhe tivessem custado uma fortuna não é de admirar: não os encontrou assim tal qual, teve de os mandar treinar expressamente. Mal conseguiu dar por pronta esta tropa toda, desatou a massacrar os seus convidados. Os escravos sentavam-se-lhe aos pés; quando queria citar alguns versos, ele pedia que lhos soprassem... mas continuamente falhava-lhe a memória a meio de uma palavra! Então Satélio Quadrato, parasita habitual de ricaços estúpidos, e, consequentemente, seu adulador (seu crítico também, pois este atributo é sempre concomitante dos dois primeiros), aconselhou-o a comprar novos escravos para acabarem a frase que ele deixava ao meio! Sabino replicou que cada escravo lhe ficava por milhares e milhares de sestércios; diz-lhe o outro: "Terias gasto menos dinheiro se tivesses comprado uma biblioteca!" O nosso homem, porém, continuou convencido de que ter em casa alguém erudito era o mesmo que ser erudito ele próprio! SÊNECA, *CARTAS A LUCÍLIO*, III, 27, 5-7. TRADUÇÃO DE J. A. SEGURADO E CAMPOS.

1. Nomenclador (*nomenclator*): Na Roma antiga, o escravo encarregado de anunciar os nomes dos visitantes ao dono da casa. Os "pedagogos" eram os escravos que tinha a função de acompanhar as crianças à escola.

O DESTINO DOS ASSASSINOS DE CÉSAR

Quase nenhum de seus assassinos sobreviveu-lhe três anos. Todos foram punidos, e morreram de várias maneiras — alguns em naufrágio, outros em batalha; outros ainda tiraram a própria vida com os mesmos punhais com que tão impiedosamente haviam morto César. SUETÔNIO, *VIDA DOS DOZE CÉSARES*, I, "CAIO JÚLIO CÉSAR", 89.

AUGUSTO VÊ ALEXANDRE

Também por esse tempo ordenou que lhe trouxessem o sarcófago com o corpo de Alexandre, o Grande. Após mirá-lo por uns instantes, deu mostras de seu respeito depositando nele uma coroa de ouro e decorando-o com flores. Perguntado então se desejava também ver a tumba dos Ptolomeus, respondeu: "Meu desejo era ver um rei, não cadáveres". SUETÔNIO, *VIDA DOS DOZE CÉSARES*, II, "OTÁVIO AUGUSTO", 18.

CALÍGULA LAMENTA A FALTA DE DESGRAÇAS

Ele costumava lamentar a condição de seu tempo, pois que nenhuma grande calamidade ocorrera. Ora, os anos de Augusto eram lembrados pelo massacre de Varo, os de Tibério pela morte dos [vinte mil] espectadores no colapso do anfiteatro em Fidenas — mas o seu próprio tempo poderia cair no esquecimento, por sua prosperidade. Costumava pois desejar que seus exércitos perecessem, que sobreviesse fome, peste ou incêndio, ou que a terra se abrisse. SUETÔNIO, *VIDA DOS DOZE CÉSARES*, IV, "CALÍGULA", 31.

CHUVA DE PEIXES E PRAGA DE SAPOS

Sei também que já se testemunharam chuvas de peixes. Fêneas [...], por exemplo, assevera que choveu peixe por três dias no Quersoneso. Também Filarco [...] relata que pessoas viram chover peixe em vários lugares, e que coisa semelhante ocorre frequentemente com girinos. Heraclides de Lembos [...] diz: Na região de Peônia e Dardânia choveram sapos, e em tal quantidade que eles encheram as casas e ruas. Nos primeiros dias, as pessoas conseguiram lidar com esses bichos matando-os e mantendo suas casas fechadas. Mas isso de nada adiantou: suas panelas e vasos ficavam cheios de sapos; encontravam-nos sendo cozidos e assados junto com a comida. Além disso, tornou-se impossível beber a água, ou mesmo por os pés no chão, por conta dos montes de sapos, e uma vez que o fedor dos bichos mortos era insuportável, a gente acabou por abandonar o lugar. ATENEU DE NÁUCRATIS, *O BANQUETE DOS SÁBIOS*, VIII, 6.

O ASILO INVIOLÁVEL

Quando se descobriu na Lacedemônia que Pausânias tinha sido favorável aos [inimigos] medos, ele buscou refúgio, como suplicante, no Templo de Atena, asilo inviolável, de onde ninguém poderia retirar quem se escondesse. Mas sua própria mãe, Teano, foi a primeira a tomar em mãos um tijolo e colocá-lo à entrada do templo. Os lacedemônios, admirando sua coragem e sabedoria, seguiram seu exemplo: cada um tomou um tijolo e o cimentou ali, e assim murou-se a porta do templo. Desse modo, sem violar o asilo, puniu-se o traidor, que deixaram morrer encerrado no lugar. POLIENO, *ESTRATAGEMAS*, VIII, 51.

A PRIMEIRA FLAUTA

Dizem que Minerva foi a primeira a fazer uma flauta, usando um osso de veado. Ela chegou-se à mesa de banquete dos deuses para tocá-la, mas Juno e Vênus troçaram dela, porque para soar a flauta ela precisava inflar as bochechas e fazer caretas. Assim, porque a acharam feia ao tocar, e por não gostarem de sua música, ela preferiu praticar junto a uma fonte no Monte Ida. Quando ela tocou uma peça ali, viu seu rosto refletido na água e percebeu que as deusas tinham razão ao troçar dela. Ela então atirou longe o instrumento e o amaldiçoou, rogando punição a quem viesse a tocá-lo.

O pastor Mársias encontrou a flauta. Ele praticou assiduamente, e sua música se tornava a cada dia mais melódica. Tornou-se tão hábil na flauta que ousou desafiar o deus Apolo, com sua cítara, para uma disputa. Apolo aceitou o desafio, e eles chamaram as Musas para julgar. Ao fim, tendo até então Mársias tocado melhor, Apolo tocou sua cítara invertida, fazendo porém soar a mesma melodia. Mársias não conseguiu fazer o mesmo com a flauta, então Apolo amarrou o perdedor numa árvore e ordenou a um escravo cita que aos poucos arrancasse sua pele.

[...] Embora Apolo tenha vencido, Midas [que acompanhara a disputa] disse que a vitória deveria ter sido de Mársias. Apolo ofendeu-se com isso e disse: "Que suas orelhas tenham a mesma qualidade de seu julgamento", e com isso as orelhas de Midas foram transformadas nas de um asno[1]. HIGINO, *FÁBULAS*, 165, "MÁRSIAS"; 191, "O REI MIDAS".

1. Todo o ciclo de lendas do Rei Midas é muito interessante. No episódio mais conhecido, ele recebe de Baco o dom (mal escolhido) de transformar em ouro tudo o que toca — inclusive sua comida... Por fim, livre dessa "maldição", o rei passa a desprezar as riquezas e vai para o campo. Na continuação da história aqui narrada, Midas, envergonhado, passa a cobrir suas orelhas de burro com um gorro. Seu barbeiro, pela natureza de seu ofício, logo descobre a verdade. O rei o ameaça com a morte, caso ele revele a alguém seu segredo. Ardendo porém de vontade de comunicar o que vira, o barbeiro cava um buraco no chão e grita nele: "O Rei Midas tem orelhas de burro!" Ali nascem umas canas, que repetem essa frase quando o vento sopra.

A AUDIÊNCIA DE NERO

Enquanto Nero cantava, a ninguém se permitia deixar o teatro, nem pelas razões mais necessárias. Assim, diz-se que algumas mulheres deram à luz durante suas apresentações, e que alguns espectadores, exaustos, fugiam secretamente, saltando o muro, por estarem os portões trancados; outros ainda fingiam-se de mortos e eram retirados do recinto para os funerais. SUETÔNIO, *VIDA DOS DOZE CÉSARES*, VI, "NERO", 23.

NERO TENTA EVITAR SUA SINA

Ocorreu que um cometa fez-se visível no céu em noites sucessivas, coisa que o vulgo crê anunciar a morte de homens poderosos. Angustiado pelo sinal, e tendo ouvido do astrólogo Balbilo que os reis costumavam evitar esse destino dando morte aos homens eminentes de seu reino, Nero decidiu assassinar todos os próceres de Roma. SUETÔNIO, *VIDA DOS DOZE CÉSARES*, VI, "NERO", 36.

O SUOR DE ORFEU

Entre outros prodígios que se verificaram por ocasião da partida do exército de Alexandre, conta-se que se viu abundante suor cobrir uma imagem de Orfeu feita de madeira de cipreste, o que a muitos desencorajou. Mas Aristandro assegurou-o de que, longe de pressagiar qualquer mal, o fenômeno significava que Alexandre haveria de alcançar tantas e tão grandes glórias que os poetas e músicos das eras futuras teriam de se esforçar e suar para narrá-las e celebrá-las. PLUTARCO, *VIDA DE ALEXANDRE*, 14.

O FANTASMA DE EURÍDICE

Já Orfeu, filho de Eagro, eles [os deuses infernais] mandaram embora de mãos vazias, tendo-lhe apresentado apenas um fantasma daquela que ele buscava, mas ela própria eles não quiseram entregar-lhe, porque ele não deu provas de sua coragem. Ele era apenas um tocador de harpa, e não ousou fazer como Alceste, que morreu por amor, preferindo planejar como poderia entrar no Hades ainda vivo. Além disso, eles o fizeram morrer por mãos de mulheres, como punição por sua covardia. PLATÃO, *O BANQUETE*, 179D.

UMA BELA MORTE

Contudo, o exemplo mais invejável de uma morte tranquila nos legaram os antigos no de Marco Ofílio Hílaro. Era ator cômico, e tendo no dia de seu aniversário experimentado grande sucesso junto ao público, ofereceu à noite um banquete aos amigos. Sendo servida a comida, pediu para si uma sopa. Em seguida tomou em mãos a máscara que havia usado em sua apresentação; enquanto a admirava, colocou nela a coroa [de louros] que trazia na cabeça, e demorou-se muito nesse gesto, por fim sem mais mover-se, até que um dos convivas ao seu lado tentou avisá-lo de que sua sopa esfriava. PLÍNIO, O VELHO, *HISTÓRIA NATURAL*, VII, 53, 184-185.

DA PLURALIDADE DOS MUNDOS

Acreditas realmente [...] que, havendo um mundo com a beleza maravilhosamente ordenada que vemos neste, possam existir ainda inúmeros outros, acima ou abaixo do nosso, à sua direita ou esquerda, atrás ou à frente — alguns muito diferentes deste, outros semelhantes? E que, assim como agora nos encontramos em Baulos e daqui podemos ver o Porto de Putéolos, incontáveis outros grupos de pessoas com exatamente os mesmos nomes, cargos e distinções, mentes, aparências e idades, estejam agora discutindo esses mesmos temas em lugares semelhantes? CÍCERO, *ACADÊMICAS*, II, 40, 125.

O MUNDO VIVE

Por esse motivo, quando ele [Deus] criou o mundo[1], colocou a inteligência na alma e a alma no corpo [...] podemos dizer que o mundo tornou-se uma criatura viva, dotada de alma e inteligência pela providência divina.

Pois a deidade, querendo fazer do mundo o mais belo e o mais perfeito dos seres inteligíveis, criou um animal visível que contém em si todos os outros animais. [...]

Para que o mundo fosse único, como o animal perfeito, o criador não fez dois deles, nem um número infinito, mas há e sempre haverá apenas um.

[...] Ele fez o mundo em forma de esfera, como se tivesse sido arredondado num torno, tendo todas as suas extremidades equidistantes do centro — a mais perfeita das figuras.

[...] E ele fez do mundo um círculo que se move dentro de outro círculo, único e solitário, mas que, por conta de sua perfeição, é capaz de conversar consigo mesmo, sem necessidade de qualquer companhia. PLATÃO, *TIMEU*, 30B-33B.

1. Para os antigos, a expressão equivalente a "mundo" significava não o planeta Terra, mas todo o sistema astronômico ordenado em volta dele — ou seja, as orbes terrestre e celeste consideradas em conjunto. Por sua vez, a palavra "universo" extrapola em muito esse significado.

ESOPO EXPLICA OS SONHOS

Diz a mulher de Xantos: — Esopo, claro está que tens o dom da eloquência, mas é certo que tive sonho enganoso, pois acreditei ter comprado um belo escravo, e tu, porém, és horroroso. — Esopo lhe responde: — Não te surpreendas, senhora, se um sonho te enganou — pois nem todos os sonhos são verdadeiros. Ora, bem o sabes, Apolo pediu a Zeus o dom da profecia, no que foi atentido. Mas Apolo mostrou-se soberbo com seu novo dom, abusando dos homens e desprezando os outros oráculos. Zeus então foi tomado de cólera, e, para que a influência de Apolo sobre os mortais não fosse tão grande, criou para eles os sonhos verdadeiros, que anunciam o porvir. Apolo, contrariado — uma vez que os homens não mais tinham necessidade de suas profecias — pediu a Zeus que lhe devolvesse a primazia do dom profético. Zeus aceitou o pedido de Apolo e se reconciliou com ele, e criou portanto também os sonhos mentirosos, para que os homens, incertos sobre seu significado, buscassem ainda as profecias de Apolo.
ANÔNIMO, *VIDA DE ESOPO*, 33.

NO SONHO OU NA VIDA

Ter a sensação de ter a cabeça cortada, como resultado de condenação à morte ou em batalha, ou em combate de gladiadores ou de qualquer outra maneira, é perigoso para quem tem pais ou filhos: a cabeça é comparável aos pais, pois eles determinam nossa vida, e aos filhos, por conta do rosto e da semelhança [física com os filhos] que se pode ler nele. Algumas pessoas, depois de terem esse sonho, perderam mulher, amigo ou servo que cuidava de sua propriedade, e quem tinha uma casa, perdeu-a: a cabeça é também a "casa" das sensações. Àqueles que têm todas essas coisas, é evidente que o sonho não anuncia a perda de tudo, mas apenas aquilo que é mais caro e necessário ao sonhador. Esse sonho, contudo, é bom para os que estão envolvidos em processos ou correm risco de morte — pois todas as coisas que só podem ocorrer necessariamente uma vez, tendo ocorrido antes no sonho, não acontecerão de novo [na vida]. ARTEMIDORO, *ONIROCRÍTICA*, I, 35.

O SONO DOS INOCENTES

Os irmãos Célios, de família nobre da Tarracina, foram acusados de parricídio. Seu pai Tibério Célio havia sido morto quando dormia em seu aposento, enquanto os filhos dormiam em outra cama. Não se encontrou ninguém mais, livre ou escravo, de quem se pudesse suspeitar desse crime. Eles foram absolvidos por um único motivo: os jurados foram convencidos de que os dois haviam sido encontrados dormindo, quando se abriu a porta do apostento. O sono, o mais seguro sinal da inocência, veio em socorro dos infelizes. VALÉRIO MÁXIMO, *FEITOS E DITOS MEMORÁVEIS*, VIII, 1 (ABROL), 13.

CINCO MINAS POR CABEÇA

Em Roma, costumam oferecer cinco minas a qualquer um que aceite ter sua cabeça cortada com um machado, com a condição de que o dinheiro seja transferido a seus herdeiros; com frequência, há tantos nomes na lista que se torna necessário arguir quem é mais merecedor da execução. ATENEU DE NÁUCRATIS, *O BANQUETE DOS SÁBIOS*, V, 40.

ADÃO NÃO PODIA DAR-SE UM NOME

Mas devemos inquirir por que Adão, depois de dar nomes a todas as criaturas, não pôde nomear-se a si mesmo. [...] A mente que existe em cada um de nós é capaz de compreender tudo o mais, mas falha ao tentar entender a si mesma. Pois assim como o olho vê todas as coisas mas não pode ver a si mesmo, também a mente percebe a natureza de todas as coisas, mas não pode compreender-se. [...] É pois muito natural que Adão — isto é, a mente — quando nomeava e assim demonstrava entender as outras criaturas, não tenha se nomeado, porque era ignorante de si mesmo e de sua natureza.

FILO DE ALEXANDRIA, *TRATADO DAS ALEGORIAS*, I, XXIX, 90-I, XXX, 92.

ESOPO E O TESOURO ESCONDIDO

[O filósofo] Xanto, em companhia de [seu escravo] Esopo, caminhava pelo campo. Passando os dois por um cemitério, distraem-se lendo os epitáfios. Esopo, deparando numa das tumbas a inscrição "RDPCTE", pergunta a seu senhor o que significava. Xanto, após longo intervalo examinando a inscrição, mostra-se contrariado, porque incapaz de decifrá-la, apesar de filósofo. — E tu, que pensas? —, ele pergunta. Esopo, que tinha o benefício do favor divino e devia sua inteligência às Musas, percebendo a dificuldade de seu senhor, assim lhe diz: —Mestre, se por essa inscrição eu descobrisse um tesouro em peças de ouro, que me darias tu? — Xanto lhe responde: — A metade do tesouro e tua liberdade.

Ouvindo isso, Esopo apanha do chão um caco de cerâmica, conta dois passos para trás a partir da estela e põe-se a cavar. Logo retira da terra um pote com moedas de ouro, que entrega a seu senhor. — Mestre, aí o tens! Agora cumpre tua promessa! — Não, Esopo, eu não a cumprirei enquanto não me disseres por que astúcia descobriste este tesouro. Entendê-lo é para mim mais valioso do que todo o ouro. — Esopo lhe diz: — Mestre, o homem que enterrou esse tesouro certamente era um filósofo. Com sua sabedoria, buscou dissimulá-lo com uma cifra. Vê na inscrição como ele usou a primeira letra de cada palavra: "Recua Dois Passos, Cava, Tesouro Encontrarás". — Xanto porém lhe diz: — Esopo, porque és assim tão mais inteligente do que eu, estou desobrigado de minha promessa. —Esopo, compreendendo que veria frustrada sua esperança, lhe responde: — Mestre, cuida então de devolver esse tesouro a seu legítimo dono! — E quem é o dono do tesouro? — pergunta Xanto. — O príncipe Dionísio de Pérgamo. — Como o sabes? — pergunta Xanto. — As letras o dizem — responde Esopo. — Como? — Esopo lhe esclarece: — Eis o que significam: "Retorna a Dionísio de Pérgamo Com o Tesouro Encontrado".

Xanto, incomodado com a explicação, diz então a seu escravo: — Esopo, toma pois metade do tesouro e fica bem. — Esopo porém lhe diz: — Não ma dês como se fora um favor teu, mas porque aquele que enterrou esse tesouro assim o quis. — Que dizes? — pergunta Xanto. — Ora, as letras o indicam, pois dizem com efeito: "Reparti em Duas Partes Congruentes o Tesouro que Enterrei". Xanto, surpreso, exclama: — Tu és um verdadeiro demônio! Vamos à minha casa para repartir o tesouro, e logo terás tua liberdade. — Contudo, uma vez em casa, Xanto, temendo que Esopo revelasse ao príncipe de Pérgamo a descoberta do tesouro, ordena que o prendam. Esopo lhe propõe: — Guarda para ti as moedas de ouro, basta que me dês a liberdade! — Não! Pois como homem livre tu poderás reclamar tua parte do tesouro, assim que me denunciares ao príncipe! ANÔNIMO, *VIDA DE ESOPO*, 78-80 (COM LIGEIRA ADAPTAÇÃO, PARA ACOMODAR A SIGLA).

O ORÁCULO POLISSÊMICO

Depois de se hospedarem ali por uns dias, engordados pela munificência pública graças a seus vaticínios, que lhes garantiam abundantes doações, nossos digníssimos sacerdotes imaginaram uma nova maneira de ganhar dinheiro. Escolheram uma só resposta para as numerosas consultas que o povo lhe fazia sobre os mais diversos assuntos. Seu oráculo era o seguinte: "Os bois abrem o seio da terra de tal maneira unidos que no futuro as sementes produzirão felizes frutos".

Assim, se os que desejavam casar-se viessem consultá-los, os sacerdotes diziam que essa era a resposta do deus, que eles iriam de fato conhecer o himeneu, e que os felizes frutos aludidos na resposta eram os filhos. Se quem perguntava era alguém que pensava em adquirir uma propriedade, diziam que com muita razão o oráculo mencionava bois e a fertilidade das sementes. Se a outro preocupava uma viagem, asseguravam-no de seu bom termo com o mesmo texto. Se outro ia partir em batalha ou caçava um escravo fugido e perguntava sobre o resultado dessas empresas, afirmavam rotundamente que a vitória estava garantida pelo presságio, como se dissesse que os inimigos seriam, como os bois, subjugados, ou que o butim seria frutífero. Dessa maneira, com o estratagema dessa capciosa adivinhação, eles lograram juntar grande quantidade de dinheiro. APULEIO, O *ASNO DE OURO*, IX, 8.

OS DRUIDAS

Os druidas não participam das guerras, nem pagam tributo; têm isenção do serviço militar e estão dispensados de todos os assuntos civis. Estimulados por essas vantagens, muitos abraçam essa profissão por sua própria conta, outros são encorajados a ela pelos pais e parentes. Diz-se que eles aprendem de memória um número imenso de versos; seu esforço para memorizá-los pode durar uns vinte anos. Não julgam adequado manter tais coisas por escrito, embora para todos os outros assuntos, em suas transações públicas e privadas, façam uso das letras gregas. Essa prática [de memorizar] eles parecem ter adotado por duas razões: por não quererem ver suas doutrinas correndo entre o vulgo e para que seus neófitos não venham a descuidar da memória, tendo excessiva confiança na escrita — de fato, a maioria dos homens, por sua dependência da escrita, aplica-se com menos denodo aos estudos. Os druidas sustentam que a almas não perecem, mas passam de um corpo a outro após a morte; acreditam que essa certeza torna os homens mais valentes, porque temem menos a morte. Eles ensinam também muitas coisas sobre os astros e seus movimentos, sobre a magnitude do universo e da terra, a natureza, o poder e a majestade dos deuses.

[...]

A nação dos gauleses é extremamente devotada à superstição. Entre eles, aqueles que sofrem de doenças severas ou que devem enfrentar batalhas e perigos têm o costume de sacrificar ou prometer sacrificar homens. Os druidas se encarregam desses sacrifícios. Eles creem que os deuses só podem ser propiciados se uma vida lhes for dada em troca de outra. Praticam pois essas imolações de homens para o bem de sua nação. Outros fabricam imensas figuras, cujos membros, moldados com vime entrelaçado, eles enchem de homens vivos, e ateiam-lhe fogo, imolando aquelas vítimas. Eles acreditam que agrada mais aos deuses oferecer-lhes pessoas culpadas de roubo ou outros crimes. Mas quando faltam esses criminosos, sacrificam inocentes. CAIO JÚLIO CÉSAR, *COMENTÁRIOS SOBRE A GUERRA GÁLICA*, VI, 14 E 16.

A INVENÇÃO DA ESCRITA, MORTE DA MEMÓRIA

Na cidade egípcia de Náucratis havia um deus famoso e muito antigo, cujo nome era Tot; a ave chamada íbis lhe era consagrada. Ele foi o inventor de muitas artes, tais como a aritmética e o cálculo, a geometria, a astronomia e os jogos de tabuleiro e de dados, mas sua maior invenção foram as letras. Naquele tempo, o deus Tamo era rei de todo o Egito e morava naquela grande cidade que os gregos chamam de "Tebas do Egito"; esse mesmo deus é chamado pelos gregos de Ámon. Pois Tot veio ter com ele e mostrou-lhe suas invenções, por querer que o povo da terra pudesse ter o benefício delas. Ele as enumerou, e Tamo fez-lhe várias perguntas, louvando algumas e censurando outras, conforme lhe agradavam ou não. Levaria muito tempo repetir o que Tamo disse sobre cada uma das artes. Quando chegaram às letras, Tot disse: — Isso, Tamo, tornará os egípcios mais sábios e lhes dará memória mais capaz — é remédio tanto para a memória quanto para a inteligência. — Tamo respondeu: — Ó engenhoso Tot, o pai ou o inventor de uma arte não é sempre o melhor juiz de sua utilidade. Tu, que és o pai das letras, por conta de teu amor paternal, atribui-lhes uma qualidade que elas não podem ter; essa tua invenção vai plantar o esquecimento na alma daqueles que as aprenderem, porque eles deixarão de usar a memória. Confiarão nos caracteres escritos e não poderão lembrar-se por si mesmos. O remédio que inventaste não é um auxílio da memória, mas da simples recordação, e com ela tu não darás aos discípulos a verdade, mas apenas sua aparência. Eles ouvirão muitas coisas, mas aprenderão poucas. Parecerão saber tudo, sem nada saber de fato. Serão companhia tediosa, com a sombra da sabedoria, sem ela própria. PLATÃO, *FEDRO*, 274C-275A.

A MALDITA LETRA T

Tais são suas ofensas verbais contra a humanidade; restam porém as ofensas corporais. Os homens choram e lamentam seu destino, maldizendo Cadmo com muitas maldições por ter ele introduzido o tau na família das letras. Dizem que os tiranos tomaram por modelo o próprio corpo dessa letra, quando inventaram o instrumento no qual se crucificam homens. O aparelho é chamado *stauros*, e deriva seu nome de "tau". Ora, com tantos crimes a ele devidos, não merece o tau a morte — ou melhor, muitas mortes? De minha parte, não imagino fim pior do que aquele que sobrevém por sua própria forma — isto é, a forma que o Tau inspirou para o infame instrumento de execução chamado *stauros*. LUCIANO DE SAMÓSATA, *JULGAMENTO NA CORTE DAS VOGAIS*, 12.

POR QUE PROMETEU CRIOU O HOMEM

Não fora a humanidade, as glórias do universo não teriam testemunha; e pouca satisfação haveria de dar a riqueza que a ninguém excita inveja. Faltar-nos-ia um termo de comparação, e nunca saberíamos, nós deuses, o quanto somos felizes, sendo-o todos igualmente. O grande não é grande, senão quando se pode comparar com o pequeno. LUCIANO DE SAMÓSATA, *PROMETEU NO CÁUCASO*, 15.

O HOMEM VITRUVIANO, MODELO DO TEMPLO

Pois nenhum templo poderá ter esse sistema sem conveniente equilíbrio e proporção e se não tiver uma rigorosa disposição como os membros de um homem bem configurado. [...] Acontece que o umbigo é, naturalmente, o centro do corpo; com efeito, se um homem se puser deitado de costas com as mãos e os pés estendidos e colocarmos um centro de compasso no seu umbigo, descrevendo uma circunferência, serão tocados pela linha curva os dedos de qualquer uma das mãos ou dos pés. Igualmente, assim como o esquema da circunferência se executa no corpo, assim nele se encontra a figura do quadrado; de fato, se medirmos da base dos pés ao alto da cabeça e transferirmos essa medida para a dos braços abertos, será encontrada uma largura igual à altura, como nas áreas definidas em retângulo com o auxílio do esquadro. Portanto, se a natureza compôs o corpo do homem de modo que os membros correspondessem proporcionalmente à figura global, parece que foi por causa disso que os antigos estabeleceram que também nos acabamentos das obras houvesse uma perfeita execução de medida na correspondência de cada um dos membros com o aspecto geral da estrutura. Por conseguinte, se nos transmitiram regras para todas as construções, elas destinavam-se sobretudo aos templos dos deuses, porque as qualidades e os defeitos dessas obras permanecem eternos. VITRÚVIO, *TRATADO DE ARQUITETURA*, III, 1, 3. TRADUÇÃO DE M. JUSTINO MACIEL.

O DENTE DO GIGANTE

Algumas pessoas se recusam a acreditar que em eras antigas os corpos dos homens eram de muito maior tamanho do que são hoje. [...] Naqueles tempos, a Terra produzia corpos maiores. [...] Sobre seu tamanho, mesmo os céticos se podem persuadir pela evidência dos túmulos que o correr do tempo acaba por abrir, assim também a violência das águas ou quaisquer outras ocorrências. Pois ossos de imenso tamanho já se encontraram nesses locais. Nas praias da Útica, eu mesmo — e não sozinho, mas na companhia de vários outros — vi um dente humano tão grande que, comparado aos nossos, poderia conter uma centena deles. Esse dente, tanto quanto posso supor, pertencera a um gigante. Plínio, o Velho, homem de grande erudição, declara que, conforme envelhece o mundo, a natureza produz seres mais pequenos. [...] Assim o tamanho dos corpos de outrora se pode avaliar nessas eras já tão distantes pela frequente descoberta de ossos, pois que os ossos são de matéria que resiste ao tempo. SANTO AGOSTINHO, *CIDADE DE DEUS*, XV, 9.

UM OBJETO CAÍDO DO CÉU

Mário avançou [contra o exército de Mitridates] e os dois grupos se prepararam para a batalha. Contudo, no exato momento em se formavam para a refrega, sem nenhuma alteração perceptível o anunciar, abriu-se de repente o céu e um grande corpo brilhante caiu entre as duas tropas. Tinha a forma de um barril, mas sua cor era como a de prata derretida. Todos, apavorados, deixaram o local em disparada. Esse prodígio incrível aconteceu na Frígia. PLUTARCO, *VIDA DE LÚCULO*, VIII, 5-7.

AS SEMENTES PLATÔNICAS

Antífanes costumava dizer por galhofa que havia no mundo uma cidade na qual as palavras, tão logo saíam da boca dos homens, congelavam-se no ar, por conta da friúra do lugar, e que apenas quando chegava o estio, que as fazia derreter, os habitantes podiam finalmente ouvir as coisas ditas no inverno. Do mesmo modo, ele escreve, acontece com muitos que leem Platão quando jovens, pois não importa o que ele lhes diga então — só com muito tempo virão a entendê-lo, e raramente antes que se tornem anciãos [...], quando seu juízo estiver firme e equilibrado. PLUTARCO, *COMO AVALIAR O PROGRESSO NO APRENDIZADO DA FILOSOFIA*, 7.

COMO OS PERSAS DECIDEM SOBRE TEMAS SÉRIOS

É costume deles considerar os temas mais graves quando estão bêbados. O que quer que decidam então, o dono da casa onde beberam lhes trará de novo à atenção no dia seguinte, quando estiverem sóbrios. Se a ideia lhes agrada também nesse estado, eles a têm por apropriada; doutro modo ignoram-na. Quanto às propostas que venham a fazer quando sóbrios, costumam reexaminá-las cuidadosamente bêbados. ATENEU DE NÁUCRATIS, *O BANQUETE DOS SÁBIOS*, V, 23.

UNIR-SE A UM DEUS

Unir-se a um deus ou uma deusa, ou ser penetrado por um deus [é um sonho que], para uma pessoa doente, significa a morte — pois a alma só pode prever reencontro e união com os deuses quando ela está perto de deixar o corpo que habita. Para os outros, se sentem prazer no ato, significa que os deuses trarão auxílio; do contrário, haverá dificuldades e fracassos. Não é bom sinal, mesmo se o sonhador tem prazer, unir-se com Atena, Artêmis, Reia, Héstia, Hera e Hécate. Esse sonho anuncia desgraça iminente; esses são os deuses mais veneráveis, e a tradição nos ensina que todos os que os tocaram tiveram fim funesto. ARTEMIDORO, *ONIROCRÍTICA*, I, 80.

A INTELIGÊNCIA DAS COISAS

Que não apenas tua respiração esteja em concerto com o ar que te rodeia, mas deixa que agora também tua inteligência esteja em harmonia com a inteligência que recobre todas as coisas. Pois a potência inteligente não é menos difusa no universo — ela permeia todas as coisas para quem está disposto a absorvê-la, assim como o ar para quem é capaz de respirá-lo.
MARCO AURÉLIO, *MEDITAÇÕES*, VIII, 54.

A ELOQUÊNCIA DE HEGÉSIAS

Que poder teria a eloquência de Hegésias, o filósofo da Cirenaica? Ele descrevia os males da vida de uma tal maneira que, fazendo entrar imagens horríveis nos corações de seus ouvintes, muitos deles passavam a ter vontade de se suicidar. Por esse motivo, o rei Ptolomeu probiu-o de discursar sobre esses temas. VALÉRIO MÁXIMO, *FEITOS E DITOS MEMORÁVEIS*, VIII, 9 (EXT), 3.

PROMETEU

Houve um tempo em que os homens tinham de implorar aos deuses por fogo, pois não sabiam como fazê-lo e conservá-lo. Então Prometeu trouxe fogo para a Terra, escondido num talo de funcho, e ensinou aos homens como preservá-lo, cobrindo a brasa com cinzas. Por conta de seu furto, Mercúrio, por ordem de Júpiter, prendeu-o com cadeias de ferro no Monte Cáucaso e impôs-lhe uma águia que lhe comia o coração — mas o que a águia comia de dia crescia novamente à noite. Depois de dez mil anos, Hércules matou a águia e libertou Prometeu. HIGINO, *FÁBULAS*, 144, "PROMETEU".

A FÊNIX

Os etíopes e hindus mencionam certas aves incríveis e de cores mui diversas. A mais conhecida delas, a fênix da Arábia — ignoro se apenas uma fábula — é única no mundo todo, e raramente vista. Segundo dizem, tem o tamanho de uma águia. Tem o brilho do ouro no pescoço, o resto de seu corpo é de cor púrpura, e sua cauda tem penas azuis e rosadas. Um penacho qual coroa lhe cobre a cabeça. O primeiro romano a falar com precisão acerca da fênix foi Manílio, senador famoso por seu conhecimento, e que no entanto nunca teve um mestre. Ele assevera que ninguém nunca viu a fênix comendo; que ela é na Arábia consagrada ao sol; que vive quinhentos e quarenta anos e que quando começa a envelhecer constrói um ninho com raminhos de acácia e incenso, onde se queima em meio ao fumo aromático. De seus ossos e de sua medula nasce então uma espécie de verme, que logo se torna uma avezinha. Esse filhote, tão logo o consiga, presta as honras fúnebres à fênix anterior, carregando o ninho inteiro até Heliópolis, no Egito, para depositá-lo num altar. Manílio refere também que a revolução do Grande Ano coincide com a vida dessa ave e que por ocasião de sua morte veem-se os mesmos signos de constelações — o fato se dá por volta do meio-dia, quando o sol entra no signo de Áries. Quando Manílio escreveu era o ano duzentos e quinze do presente ciclo. No tempo do imperador Cláudio uma fênix foi exposta no Fórum, como consta nos registros, mas muito provavelmente era falsa. PLÍNIO, O VELHO, *HISTÓRIA NATURAL*, X, 2, 3-5

63

Desde há muito se observa e comprova que para quase todos os homens a idade de 63 anos vem acompanhada de grande perigo ou desastre, seja grave doença do corpo, morte ou sofrimento da alma. Por esse motivo, aqueles que se dedicam ao estudo desses ciclos chamaram essa idade de "climatério" ["ponto mais alto da escada", "período crítico"]. AULO GÉLIO, *NOITES ÁTICAS*, XV, 7, 1-2.

A IDADE DE PLATÃO

Sabes, creio, que Platão ficou a dever aos seus rigorosos cuidados com a saúde o fato de ter morrido no dia de seu aniversário, pelo que completou rigorosamente oitenta e um anos de vida. Essa a razão por que alguns astrólogos, de passagem por Atenas, fizeram sacrifícios ao filósofo falecido na convicção de que ele excedera o destino normal do homem, porquanto a sua idade atingira o mais perfeito dos números, obtido pela elevação de nove ao quadrado.

SÊNECA, *CARTAS A LUCÍLIO*, VI, 58, 31. TRADUÇÃO DE J. A. SEGURADO E CAMPOS.

A FAMA A QUALQUER PREÇO

Quando [Pausânias] perguntou a Hérmocles de que maneira ele poderia tornar-se instantaneamente famoso e ouviu em resposta que se ele matasse um homem ilustre a glória desse homem redundaria na sua própria, ele foi em seguida matar Filipe, e assim conseguiu o que queria — pois por esse crime ele se tornou tão conhecido dos pósteros como Filipe o foi por sua virtude. VALÉRIO MÁXIMO, *FEITOS E DITOS MEMORÁVEIS*, VIII, 14 (EXT), 4.

DIÁLOGO DAS SOMBRAS DE DIÔGENES E HÉRCULES, NO HADES

DIÔGENES: Seguramente este que vejo é Hércules? Por sua divindade, é ele mesmo! O arco, a clava, a pele de leão, a compleição temível — Hércules inteiro. Mas como isso é possível? — um filho de Zeus, porém mortal? Eu pergunto, Grande Conquistador, estás morto? Eu costumava fazer-te sacrifícios no outro mundo — pois achavas que eras um deus!

HÉRCULES: Pois fazias bem. Hércules está no Olimpo com os deuses, e tem por esposa Hebe de alvos tornozelos. Eu sou seu fantasma.

DIÔGENES: Seu fantasma! Pois que, pode a metade de alguém ser um deus, e a outra metade mortal?

HÉRCULES: Pois sim. O deus ainda vive, mas eu, sua outra parte, estou morto.

DIÔGENES: Bem o vejo. És então um boneco, que ele mandou em seu lugar aos cuidados de Plutão, em vez de vir em pessoa. E agora aqui tu estás, gozando da mortalidade dele!

HÉRCULES: As coisas são um pouco assim como disseste.

DIÔGENES: Pois onde estavam os olhos finos de Eaco, que permitiu a entrada de um Hércules falsificado, sem notar a diferença?

HÉRCULES: Sou-lhe pois bem semelhante.

DIÔGENES: Certamente! Muito semelhante, de fato, não percebo diferença! Quiçá descubramos que o oposto sucedeu — que tu és o verdadeiro Hércules, enquanto o fantasma está no Olimpo, casado com Hebe!

HÉRCULES: Fanfarrão impudente, basta de bobagens!

DIÔGENES: Hmm. Tu pareces mesmo mal disposto. Porém, que devo temer, se já estou morto? Dize-me, fantasma — rogo por tua honrosa substância — serviste ao deus nessa condição no mundo superior? Talvez fôsseis vós um só indivíduo, em vida, tendo a separação ocorrido apenas com a morte, quando ele, o deus, elevou-se aos céus, e tu, o fantasma, muito apropriadamente surgiu aqui?

HÉRCULES: Tuas perguntas impertinentes não merecem resposta. Mas algo deves aprender. Tudo o que era Anfitrião, em Hércules, morreu; eu sou a parte mortal. O [seu pai] Zeus nele ainda vive, e está em companhia dos deuses no Olimpo.

DIÔGENES: Ah, agora compreendo! Alcmena teve gêmeos, tu dizes — Hércules, filho de Zeus e Hércules, filho de Anfitrião? Seriam pois meio-irmãos?

HÉRCULES: Tolo! Não foi assim. Nós dois éramos um só Hércules.

DIÔGENES: O conceito é um tanto difícil de apreender, isso de dois Hércules num só. Suponho então que foste uma espécie de centauro, homem e deus num só corpo?

HÉRCULES: E não somos todos assim compostos de dois elementos — o corpo e a alma? Que, pois, impediria que a alma estivesse agora no céu, com Zeus que a criou, e a parte mortal — eu próprio — entre os mortos?

DIÔGENES: Sim, sim, estimado filho de Anfitrião — isto seria evidente se tu fosses um corpo; mas certamente percebes que és só um fantasma, que não tens corpo. Desse modo teríamos três Hércules.

HÉRCULES: Três?

DIÔGENES: Pois sim! Considera: um no céu, um no Hades — tu próprio, o fantasma; e por fim o corpo, que agora terá retornado ao pó. São três, portanto. Quem seria o pai do número três?

HÉRCULES: Pulha descarado! E quem és tu?

DIÔGENES: Sou o fantasma de Diôgenes, morto em Sinope. Mas meu original, asseguro-te, não está "entre os deuses imortais" — senão aqui, entre homens mortos, onde goza das melhores companhias. LUCIANO DE SAMÓSATA, *DIÁLOGO DOS MORTOS*, XVI.

DIÁLOGO SOBRE A VACUIDADE DA BELEZA

MENIPO: Onde estão as tais belezas, Hermes? Aponta-me, pois que sou recém-chegado.

HERMES: Estou ocupado, Menipo. Mas olha à tua direita, ali verás Jacinto, Narciso, Nireu, Aquiles, Tiro, Helena, Leda — todas as belas figuras de outrora.

MENIPO: Nada vejo além de ossos e caveiras lisas, e todas se parecem.

HERMES: Esses ossos, que tu pareces desprezar, têm sido o tema dos mais célebres poetas.

MENIPO: Muito bem; mostra-me porém Helena — por mim nunca a encontraria.

HERMES: Esta caveira é Helena.

MENIPO: E por isso então mil naves carregaram seus guerreiros de todas as partes da Grécia, gregos e bárbaros perderam suas vidas e cidades foram arrasadas...

HERMES: Ah, Menipo, nunca viste Helena viva — do contrário dirias com Homero: "Bem sofreria anos de cruéis labores/quem lutou por um tal prêmio". Agora vemos flores secas, de cores já esmaecidas — e que podemos dizer delas, senão que são feias? Mas ao florescerem eram as coisas mais belas.

MENIPO: Estranho que os gregos não atentassem que labutavam por isso — tão efêmero, tão cedo desfalecido...

HERMES: Não tenho tempo para a filosofia. Escolhe um lugar, onde queiras, e aí deita-te. Eu vou apanhar novos mortos. LUCIANO DE SAMÓSATA, *DIÁLOGO DOS MORTOS*, XVIII.

A PUNIÇÃO PARA QUEM NÃO TEM FILHOS

E por esse motivo, engendrar filhos é considerado por aqueles que pensam corretamente como o assunto mais grave da vida humana, e o mais piedoso dos atos. Que um homem morra sem deixar filhos é um imenso infortúnio e um pecado não menor — é de fato uma coisa maldita aos olhos do Sol. Essa pessoa será castigada pelos espíritos depois de sua morte, do seguinte modo: a alma do homem que não tem descendentes é condenada a entrar num corpo que não é nem de homem nem de mulher. ANÔNIMO, *CORPUS HERMETICUM*, VI, 43,

SOBRE A POSSESSÃO DIVINA

Objetos inanimados se enchem muitas vezes da Luz Divina, como ocorre às estátuas que dão oráculos por obra de um dos deuses ou bons demônios. Também os homens podem às vezes ser possuídos por um Espírito Divino. A alguns isso ocorre espontaneamente, em intervalos irregulares ou em certas ocasiões específicas. Outros, porém, chegam a esse estado por seu próprio esforço, como faz a profetisa em Delfos quando ela se senta sobre a fenda na rocha, e outros, que bebem da água da adivinhação. Quando isso ocorre, o homem possuído estará arrebatado e inspirado se nele se verificar alteração de consciência. Quando a inspiração divina se manifesta, em alguns casos aquele que foi possuído perde completamente a consciência de si. Mas há ocasiões em que, de maneira notável, o médium mantém-se consciente. Então, é possível que ele controle a possessão em si mesmo; assim, quando recebe o deus, o médium tem dele consciência e atende seus rogos, mas sempre consciente. Contudo, quando o êxtase é absoluto, é essencial que alguém em pleno domínio de suas faculdades assista o possuído... É necessário primeiro remover todos os impedimentos à chegada dos deuses e fazer vigorar ao redor uma calma absoluta, para que a manifestação dos espíritos invocados ocorra em ambiente de paz. As manifestações dos deuses geralmente são acompanhadas de espíritos que se comportam com violência, a que os médiuns mais fracos dificilmente conseguem resistir. PROCLO DIÁDOCO (= "O SEGUIDOR" [DE PLATÃO], SÉCULO 5 D.C.) , *SOBRE OS SINAIS DA POSSESSÃO DIVINA*.

ENDIMIÃO, O PRIMEIRO ASTRÔNOMO

Endimião foi o primeiro a se dedicar à observação dos astros, de modo que velava a noite inteira e dormia durante o dia. Por isso se diz que estava "apaixonado pela Lua". PARADOXÓGRAFOS, ANÔNIMOS, *SOBRE OS FENÔMENOS ADMIRÁVEIS*, XII, "SOBRE ENDIMIÃO". PÁGINA 136, LINHA 21.

O SONHO DO ASTRÔNOMO

Um homem sonhou que se tornara Endimião e que era amado por Selene [a Lua]. Ele conseguiu fama e fortuna como experto na arte de interpretar os astros. Conforme diz a lenda admitida pela maioria das pessoas, Endimião, amado por Selene, uniu-se a ela. Segundo aqueles que se dedicam a explicar essas histórias, Endimião dedicou-se mais do que qualquer outro mortal à astrologia e, porque passava as noites em claro, acreditava-se que ele dormia com Selene. ARTEMIDORO, *ONIROCRÍTICA*, IV, 47.

AS CIDADES DA LUA

Xenófanes diz que a lua é habitada, que é uma terra com muitas cidades e montanhas. CÍCERO, *ACADÊMICAS*, II, 39, 123.

O TEATRO DO MUNDO

Tendo visto essas coisas, pareceu-me compreender a vida humana como um grande desfile, disposto e controlado pela Fortuna, que distribui aos atores um sem-número de vestimentas. A um ela vestia de rei, com a tiara, a coroa e a guarda; a outro, dava a feição de escravo; um ganhava a beleza, outro a aparência inteira de um feio corcunda — pois o espetáculo precisa de todos os tipos. Muitas vezes, antes do final da peça, ela trocava os papéis, sem permitir que os atores chegassem ao final com as mesmas personagens. Creso deve encenar dois tipos, os de escravo e cativo; Meândrio, tendo começado como escravo, acaba por assumir o despotismo de Polícrates. E, ao final da procissão, cada um dos atores se despe e se despede da personagem e do próprio corpo, e aparece como era originalmente — em tudo semelhante a seu vizinho. Alguns, quando lhes vem a Fortuna reclamar o que lhes dera, são estúpidos o bastante para protestar, como se ela lhes roubasse o que na verdade apenas emprestou. LUCIANO DE SAMÓSATA, *MENIPO OU A NECROMANCIA*, XVI.

AS VIRGENS SUICIDAS DE MILETO

No primeiro livro da obra *Da Alma*, onde discute as doenças que afetam o espírito humano, Plutarco relata que, repentinamente e sem causa aparente, quase todas as moças virgens de Mileto tiveram o desejo de se matar, e que muitas delas se enforcaram. Como isso se tornava cada dia mais frequente, sem que qualquer remédio as dissuadisse da ideia de morrer, os milésios aprovaram um decreto dizendo que as moças que se matassem enforcadas deveriam ser levadas nuas à sepultura, junto com a corda que tinham usado para aquele fim. Depois desse decreto as virgens deixaram de buscar a morte, impedidas apenas pela vergonha de um tal funeral. AULO GÉLIO, *NOITES ÁTICAS*, XV, 10, 1-2.

A LOUCURA TEATRAL DE ABDERA

Há a história da curiosa epidemia que acometeu Abdera, logo depois da acessão do rei Lisímaco. Em seu início, toda a população da cidade padeceu de febre elevada, que com nada cedia. Por volta do sétimo dia, porém, essa febre generalizada baixou, em alguns casos com a ocorrência de profuso sangramento do nariz, em outros com transpiração não menos violenta. Mas os efeitos mentais foram de fato mui estranhos: as pessoas todas sofreram de uma espécie de mania teatral, gritando pelas ruas versos graves, a plenos pulmões. Sua recitação favorita era da *Andrômeda*, de Eurípides: um a um, repetiam trechos do nobre discurso de Perseu. A cidade toda estava cheia de pálidos fantasmas, que no sétimo dia se tornaram dramaturgos escandindo "Amor, que os homens e os deuses comanda..." etc. Isso continuou por um tempo, até que a chegada do inverno interrompeu sua loucura. LUCIANO DE SAMÓSATA, *COMO SE DEVE ESCREVER A HISTÓRIA*, I.

EURÍPIDES SALVA

Muitos [atenienses capturados] foram salvos por causa de Eurípides, cuja poesia, ao que parece, gozava entre os sicilianos de prestígio maior do que em qualquer outra cidade de fundação grega. Se chegasse a eles viajante que lhes ensinasse uma passagem do poeta, ou algum verso completo, tanto eles se enlevavam que passavam a repeti-la uns aos outros. Diz-se que muitos dos cativos que retornaram em segurança a Atenas foram encontrar Eurípides, para agradecer-lhe em pessoa e relatar como foram salvos da escravidão declamando o que conseguiam lembrar de seus poemas, ou como, exaustos depois da batalha, conseguiram dos nativos comida e bebida em troca de umas poucas linhas de sua obra. Nem deve isso nos espantar, pois conta-se que uma nave de Cauno perseguida por piratas buscou um daqueles portos para segurança, mas não foi recebida até que os sicilianos lhes perguntaram se alguém a bordo conhecia versos de Eurípides; tendo respondido que sim, foram por fim admitidos e a nave acolhida no porto. PLUTARCO, *VIDA DE NÍCIAS*, XXIX, 2-3.

O TOURO DE ERÉTRIA

Liderada por Cnopo [...], uma colônia de jônios fazia guerra aos habitantes de Eretria. Um oráculo havia aconselhado Cnopo que chamasse para si da Tessália a sacerdotisa de Hécate, para que ela fosse sua estratega [estrategista militar]. Ele mandou embaixada aos tessálios, para transmitir-lhes o que o oráculo dissera, e eles, compreensivos, lhe enviaram a sacerdotisa Crisame, hábil em fazer venenos. Ela escolheu o mais belo touro de uma tropa, dourou-lhe os chifres, enfeitou-o com fitas e sinetas e com um manto púrpura de linhas douradas. Ela lhe deu para comer umas ervas sobre as quais havia aspergido potente veneno. Ingerindo-as, o touro enlouqueceu, e também quem comesse de sua carne haveria de perder a razão. Os inimigos eretreus acampavam não longe dos jônios. Crisame preparou um altar e cumpriu todos os rituais para o sacrifício do touro, que mandou trazerem. Contudo, o animal, furioso, saltava incontrolável, e por fim fugiu do lugar, mugindo alto, rumo do acampamento inimigo. Vendo aquele touro de chifres dourados e tão ricamente adornado, que fugira do sacríficio que os jônios preparavam, os homens da Eretria julgaram tratar-se de excelente augúrio. Laçaram o animal e o sacrificaram a seus deuses. Todos quiseram comer ao menos um pouco de sua carne, para participar do presente que a divindidade lhes havia dado. Em pouco, todos os homens do exército foram tomados de loucura e se puseram a saltar e correr de um lado a outro, abandonando cada um o seu posto. Vendo os inimigos nesse estado, em que não podiam oferecer qualquer resistência, Crisame ordenou aos jônios que os atacassem. Cnopo os exterminou e se tornou senhor da Eretria, cidade grande e próspera. POLIENO, *ESTRATAGEMAS*, VIII, 43.

CARTA DE ULISSES À NINFA CALIPSO

Ulisses para Calipso, saudação. Saibas que naquele tempo distante, quando com uma jangada velejei para longe de ti, vim a sofrer naufrágio. Muitos foram meus pesares, mas depois Leucoteia levou-me em segurança à terra dos feácios; esses por fim garantiram meu retorno a Ítaca, onde encontrei multidão fazendo a corte a minha esposa e consumindo minhas posses. Matei-os todos; anos depois fui morto por Telêgono, filho que Circe gerou de mim. Ora encontro-me na Ilha dos Bem-Aventurados, lamentando o dia em que decidi deixar a vida que tinha contigo e a promessa de vida eterna que me fizeste. Aguardo a oportunidade e planejo minha fuga para retornar a ti. LUCIANO DE SAMÓSATA, *HISTÓRIA VERDADEIRA*, II, 35.

O TOURO DE BRONZE DE FÁLARIS

Um compatriota meu, de nome Perilau, artista admirável, mas homem de disposição maligna, tanto se enganara sobre meu caráter que acreditou poder conquistar-me a simpatia com a invenção de uma nova máquina de tormentos. O amor à tortura, ele pensava, era minha distração predileta. Foi ele quem construiu o touro e o trouxe até mim. Tão logo vi aquela esmerada obra, que com som e movimento poderia oferecer uma completa ilusão de realidade, observei: "Eis uma oferta digna do deus de Delfos". Perilau, ao meu lado, exclamou: "Pois que dirá Vossa Majestade quando observar o engenhoso mecanismo contido dentro do touro e descobrir a que propósito ele se presta!" Ele abriu então o dorso do animal, e continuou: "Quando Vossa Majestade quiser punir alguém, bastará encerrá-lo nesse receptáculo, ajustar essas flautas às ventas do touro e pedir que acendam fogo debaixo dele. O ocupante certamente gritará e gemerá muito alto, em sua excruciante agonia, mas seus gritos chegarão a vossos ouvidos como uma suave e mui sentida melodia — como se o touro mugisse com arte. A vítima será punida enquanto Vossa Majestade poderá apreciar a música". Tais palavras revoltaram-me. Abominei a ideia desse tão cruel engenho e decidi punir seu criador com sua própria invenção. "Se é que não te jactas em vão, ó Perilau, se teu artefato pode realmente produzir esse efeito, entra tu mesmo no touro, e dali grita, como disseste — assim comprovaremos se as flautas soarão como tu descreveste". Ele consentiu, e, tendo entrado no touro, ordenei que acendessem debaixo dele uma fogueira. "Recebe a paga por tua arte maravilhosa; que o mestre-capela seja o primeiro a tocar esse instrumento." LUCIANO DE SAMÓSATA, *FÁLARIS*, I, 11.

O ABRAÇO DE FERRO

Além dos abusos que mencionei, não satisfeito com o banimento de seus inimigos, ele [Nabis, tirano de Esparta] lhes negava refúgio mesmo no exílio, pois que mandava seus capangas atrás deles, para matá-los ainda na viagem; ainda mais, nas cidades onde seus inimigos moravam, ele ordenava que seus homens alugassem casas ao lado das deles, para arrebentarem as paredes e os matarem de surpresa, de modo que para esses infelizes não havia para onde fugir, nem momento algum em que suas vidas não corressem risco. Por esses meios ele eliminou a maior parte de seus opositores. Mandou também construir uma máquina — se máquina alguém pode chamar tal coisa. Tinha a aparência de uma mulher ricamente vestida, em tudo parecida com a esposa de Nabis. Sempre quando mandava um cidadão vir ter com ele, com a intenção de conseguir dinheiro, começava testando-o com palavras amistosas, lembrando os perigos que a cidade corria por obra dos aqueus e mencionando o número de mercenários que ele era obrigado a manter para garantir a segurança de seus súditos. [...] Se porém alguém lhe recusasse pagar a soma demandada, ele diria: "Pois bem, se eu não alcanço convencer-te, creio que minha Apega o logrará" — esse era o nome de sua esposa — e, enquanto falava, um servo trazia até eles o simulacro que mencionei. Quando o homem por respeito lhe oferecia a mão, [Nabis] fazia a mulher levantar-se da poltrona e aproximar-se do homem, de braços abertos. Ora, tanto seus braços quando seus peitos eram cobertos de pregos mui pontiagudos, escondidos sob o vestido. Nabis tocava então um mecanismo nas costas da imagem, e, por efeito de umas molas, fazia-a fechar os braços, apertando a vítima junto a si, aumentando sempre a pressão, para que os pregos lhe penetrassem a carne. Com esse método de tortura, Nabis conseguiu dinheiro de muitos, mas matou ainda muitos outros mais, que lho negaram mesmo na hora extrema. POLÍBIO 13.7

O PACTO DE AMIZADE ENTRE OS CITAS

Entre nós, amizades não se fazem como entre vós, gregos, sobre taças de vinho, nem no fazê-las nos importam considerações sobre a idade ou a vizinhança. Avaliamos o caráter dos homens à nossa volta, até encontrarmos um que seja corajoso e capaz de feitos valorosos, e a ele dirigimos nossa atenção.

Entre nós, pois, a amizade é como a corte amorosa entre vós: em vez de nos precipitarmos ao nosso objeto, e desse modo arriscar o infortúnio de uma rejeição, contentamo-nos com uma lenta e paciente sedução, oferecendo sempre nossa assistência. Por fim um novo amigo é aceito, e o compromisso se firma com juramento muito solene: "ter a vida em comum e, se preciso, morrer pelo outro". Os dois novos amigos então derramam um pouco de seu sangue numa taça, onde molham a ponta de suas espadas, para depois bebê-lo. A partir de então, nada pode separá-los. Um tal pacto de amizade pode unir três pessoas, não mais: pois um homem de muitos amigos tem entre nós menos valor do que uma rameira.

[...] Quatro dias após Dândamis e Amizoces terem compartido sua taça de sangue, invadiram os Sauromatas nosso território, com dez mil cavaleiros e talvez três vezes esse número em infantaria. A invasão foi inesperada e nos deixou sem defesa. Muitos de nossos guerreiros foram mortos, os demais foram feitos prisioneiros, com exceção de uns poucos.

[...] Amizoces estava entre os prisioneiros, e enquanto o arrastavam pelos cabelos, ele gritou o nome de seu amigo Dândamis, para assim indicar que vivia, agora prisioneiro, e lembrar seu amigo do pacto. Dândamis o ouviu, e sem um momento de hesitação atirou-se no rio que o separava dos inimigos, chegando muito rapidamente à outra margem. Os Sauromatas correram até ele com suas lanças em punho, prontos a transfixá-lo dez e vinte vezes, quando ele gritou o "Zirin" — o homem que grita essa palavra põe-se a salvo da morte entre os Sauromatas, porque com ela dá a saber que vem inofensivo, oferecer resgate por um prisioneiro, e é recebido como convém. Tendo sido levado à presença do chefe dos Sauromatas, Dândamis exigiu a libertação de Amizoces, e ouviu por resposta que seu amigo poderia ser libertado com o pagamento de um elevado resgate. — Tudo o que eu possuía vós já tomastes como butim — ele respondeu. — Mas se algo sobrou-me nessa infeliz condição, podeis também disso tomar posse. Dizei pois o que quereis. Ou tomai a mim, em lugar de Amizoces, e podeis fazer comigo o que vos aprouver. — Dispor de quem vem com o "Zirin" não é lícito — responderam-lhe — mas tu poderás retornar com teu amigo, se me deres algo que ainda tens. — O que quereis, então?' — Teus olhos — foi a resposta. Dândamis aceitou esses termos; seus olhos foram arrancados e os Sauromatas receberam o resgate exigido. Ele voltou ao acampamento guiado por seu amigo, depois de atravessarem a nado juntos o rio. [...] Amizoces não suportou ver seu amigo naquela condição, e fez-se cego também, arrancando os próprios olhos. Os dois vivem ainda hoje, honrados, às expensas da cidade. LUCIANO DE SAMÓSATA, *TÓXARIS OU A AMIZADE*, 37-41.

MERO E SELINÚNCIO

Na Sicília, uma vez que Dioniso [Fálaris] era tirano mui cruel, que costumava torturar e matar seus próprios cidadãos, Mero tentou assassiná-lo. Quando os guardas do rei o apanharam com uma arma, levaram-no a Dioniso, que o interrogou. Ele respondeu que planejava assassinar o rei e este ordenou que o crucificassem. Mero pediu-lhe porém três dias de prazo para cuidar do casamento de sua irmã, e ofereceu ao tirano seu amigo Selinúncio como garante de que ele estaria de volta no terceiro dia. O rei acedeu, com a condição de que, se ele não retornasse no dia aprazado, Selinúncio haveria de sofrer o suplício destinado a Mero, mas este estaria livre.

Depois de casar sua irmã, quando Mero viajava de volta à Sicília, houve violenta tempestade, como há muito não se via, e a chuva fez o rio subir tanto, e com águas tão violentas, que era impossível vadeá-lo ou atravessá-lo a nado. Mero sentou-se à margem do rio e chorou, lamentando que seu amigo tivesse de morrer em seu lugar. Quando Fálaris ordenou que Selinúncio fosse crucificado — pois era já a sexta hora do terceiro dia e Mero não havia regressado — Selinúncio respondeu que o dia ainda não havia terminado. Quando chegou a nona hora, o rei ordenou que o levassem à cruz. Enquanto o conduziam, Mero, tendo finalmente conseguido cruzar o rio, correu em direção ao local do suplício e gritou à distância: — Carrasco, espera! Aqui estou, aquele a quem ele substitui! — Os guardas relataram imediatamente o ocorrido ao rei, que ordenou que os dois fossem trazidos a sua presença. Ele poupou a vida de Mero e pediu-lhes que o aceitassem como amigo. HIGINO, *FÁBULAS*, 257, "PESSOAS UNIDÍSSIMAS PELA AMIZADE".

UM ALEPH?

Apenas bati a asa direita, pronto vi-me coberto por uma camada de luz, e aquelas coisas que antes eu nem sequer tinha notado fizeram-se-me claras. Lancei meu olhar em direção à Terra e pude com facilidade discernir as cidades, os homens e o que lhes acontecia — não só ao ar livre, como também na imaginada segurança de suas casas. Ali estava Ptolomeu nos braços de sua irmã, o filho de Lisímaco tramando contra seu pai, Antíoco, filho de Seleuco, fazendo sinais para sua madrasta Estratonice, Alexandre de Fera sendo morto por sua esposa, Antígono corrompendo sua nora, o filho de Átalo derramando veneno em sua taça; Arsaces no ato de tirar a vida de sua amante, enquanto o eunuco Árbaces desembainhava sua espada; os guardas arrastavam o meda Espatino pelo pé para fora do banquete — e em sua fronte podia-se ver ainda o inchaço do golpe do cálice de ouro. Coisas semelhantes eram visíveis nos palácios da Líbia, da Cítia e da Trácia: adultérios, assassinatos, roubos, perjúrios, suspeições e monstruosas traições.

Um tal entretenimento me proporcionava a realeza; a vida privada era ainda mais cativante (pois também isso minha visão alcançava). Eu vi Hermodoro, o epicureu, traindo sua filosofia por um punhado de moedas, o estoico Agátocles processando seu aluno por amor às mensalidades, o advogado Clínias roubando uma baixela do templo de Asclépio, e Herófilo, o cínico, dormindo num bordel — para não mencionar a multidão de ladrões, litigantes, usurários. [...] Eu não alcançaria relatar tudo o que vi, ainda que mais não fosse que para te agradar; só o observar era já demasiado. Mas as divisões principais eram muito semelhantes àquelas que Homero descreve no escudo de Aquiles: aqui, festejos e bodas; ali, cortes e assembleias, num outro quadro um sacrifício, logo ao lado uma cena de luto. Se eu olhasse para a Gética, podia ver os getas em guerra; se para a Cítia, veria os citas vagueando com suas caravanas; uma meia-volta em outra direção me mostraria os egípcios ocupados com o arado, os fenícios barganhando, os piratas na Cilícia, os espartanos usando seus chicotes, os atenienses no tribunal. Tudo isso era simultâneo, se me compreendes. LUCIANO DE SAMÓSATA, *ICAROMENIPO*, 15-17.

A CASA MAL-ASSOMBRADA

— Talvez Tiquíades queira dizer que vagueiam por aí apenas as almas daqueles que tiveram morte violenta — de pessoas que foram estranguladas, decapitadas, ou crucificadas, mas não as daqueles que tiveram morte natural. [...] — Não, não — disse Dinômaco —, ele sustenta que de modo algum existem tais coisas. — Que ouço? — perguntou Arignoto, franzindo-me o cenho. — Negas pois a existência do sobrenatural, quando quase não há homem de senso que não o tenha testemunhado? — Nisso exatamente reside minha inocência: — eu respondi — não creio no sobrenatural porque, diferente dos outros homens, não o posso ver. Se pudesse vê-lo, certamente acreditaria, como vós.

— Bem portanto — ele disse — quando fores a Corinto, pergunta pela casa de Eubatides, perto do Crâneum, e quando a achares, vai a Tíbio, o porteiro, e dize-lhe que desejas ver o local onde Arignoto desenterrou o demônio. — Como ocorreu isso, Arignoto? — perguntou Êucrates.

A casa era assombrada, e por isso desabitada havia muito. Cada novo morador era dali expulso em grande terror por uma aparição horrenda. Por fim a casa, abandonada, esteve longo tempo em estado ruinoso, o teto a ponto de ceder em alguns locais, de modo que ninguém pensaria em entrar ali. Pois bem, tendo ouvido tal história, juntei então meus livros — tenho considerável coleção de livros egípcios sobre o tema — e fui à casa à noitinha, sem atentar no que dizia meu anfitrião, em cuja opinião eu certamente caminhava para os braços da Morte, e que tentou várias vezes impedir-me do intento. Tomei uma lamparina e entrei sozinho; deixei a luz num móvel da sala principal e sentei-me calmamente no chão, para ler. Nesse momento o espírito apareceu. [...] Ele era de cor escura e tinha os cabelos emaranhados. Ele aproximou-se e atacou-me de todas as direções, enquanto mudava de forma: ora um cão, ora um leão, ora um touro. Tendo pronunciado minha conjuração mais forte, em língua egípcia, mandei-o sob efeito do encantamento para um canto, onde ele desapareceu. Passei o resto da noite tranquilamente. Na manhã seguinte, para espanto dos vizinhos — para quem eu certamente deveria estar morto — saí da casa e levei a Eubátides a esperada notícia de que o lugar estava agora livre daquela presença sinistra e novamente apto a servir de morada. Ele e uns outros, a quem a curiosidade havia atraído, seguiram-me até o local onde eu havia visto o demônio desaparecer. Pedi-lhes pás e picaretas, e que ali cavassem, o que fizeram, e na profundidade de cerca de uma braça acharam um corpo decomposto, do qual despontavam ossos já bem embranquecidos. Retiramos dali o esqueleto e o depositamos numa sepultura; e desde então não se viu mais o fantasma naquela casa. LUCIANO DE SAMÓSATA, *O MENTIROSO OU O INCRÉDULO*, 30-32.

A "SERPENTE-DA-SEDE"

O mais temível dos répteis que se criam naquelas areias [do deserto da Líbia] é a *dipsas*, ou serpente-da-sede. É de tamanho mediano e se parece com a víbora; sua mordida é profunda e seu veneno age de imediato, causando sofrimento para o qual não há alívio. A carne é como que queimada e decai, e as vítimas gritam tanto quanto o condenado na estaca. Mas o mais cruel dos tormentos é aquele indicado pelo nome da serpente. Os infelizes por ela mordidos sentem uma sede insuportável; e o que mais impressiona é que, quanto mais bebem, mais querem beber, crescendo a vontade com o que devia mitigá-la. Sua sede nunca será saciada, ainda que bebam toda a água do Nilo ou do Danúbio; a água será na verdade um combustível, como se com óleo se tentasse apagar o fogo.

[...] Eu nunca vi um homem nessa condição, e queiram os deuses que eu nunca testemunhe tamanho sofrimento [...], mas tomei conhecimento do que diz o epitáfio de uma vítima da serpente. Meu amigo, em viagem da Líbia ao Egito, encontrou uma tumba na praia já bem perto do mar, sobre a qual havia uma coluna em que estava gravada a causa da morte: nela estava representado um homem na tradicional pose de Tântalo, à beira de um lago, juntando as mãos em concha para apanhar água; a seus pés vê-se a serpente-da-sede, com suas presas já cravadas. [...] O epitáfio diz: "Vê o desejo que Tântato, envenenado, não conseguiu saciar/O barril que as Danaides nunca poderão encher". LUCIANO DE SAMÓSATA, *DÍPSADES*, 3-4.

A OFIÚSA

A ofiúsa cresce na Elefantina, que fica na Etiópia; tem cor desmaiada e é desagradável aos olhos. Quem bebe a infusão dessa planta tem visões terríveis de serpentes, de tal modo que o pavor o leva ao suicídio. Por esse motivo, essa bebida é usada como punição aos culpados de sacrilégio. PLÍNIO, O VELHO, *HISTÓRIA NATURAL*, XXIV, 102, 163.

A PRIMEIRA MÉDICA

Os antigos não tinham parteiras, e muitas mulheres morriam por uma imposição do pudor, uma vez que os atenienses proibiam que escravos ou mulheres aprendessem medicina. Uma jovem chamada Agnodice queria aprender essa arte; por conta desse desejo, ela cortou seus cabelos, vestiu roupas de varão e tornou-se discípula de um certo Herófilo, para conseguir instrução. Ao final de seu treinamento, sempre que ela sabia que uma mulher sofria de um mal das partes íntimas, ia até ela. Mas em princípio as mulheres não confiavam nela, por achar que era mesmo um homem —então Agnodice levantava sua túnica e mostrava que era mulher. Com esse disfarce, Agnodice cuidou de muitas atenienses.

Mas quando os médicos notaram que as mulheres da cidade não mais mandavam chamá-los, acusaram Agnodice, pechando-o de conquistador efeminado, que seduzia as mulheres, e que elas apenas fingiam estar doentes para recebê-lo na intimidade. Os aeropagitas se reuniram e declararam Agnodice culpado. Então ela levantou sua túnica e mostrou-lhes que era mulher. Os médicos quiseram também por isso condená-la. Mas as mulheres da cidade vieram à assembleia e disseram: "Vós não sois nossos maridos, mas nossos inimigos, pois que quereis condenar esta mulher, que achou meio de cuidar de nós". Com isso, os atenienses mudaram a lei, passando a permitir que mulheres livres aprendessem medicina. HIGINO, *FÁBULAS*, 274, "QUEM INVENTOU O QUÊ".

TENTE NÃO RIR

Teofrasto, no livro *Sobre a Comédia*, relata que os tirintianos eram povo folgazão que amava rir, mas incapazes de tratar de assuntos sérios, e que por isso dirigiram-se ao oráculo de Delfos, para que lhes revelasse maneira de mudar sua condição. O deus lhes disse que eles se livrariam desse hábito se conseguissem — sem rir — sacrificar um touro a Posídon e atirá-lo ao mar. Eles temiam não conseguir desempenhar essa tarefa, e por isso determinaram que nenhuma criança assistisse o ritual. Mas um menino soube do evento e infiltrou-se entre os adultos. Quando esses começaram a lhe gritar para que voltasse para casa, ele disse choroso: "Por quê? Vocês acham que eu vou derrubar a tigela com o sangue do touro?" Eles riram — e compreenderam que o deus lhes ensinara que é impossível mudar a própria natureza.

ATENEU DE NÁUCRATIS, *O BANQUETE DOS SÁBIOS*, VI, 79.

A MORTE PELA LUZ

Tuberão, em suas *Histórias*, diz que Régulo retornou a Cartago e foi morto pelos cartaginenses com torturas inauditas. "Confinaram-no", diz ele, "numa masmorra profunda e escura, e muito tempo depois levaram-no repentinamente para fora, quando o sol brilhava com mais força, e o expuseram diretamente àquela luz, forçando-o a mirar o sol. Costuraram também suas pálpebras, acima e abaixo, para que ele não pudesse fechar os olhos. Tuditano, porém, diz que Régulo foi forçadamente privado de sono por muito tempo, e que isso o matou, e que, com notícia disso em Roma, prisioneiros cartaginenses da mais alta classe foram entregues pelo senado aos filhos [de Régulo], que os colocaram em baús forrados por dentro com pontas de ferro, e que eles morreram também assim, por não conseguirem dormir. AULO GÉLIO, *NOITES ÁTICAS*, VII, 4, 2-4.

O COLOSSO DE MÊMNON

Desejo descrever também o prodígio de Mêmnon, pois a arte que exibia era de fato além da crença e do poder da mão humana. Havia na Etiópia uma imagem de Mêmnon, filho de Titônio, feita em mármore; ainda que fosse de pedra, a imagem não permanecia dentro de seus devidos limites, nem suportava o silêncio que lhe era imposto pela natureza, mas, embora pedra, tinha o poder da fala. A estátua saudava o nascer do dia, dando mostra de sua alegria com sua voz, como que celebrando a chegada de sua mãe; e, conforme o dia avançava em noite, dava gemidos lamentosos e tristes, de dor por sua partida. Ao mármore tampouco faltavam as lágrimas, de que dispunha segundo sua vontade. A estátua de Mêmnon, ao que me parece, diferia de um ser humano apenas em seu corpo, mas era dirigida e guiada por uma espécie de alma e por uma vontade como a do homem. (...) Embora a natureza tenha feito todas as pedras desde o início sem voz (...), naquela pedra de Mêmnon a arte infundiu prazer e misturou a sensação de dor; e essa é a única obra de arte dessa natureza que já conhecemos. Dédalo de fato inovou com ousadia fazendo rochedos dançar, mas era impossível e absolutamente fora de questão para ele fazer estátuas que pudessem falar. No entanto, as mãos dos etíopes descobriram meios para realizar o impossível e superaram a incapacidade natural da pedra. A história conta que Eco respondeu à estátua quando ela falava, proferindo uma nota triste em resposta ao seu lamento e repetindo suas expressões de alegria. CALÍSTRATO, DESCRIÇÕES, 9

O APRENDIZ DE FEITICEIRO

Quando eu era rapazinho, meu pai mandou-me para o Egito, para lá continuar meus estudos. Assim que cheguei, ouvi relatos sobre a estátua de Mêmnon e decidi descer o Nilo até Copto, para ali vê-la e quiçá ouvir o curioso som que, segundo dizem, ela emite ao nascer do sol. Nessa minha excursão, tive mais sucesso do que a maioria das pessoas, que dizem ouvir apenas um som indistinto — pois Mêmnon de fato abriu seus lábios e dirigiu-me um oráculo em hexâmetros. O conteúdo não vem ao propósito da minha história, de outro modo eu poderia citá-lo verbatim. Ora, o que vos quero dizer é que um dos passageiros no trirreme até Copto era um escriba de Mênfis, um homem de grande habilidade e versado na sabedoria dos egípcios. Dizia-se que ele passou 23 anos de sua vida numa catacumba, estudando as ciências ocultas sob instrução da própria Ísis. [...] Eu nada sabia sobre ele, de início, mas em cada parada de nossa viagem eu o via fazendo coisas maravilhosas — por exemplo, ele caminhava sobre as costas dos crocodilos, ou nadava com eles, que se mostravam alegres como cachorrinhos ao recebê-lo; com isso percebi que não se tratava de um homem comum. Quis travar amizade com ele; só a muito custo pude aproximar-me, mas por fim ganhei sua confiança. Ele convenceu-me a deixar meus escravos em Mênfis, para seguirmos sozinhos, assegurando-me de que não nos faltaria auxílio no que precisássemos. E assim foi, a partir de então. Sempre que chegávamos a uma estalagem, ele tomava a trava da porta, ou uma vassoura, ou um pau de pilão, que cobria com algumas roupas. Dizia então um encantamento, e aquela coisa começava a caminhar, igual a um homem. Esse objeto mágico podia tirar água, ou comprar mantimentos e cozinhar, ou se ocupar de outras tarefas úteis. Quando seus serviços já não nos eram mais necessários, o egípcio dizia outras palavras mágicas, e a vassoura voltava a ser vassoura, e assim com as outras coisas. Por mais que eu insistisse, ele nunca me ensinou esse encantamento. Embora fosse comigo muito generoso com os outros ensinamentos, esse ele guardava com zelo. Um dia porém escondi-me num canto escuro e o ouvi pronunciando as palavras mágicas. O egípcio então deu suas instruções à vassoura encantada e saiu, rumo ao mercado. No dia seguinte ele tinha ainda outros negócios no mercado, de modo que, vendo-me sozinho, tomei a vassoura, cobri-a com as roupas e pronunciei as palavras mágicas, ordenando-lhe em seguida que buscasse água. Em pouco tempo ele me trouxe a bilha cheia, e eu lhe disse: "Agora para, volta a ser uma vassoura". Mas de nada adiantou, a coisa não me ouvia: continuou trazendo água, até que a casa ficou cheia. Era temível: se o egípcio o visse, certamente ficaria irado (e foi o que ocorreu). Decidi pois destruir a vassoura com um machado. Cortei-a em duas partes, mas o resultado foi que essas duas partes por sua vez tomaram bilhas e passaram a trazer água para a casa. Isso ainda ocorria quando o egípcio voltou. Ele disse umas palavras mágicas e transformou aqueles carregadores de água novamente em madeira. Depois separou-se de mim e nunca mais o vi.

LUCIANO DE SAMÓSATA, *O MENTIROSO OU O INCRÉDULO*, 33-36.

O PODER DE MATAR

Ao rei Lisímaco, que o ameaçava de morte, ele [Teodoro de Cirene] respondeu: — Que poder magnífico conseguiste, esse de matar um homem — o que até mesmo um pequeno besouro como a cantárida pode lograr. — O rei, irado, ordenou que o crucificassem. — A vós cortesãos seria terrível essa morte, mas a mim tanto faz apodrecer no chão ou acima dele — respondeu.
VALÉRIO MÁXIMO, *FEITOS E DITOS MEMORÁVEIS*, VI, 2 (EXT), 3.

A INSPIRAÇÃO DA FONTE DE SILENO

No território dos macleanos, à margem esquerda do rio Indo, há um bosque não muito grande mas bastante espesso, onde a luz é pouca, dada a quantidade de árvores mui altas. Nele há três fontes de água cristalina: uma chamada de Fonte dos Sátiros, a outra de Fonte de Pã, e a terceira de Fonte de Sileno. Os indianos vão a esse bosque uma vez por ano, no festival de Dioniso, quando bebem das águas desses fontes, pela ordem: a Fonte dos Sátiros serve aos jovens, a de Pã aos de meia-idade; os mais velhos bebem a água da Fonte de Sileno.

Sobre o efeito das águas nos adolescentes e homens feitos não tratamos agora. O comportamento dos velhos sob a intoxicação de sua água tem porém seu interesse. Tão logo um deles tenha bebido daquela fonte, cai numa letargia como a provocada pelo excesso de vinho. Súbito, porém, sua voz se torna muito forte, sua articulação clara, sua entoação como que musical. O estupor dá lugar à eloquência. Nada do que façam seus companheiros pode interrompê-lo: ele liga uma história à outra e segue falando — mas há muita ordem e sentido no que diz — suas palavras são tantas e caem tão bem como aqueles "flocos de neve invernal", do orador descrito por Homero. Talvez pudéssemos compará-las ao canto do cisne, tendo em conta a idade do velho indiano, mas de fato sua fala é enérgica e jovial como o chirriar do grilo, e assim continua até que a noite chegue e o efeito da água passe. Mas a coisa mais maravilhosa é a que vos vou dizer agora: se o velho assim intoxicado deixou uma história por terminar quando o sol se põe, no ano seguinte ele a retomará exatamente no ponto onde a inspiração o abandonou. LUCIANO DE SAMÓSATA, *DIONISO*, 6-7.

A LIRA DE ORFEU

Diz-se que, tendo sido Orfeu despedaçado pelas mulheres trácias, sua cabeça e sua lira foram carregadas pelo rio Hebro até o mar [...] e assim chegaram à costa de Lesbos; a cabeça foi enterrada onde hoje se encontra o Templo de Dioniso; a lira foi por muito tempo preservada como relíquia no Templo de Apolo. Um tempo depois, porém, Neanto, filho do tirano Pítaco, tendo ouvido sobre como aquela lira outrora encantara animais, árvores e até mesmo pedras, e como após a morte de Orfeu ela continuou soando por si mesma, sentiu-se violentamente tentado a possuir o instrumento. Por meio de uma propina considerável, Neanto venceu a resistência do sacerdote e conseguiu trocar o instrumento legítimo por uma cópia. Achando que não seria sensato deixar-se ver com a lira em plena luz do dia, ele esperou a noite, guardou-a sob seu manto e foi para as aforas da cidade. E ali esse rapaz, que de música nada sabia, tomou a lira e pôs-se a ferir suas cordas, sem qualquer arte, esperando porém com um som divino dominar todas as almas, qual o faria o herdeiro legítimo de Orfeu. Ele continuou até que os sons atraíram uma matilha de cães, que o despedaçaram.

LUCIANO DE SAMÓSATA, *O BIBLIÓFILO RÚSTICO*, 11-12.

MENSAGEM NA CABEÇA

Há nos registros de história grega descrição de outro método inusitado para a entrega de uma mensagem secreta, desenvolvido por um ardiloso bárbaro. Ele se chamava Histieu e nasceu na Ásia em família de boa condição. Naquele tempo, o rei Dario dominava a Ásia. Esse Histieu, estando na Pérsia com Dario, desejava mandar uma mensagem confidencial a um certo Aristágoras. Ele desenvolveu o seguinte método — admirável — para tanto: raspou a cabeça de um escravo seu que sofria dos olhos, como se cortar-lhe os cabelos fosse parte de um tratamento de saúde. Em seguida inscreveu levemente na calva as letras que queria e, feito isso, manteve-o em casa até que seus cabelos crescessem. Pouco tempo depois, quando já estavam grandes o bastante, mandou-o a Aristágoras, dizendo: "Quando estiveres com ele, dize-lhe que deve raspar tua cabeça, como eu próprio fiz". O escravo fez como lhe fora ordenado. Aristágoras, certo de que o [estranho] pedido tinha sua razão de ser, fez como instruído. E assim a carta chegou a seu destino. AULO GÉLIO, *NOITES ÁTICAS*, XVII, 9, 18-27.

A MORTE DE PEREGRINO PROTEU

Peregrino Proteu conheceu na Palestina os sacerdotes e escribas cristãos e aderiu a seu estranho credo. [...] Os cristãos, bem o sabes, adoram ainda hoje um homem — que introduziu ritos inauditos e que foi por isso crucificado. [...] Essas criaturas ignorantes acreditam já de saída que são imortais, o que explica seu desprezo pela morte. [...] E isso lhes ensinou seu mestre original — que são todos irmãos desde o momento em que se convertem; negam assim os deuses gregos e adoram o sofista crucificado, vivendo segundo suas leis. Acreditam nisso tudo com muita seriedade, de modo que desprezam os bens terrenos, que são para eles coisa sem valor. Pois bem, entre eles um charlatão com conhecimento do mundo, bem falante e malicioso, faria muito rápido sua fortuna, pois os dominaria com facilidade. [...]

Proteu havia anunciado já há tempos, nos Jogos Olímpicos passados, sua intenção de imolar-se nos próximos. Começou em seguida seu trabalho de mistificação, cavando valas e juntando lenha — na esperança de que muitos viessem a falar dessas coisas até a data do evento. [...] Ora, se um homem deseja matar-se, há muitas maneiras de fazê-lo; se deseja mesmo o fogo, esse meio tão hercúleo, por que não escolhe um lugar ermo, no alto de uma montanha? Mas não Proteu: ele precisa torrar à vista de todos, na Olimpíada, como se estivesse num palco. [...] O que lhe passou pela cabeça, suponho, foi o espetáculo imponente de um homem sendo queimado vivo naquele lugar sagrado — onde nem mesmo um enterro seria permitido. Houve um outro homem que queria ser famoso. Quando descobriu não haver outro meio de alcançar seu desejo, ele pôs fogo no Templo de Artêmis, em Éfeso. A intenção de Proteu recorda-me isso. A paixão pela fama devia de fato dominá-lo, corpo e alma. Ele dizia, certamente, que faria o que fez em benefício dos homens — para ensiná-los a desprezar a morte e mostrar força de espírito nas circunstâncias mais adversas. Gostaria pois de perguntar-te algo — ao próprio Proteu já não é possível. Que pensarias se os velhacos e bandidos aprendessem essa lição e passassem a desprezar a morte e os castigos? Claro que tu não gostarias disso. Onde traçaria Proteu, pois, a linha divisória? Como é possível melhorar os homens honestos sem encorajar os maus? Imagina porém que apenas os bons tenham visto aquele triste espetáculo. Novamente pergunto: gostarias que nossos filhos tivessem ambição semelhante? Certamente que não. Mas a questão é vã: nem mesmo entre os discípulos de Proteu houve um que se mostrasse entusiasmado com a lição. [...]

Mas por que Proteu se atirou às chamas? Pois bem: ele queria ser um exemplo de fortaleza, como os brâmanes. Ora, suponho que também na Índia há gente estúpida. Fosse como fosse, por que não seguiu à risca os seus modelos? Os brâmanes nunca se atiram às chamas. Onesícrito, piloto de Alexandre, viu Calanus imolar-se, e, segundo seu relato, quando a pira estava pronta, ele sentou-se calmamente entre as chamas, consumindo-se de maneira dignificada, sem mover um músculo. [...]

Os espectadores mais delicados choravam, alguns gritavam: "Não morras, Proteu, mas vive pela Grécia!"; outros mais fortes encorajavam-no ruidosamente ao ato. Isso afetou consideravelmente o ânimo do velho. Imaginava que não o deixariam chegar à pira; que o tomariam nos braços e insistiriam para que ele continuasse vivendo, que o obrigariam a viver. Tinha antes disso a compleição de um cadáver, mas o comportamento da plateia deixou-o vários tons ainda mais pálido. [...] Pediu então um punhado de incenso, para atirar ao fogo; tendo-o feito, virou-se em direção ao sul (outro gesto pensadamente trágico, esse de buscar o sul) e exclamou: "Deuses de minha mãe, deuses do meu pai, recebei-me com favor!" E com essas palavras saltou à pira. Nada mais se viu: logo as chamas o cobriram totalmente. [...]

Pensamentos curiosos passaram por minha cabeça, enquanto eu viajava de volta. "Que coisa estranha é essa ambição! É uma paixão irresistível — mesmo às almas mais nobres da humanidade, muito mais a um tolo como Proteu. [...] Nessa altura encontrei várias pessoas que se dirigiam aos jogos e que imaginavam ver Proteu ainda vivo — pois entre os muitos rumores do dia anterior houve o de que ele saudaria o sol nascente, como é a praxe dos brâmanes. Muitos decidiram retornar quando eu lhes comuniquei que Proteu já estava morto — mas vários quiseram ainda ver o local onde tudo acontecera e mesmo apanhar uma relíquia do local. [...] Questionaram-me sobre todo o acontecido. Se quem perguntava era alguém de quem eu gostava, eu me prendia aos fatos; mas, em benefício dos meramente curiosos, adicionei alguns toques dramáticos de minha própria invenção: assim que Proteu se atirou às chamas, houve um grande terremoto, eu lhes dizia, e um abutre voou das chamas para o céu, dizendo com voz humana: "Da Terra levanto-me ao Olimpo". Eles ouviam com espanto e reverência. "O abutre voou para leste ou oeste?", queriam saber. Eu respondia o que me ocorria no momento.

Quando retornava a Olímpia, parei para ouvir um velho que contava a um grupo de pessoas o que havia acontecido. Parecia uma testemunha confiável, a julgar por sua longa barba e respeitosa aparência. Ele nos contou, entre outras coisas, que após a cremação Proteu apareceu-lhe, vestido em linho branco [...] e mencionou também o abutre, jurando solenemente que ele próprio havia visto a ave voar da pira — meu próprio abutre, que eu inventara para satirizar aquela obscena estupidez! LUCIANO DE SAMÓSATA, *A MORTE DE PEREGRINO PROTEU.*

O QUE FAZER COM OS CRISTÃOS

É minha regra invariável, Senhor, referir-vos toda matéria que me parece duvidosa; pois quem seria mais capaz de esclarecer-me como agir, ou de dissipar minha ignorância? Como nunca estive presente a nenhum julgamento daqueles que professam o cristianismo, ignoro não apenas a natureza de seus crimes ou a justeza da punição [a morte] que lhe aplicam, como também quanto convém investigar suas práticas. [...] Desse modo, o método que tenho seguido quanto àqueles trazidos a mim como cristãos é o seguinte: eu lhes pergunto se o são; se o admitem, repito a pergunta ainda duas vezes, ameaçando-os com o castigo. Se ainda na terceira vez eles o confirmam, ordeno imediatamente a punição. [...] Uma informação anônima chegou-me aos ouvidos, acusando várias pessoas desse crime. Questionadas, elas o negaram, bem como fizeram em minha presença invocação aos deuses, ofereceram libação de vinho e queimaram incenso diante de vossa estátua e até mesmo injuriaram o nome de Cristo. Ora, forçar um verdadeiro cristão a fazer tais coisas é impossível. [...]

Escolheste, meu caro Segundo, o procedimento mais adequado para a investigação das acusações contra os cristãos trazidos à tua presença. Não é possível fixar lei geral para todos esses casos. Não abandones tua rotina de governo para ires à caça deles. Se, porém, chegar a ti gente acusada disso, comprovado o crime, que sejam punidos — com essa restrição, porém: se um acusado negar que é cristão, e se deixar claro que de fato não o é, invocando nossos deuses, seja ele perdoado, se tiver dado mostras de arrependimento. Acusações anônimas não devem ser toleradas em nenhum processo. Tratar-se-ia de precedente mui perigoso e bem estranho ao espírito de nossa época. PLÍNIO, O JOVEM, *CARTAS*, 10, 97 E 10, 98 *(TROCADAS COM O IMPERADOR TRAJANO).*

A ALMA EPICURISTA

Ainda com referência às sensações e aos sentimentos, considera que a alma é um corpo feito de partículas muito finas, distribuído por toda a nossa estrutura, e que se parece muito com um vento morno. [...] Ora, isso tudo se torna manifesto nas atividades da alma e nos sentimentos, em sua prontidão para os movimentos, nos processos de pensamento e no que perdemos no momento da morte. [...] Desse modo, por quanto tempo a alma permaneça no corpo, ainda que uma parte do corpo tenha sido perdida, ela não perderá a sensação. Ainda mais, se uma parte da alma perecer, quando, por exemplo, a parte do corpo que a mantinha não mais existe, se alma continuar a existir, terá ainda sensação. Por outro lado, o resto da estrutura, ainda que continue existindo no todo ou em parte, não reterá a sensação, se vier a perder a totalidade dos átomos (ainda que esse conjunto seja pequeníssimo) que juntos perfazem a alma. Ademais, se toda a estrutura se dissolve, a alma se dispersa e deixa de ter suas capacidades. [...] Devemos compreender claramente que o incorpóreo, na acepção comum do termo, aplica-se ao que não pode ter existência independente — seria pois impossível conceber o incorpóreo como uma existência separada, senão unicamente o vácuo: e o vácuo não pode agir nem ser afetado, mas apenas oferece oportunidade de movimento aos corpos. Assim, aqueles que afirmam que a alma é incorpórea não sabem o que dizem. Se a alma fosse incorpórea, não poderia agir ou ser afetada de modo algum.

EPICURO, *CARTA A HERÓDOTO*, 63-67.

POR QUE DEUS CRIOU OS HOMENS

Pois é a função do homem contemplar as obras de Deus, e para esse propósito ele foi criado — para que pudesse ver o universo com assombrada admiração, e para que chegasse a conhecer seu Criador. ANÔNIMO, *CORPUS HERMETICUM*, IV.

POR QUE DEUS NÃO ATENDE ÀS PRECES DOS HOMENS

Se Deus ouvisse as preces dos homens, há muito já teriam todos perecido — pois sempre o que pedem é o mal um do outro. EPICURO, *FÍSICA*, FRAGMENTO 388 (USENER).

A FORMAÇÃO DOS ELEMENTOS

Os componentes de que o mundo é feito são dois, a saber, corpo e alma — o primeiro dos quais é visível e tangível, e o último, invisível e intangível. Cada qual possui capacidade e constituição diferentes. O corpo do mundo é composto de fogo e terra, água e ar. A esses quatro (que não tinham ainda, deve-se esclarecer, a função de elementos) o criador do mundo deu as formas de pirâmide, cubo, octaedro, icosaedro e, acima de todos os demais, de dodecaedro. Quando a matéria tomou a forma de pirâmide, tornou-se fogo, por ser essa a forma mais aguda e a composta do menor número de triângulos; fez-se dela, portanto, o elemento menos denso. Tomando a forma de octaedros, a matéria assumiu as propriedades do ar; tendo sido determinada pelo icosaedro, tornou-se água; a forma de cubo assignou-se à terra — pois esse é dos volumes o mais sólido e estável. Quanto ao dodecaedro, o criador utilizou-o para o cosmos como um todo, [...] pois vemos no céu doze signos no círculo zodiacal. ALCINO, *MANUAL DO PLATONISMO*, 13, 1.

A CRIAÇÃO DO HOMEM E DE OUTROS SERES VIVOS

Quando Deus ordenou o universo, ainda não haviam sido criadas as três classes de seres vivos que estariam destinadas à mortalidade, a saber: os voláteis, os aquáticos e os que vivem na terra. A criação desses seres Deus confiou àqueles deuses que eram sua descendência — para assim evitar a consequência de que, tivesse ele próprio os criado, haveriam então de ser imortais. Esses deuses, pois, separaram porções da matéria primordial para existências de durações determinadas, depois da quais retornariam ao todo, e desse modo criaram os seres mortais.

Quanto à raça humana, houve em sua criação maior cuidado, por ser a mais semelhante ao próprio criador e aos deuses que eram sua descendência. O criador fez descer à terra as almas dessa raça, em número igual ao das estrelas; colocou cada uma delas então numa estrela, quase como se a sentasse num carro, e expôs-lhes as leis do destino, como se fora um legislador, de modo que ficasse livre de culpa. Disse-lhes que afetos ligados à mortalidade se pegariam nelas pelo corpo — primeiramente as sensações, depois o prazer e a dor, o medo e a ira; que as almas que conseguissem domínio sobre esses afetos e que não fossem constrangidas por eles viveriam justamente e poderiam depois retornar às suas estrelas, mas aquelas outras que fossem dominadas pela injustiça voltariam à terra num segundo nascimento como mulheres e, se nem então se emendassem, ainda uma vez como animais feros. ALCINO, *MANUAL DO PLATONISMO*, XVI, 1-2.

VISÃO DO ALÉM

Tespésio, um nativo de Soli, na Cilícia, era amigo de Protógenes, nosso conhecido. Ele passou sua primeira juventude na libertinagem, de maneira que em pouco tempo dissipou todo o seu patrimônio. Reduzido à miséria, tornou-se um homem mau e, lamentando suas perdas, recorreu a meios desonestos para voltar a enriquecer. [...] Em pouco tempo, porém, em vez de riqueza, o que ele conseguiu foi a reputação de ímpio e celerado.

Mas nada o fez mais conhecido do que a resposta que lhe deu o oráculo de Anfíloco. Diz-se que ele o consultou para perguntar ao deus se teria no futuro vida melhor do que a passada. O oráculo lhe respondeu que tudo melhoraria depois de sua morte. A previsão cumpriu-se de certa maneira, algum tempo depois. Tespésio caiu de uma altura, batendo a cabeça contra uma pedra. Não sofreu ferimento grave, mas perdeu a consciência por longo tempo e acreditaram-no morto. Três dias depois, quando já se preparava seu funeral, ele voltou a si. Em alguns dias recuperou seu senso e suas forças, e houve em sua vida mudanças maravilhosas. Em toda a Cilícia, não se achava homem mais justo, mais pio, mais dedicado aos amigos ou mais temido pelos inimigos. Todos os que o conheciam dos primeiros tempos desejavam conhecer a causa desse câmbio prodigioso, que não se podia acreditar tivesse outra fonte que não uma divina – e isso era verdade, como se pode julgar pela história que ele contou a Protógenes e outros amigos não menos estimados.

Ele disse que no momento em que perdeu a consciência, sentiu-se como um piloto atirado de sua nave ao fundo do mar; que depois, subindo pouco a pouco, sentiu-se capaz de respirar perfeitamente naquele meio, e que, como se sua alma tivesse aberto os olhos, podia ver todas as coisas ao seu redor, em todas as direções, simultaneamente.

Ele não viu qualquer objeto comum, mas astros de grandeza espantosa, separados por imensas distâncias. Tinham brilho ofuscante, de uma cor admirável. Sua alma, boiando nesse meio luminoso, como um barco no mar calmo, oscilava docemente, avançando porém com velocidade. [...] Ele contou que as almas dos mortos tinham lá a forma de bolas de fogo. [...] Umas, ascendiam em linha reta com rapidez impressionante; outras giravam sobre si mesmas, subindo e descendo em movimentos confusos e irregulares [...].

Entre essa multidão de almas desconhecidas, ele julgou reconhecer duas ou três, de alguma maneira familiares. Quis aproximar-se delas, para lhes falar, mas elas o evitavam, em volteios muito velozes. [...] Essas esferas erravam de início por toda a parte, mas à medida que encontravam outras, sujeitas aos mesmos movimentos, juntavam-se a elas, e juntas moviam-se confusamente, emitindo sons desarticulados, parecidos a agudos gritos de terror. Outras ainda, numa região superior, tinham feição como que de riso; juntavam-se a outras com ar de confiança e de amizade, fugindo porém das almas agitadas e confusas. [...]

Tespésio viu entre elas a alma de um de seus parentes, que ele a custo reconheceu, pois que tinha morrido quando ele era ainda criança. Essa alma aproximou-se dele e lhe disse: "Salve, Tespésio". Surpreso ao ouvir seu nome, ele disse que se chamava Arideu, não Tespésio. A alma lhe respondeu: "Esse foi de fato teu nome outrora, mas no futuro serás chamado de Tespésio, pois que não estás morto; somente a parte inteligente de tua alma veio ter conosco, por uma vontade particular dos deuses; as outras faculdades de tua alma permanecem unidas a teu corpo, como uma âncora que o mantém seguro. A prova que disso te posso dar é que a alma dos mortos não fazem sombra".

Tendo ouvido isso, Tespésio olhou ao redor e pôde ver uma sombra muito escura, que acompanhava todos os seus movimentos, ao passo que as outras almas eram transparentes e envolvidas de luz – não todas porém da mesma maneira, pois que umas emitiam raios puros e claros, como os da lua cheia, outras tinham como que escamas ou cicatrizes, ou eram marcadas de manchas negras, como as têm as serpentes, o que lhes dava uma figura horrível. PLUTARCO, *SOBRE A DEMORA DA JUSTIÇA DIVINA*, 22-24.

AS ALMAS ESCOLHEM SUA PRÓXIMA VIDA

Lá [no além-túmulo], ele viu a alma que fora de Orfeu escolhendo a vida de um cisne, por conta de sua ojeriza à raça das mulheres, sendo-lhe odiosa a ideia de nascer de uma mulher, porque elas o assassinaram [...] [viu também] cisnes e outros pássaros querendo ser homens. [...] O próximo foi Agamênon, que tomou para si a vida de uma águia, porque, como Ajax, ele odiava a natureza humana, que tantos sofrimentos lhe trouxera. [...] Chegou-se também a alma de Ulisses, que devia ainda fazer sua escolha, e sua sorte calhou de ser a última. A lembrança de seus trabalhos havia aniquilado sua ambição, e ele procurou ali por muito tempo a vida de um homem medíocre e sem preocupações; foi-lhe difícil encontrá-la, tendo sido esse destino deixado de lado pelos outros. Quando porém ele a achou, disse que teria feito o mesmo ainda que fosse o primeiro a escolher, e que era para ele uma grande alegria consegui-la.

[...] e quando todos tinham passado, caminharam sob intenso calor até a Planície do Esquecimento, que era lugar desolado e sem árvores ou qualquer verdor; à noitinha montaram acampamento às margens do rio Letes, cuja água nenhuma vasilha pode conter, e cada um foi obrigado a beber dela um pouco, mas quem não tinha o socorro da sabedoria bebia mais do que o necessário. E cada um, tendo bebido, esqueceu todas as coisas. PLATÃO, *A REPÚBLICA*, X, 620A-621A.

A NOVIDADE DO MUNDO

Ademais, se não tiveram início ou criação
os céus e a Terra — se existem, como dizem, desde sempre —,
por que pois antes da tebana guerra e do fim de Troia
não houve poetas que cantassem proezas mais velhas?
De que modo se perdeu a memória de outros feitos,
por que não vemos monumentos aos heróis daquele então,
ou cantos que celebrem sua glória?
Em verdade, bem o creio, o mundo é recentíssimo,
de feitura em seu frescor, e não antiga.
Eis por que ainda hoje as artes se melhoram e progridem,
os navios ganham novos aparelhos e os músicos
criam novas harmonias.

TITO LUCRÉCIO CARO, *DA NATUREZA DAS COISAS*, V, 324-334.

MOISÉS GOLPEIA A PEDRA DUAS VEZES

E não muito depois, havendo escassez de água, cousa já mui frequente, irrompeu entre o povo a sedição. Então Moisés, lembrando-se do que Deus lhe dissera, isto é, que golpeasse a pedra com seu cajado, como já antes havia feito, bateu nela duas vezes, e assim brotou a água. Conta-se, porém, que Moisés mereceu então a censura de Deus, porque, faltando-lhe fé, bateu na rocha duas vezes, e não uma só. [...] Que o próprio Moisés tenha apenas visto a Terra Prometida, sem poder alcançá-la, atribui-se ao pecado de ter duvidado naquela ocasião em que Deus lhe ordenou bater na rocha para fazer manar dela a água, mesmo tendo antes comprovado várias vezes seus poderes. SULPÍCIO SEVERO, *CRÔNICA*, I, 21, 3-7.

TELCÍNOE

Habrocomes, ouve minha história: não sou siciliano nem nativo daqui, mas espartano da Lacedemônia, de uma das mais poderosas e ricas famílias de lá. Quando eu era jovem, apaixonei-me por uma moça espartana, Telcínoe por nome, e ela retribuiu o meu amor. Numa noite de vigília, quando a cidade celebrava um festival, conhecemo-nos casualmente, um deus tendo nos guiado em direção um ao outro, e com esse acaso alegramo-nos, felizes de nos termos achado. Por um tempo nos relacionamos, mantendo secreta nossa união, e mutuamente jurávamos fidelidade até a morte. Mas um deus deve ter nos invejado. Uma vez que eu ainda não gozava de plenos direitos, moço que era, os pais de Telcínoe deram-na em casamento a um cidadão espartano de nome Ândrocles, que já então, de fato, estava dela enamorado. No início ela imaginou várias artimanhas para adiar o casamento, até que, a oportunidade nos sorrindo, decidimos fugir à noite da Lacedemônia. Vestimo-nos com roupas de rapazes, eu lhe cortei o cabelo. Na noite mesma em que o casamento deveria ocorrer, deixamos a cidade, e dali seguimos primeiro a Argos e depois a Corinto, onde embarcamos rumo à Sicília. Quando os espartanos descobriram nossa fuga, condenaram-nos à morte.

Aqui vivemos nossa vida, com grandes necessidades, mas felizes, como se nada nos faltasse, porque estávamos juntos. Aqui, não faz muito tempo, Telcínoe morreu. Seu corpo não foi enterrado: eu o mantenho comigo, e sempre o beijo e estou com ele — Com essas palavras, o velho levou Habrocomes a uma sala interna e mostrou-lhe Telcínoe, que morrera já bem velha, mas que a seus olhos era ainda uma bela jovem. Ele havia embalsamado o corpo à maneira dos egípcios, pois conhecia os procedimentos. "Com ela, meu filho, eu converso como se estivesse viva; deito-me ao seu lado, tomo com ela minhas refeições, e sempre que volto à casa, cansado da pescaria, ela me recebe com olhar afetuoso e me conforta".

XENOFONTE DE ÉFESO, *UMA HISTÓRIA EFÉSIA*, V, 1, 4-11.

TRAZIDA PELO MAR

Conta-se que Timeto se casara com [sua sobrinha] Euope, filha de seu irmão Trezeno, mas, tendo descoberto que ela nutria em segredo grande paixão pelo próprio irmão, e que com ele costuma se deitar, revelou-o a Trezeno. Ela, com medo e vergonha, enforcou-se, depois de desejar toda sorte de males àqueles que foram a causa de sua infelicidade. Passado um tempo, Timeto achou na praia o corpo de uma mulher muito bela, deixado ali pelas ondas, e teve forte desejo de unir-se a ela. Contudo, uma vez que com o passar dos dias o corpo se decompunha, Timeto ergueu um grande túmulo para ela, e, como não poderia aliviar os seus sofrimentos, matou-se naquele lugar. PARTÊNIO DE NICEIA, *AMORES INFELIZES*, 31.

O SILÊNCIO DE SECUNDUS

Naquele tempo, tendo chegado a Atenas o imperador Adriano, tomou ele conhecimento da fama de Secundus e ordenou que o trouxessem à sua presença — pois nada digno de admiração escapava ao olho do imperador. Quando Secundus entrou, Adriano, querendo testá-lo para saber se ele era de fato dedicado ao silêncio, levantou-se e o saudou. Secundus, no entanto, manteve seu silêncio. Adriano disse-lhe: — Fala, filósofo, para que eu te conheça, pois não me será possível avaliar tua sabedoria se te calas. — Apesar disso, Secundus manteve-se calado. E Adriano disse: — Secundus, antes de vires ter comigo, cabia-te manter silêncio — pois não conhecias interlocutor mais distinguido do que tu, nem quem pudesse conversar contigo em igualdade. Mas eis que agora estou à tua frente, e exijo-te: fala! Dá-me amostra de tua eloquência. — Nem com isso Secundus moveu-se, sem qualquer medo do imperador. Então Adriano, enfadado, disse a um de seus cortesãos, um tribuno: — Faze este filósofo falar. — O tribuno respondeu com a verdade, dizendo: — É mais provável persuadir leões e leopardos e outras feras a falar com voz humana do que um filósofo, se contra a sua vontade. — Então ele mandou vir um carrasco, que era grego, e disse-lhe: — Que não viva quem se recusa a falar com o imperador. Leva-o daqui e pune-o. — Adriano, porém, chamou em seguida o carrasco e disse-lhe, sem que outros o ouvissem: — Quando levares o filósofo, tem com ele no caminho, encorajando-o a falar. Se conseguires dele uma só palavra, corta-lhe a cabeça; se ele porém insistir no silêncio, traze-o de volta ileso.

Secundus foi levado em silêncio, o carrasco que o tinha em custódia tendo tomado a direção do Pireu, que era onde os crimininosos eram executados. O carrasco lhe disse: — Secundus, que te aproveita morrer persistindo no silêncio? Fala, e viverás. Concede-te o dom da vida com uma só palavra. Considera: o cisne canta pouco antes de morrer, e todas as outras aves têm a voz que lhes deu a natureza. Tudo o que vive tem uma voz. Reflete, pois, e muda teu destino. O tempo de vida que ganharás sobejará para teu silêncio. — Com essas e outras palavras semelhantes o carrasco tentou atrair Secundus para sua artimanha. Mas Secundus desprezava a própria vida e esperava quieto a morte, sem que o movessem as coisas que ouvia. Tendo chegado ao lugar da execução, o carrasco disse-lhe: — Secundus, estende aqui teu pescoço para receberes a espada. Secundus estendeu seu pescoço no cepo, sempre em silêncio. Então o carrasco mostrou-lhe a lâmina da espada e disse: — Secundus, compra tua vida com o discurso. — Mas Secundus não falou. O carrasco levou-o de volta a Adriano e disse: — César, trago-vos Secundus como o levei, silencioso até a hora da morte. — Adriano admirou a constância do filósofo e, levantando-se, disse: — Secundus, observas no silêncio tua própria lei, que nem o imperador pode quebrar. Ora toma esta tabuleta e escreve nela, para que possamos conversar. — Secundus tomou a tabuinha e escreveu o seguinte: — De minha parte, Adriano, não terei medo a ti, nem em face da morte. Tens de fato o poder de me matar, pois és o governante deste tempo. Mas isto é tudo. Sobre minha voz e as palavras que escolho para dizer, teu poder é nenhum. ANÔNIMO, *VIDA DE SECUNDUS*, 72-74.

SOBRE O FURTO NO EGITO E NA LACEDEMÔNIA

Recordo-me de ter lido no livro do jurisconsulto Aristo, homem de não pouca erudição, que entre os antigos egípcios — uma raça conhecida por suas invenções engenhosas e por sua dedicação ao estudo das ciências — todos os furtos eram considerados lícitos e que não eram de nenhuma forma punidos.

Também entre os lacedemônios, homens sóbrios e vigorosos (fama que podemos comprovar mais facilmente que a dos egípcios) o furto era prática lícita e corriqueira, como sustentam vários renomados autores que escreveram sobre suas leis e costumes. Diz-se que os jovens de lá furtavam usualmente — não para acumular riqueza ou para ter com que saciar seus desejos, mas como treinamento e disciplina na arte da guerra, pois a habilidade e o costume do furto deveria lhes dar inteligência mais aguda e vigorosa para criar emboscadas, aguentar as vigias e surpreender o inimigo com mais eficiência. AULO GÉLIO, *NOITES ÁTICAS*, XI, 18, 16-17.

O NASCIMENTO DE ALEXANDRE

Tendo chegado o tempo de Olímpias dar à luz, ela sentou-se na cadeira de parto; Nectanebos ficou ao seu lado, calculando o curso dos astros, distraindo-a para que não parisse muito depressa. [...] Tendo examinado a situação dos corpos celestes, ele disse: — Mulher, controla-te e enfrenta a necessidade natural — pois se deres à luz agora, terás um monstro ou um vil prisioneiro.

Quando pouco depois Olímpias novamente sentia fortes dores e mal podia suportar as contrações, Nectanebos lhe disse: — Aguenta ainda um pouco, mulher. Se parires agora, teu filho será um eunuco. — Ele lhe dizia palavras ternas, com o fito de encorajá-la, e ensinou-lhe a usar as mãos para obstruir as vias naturais, dizendo ainda encantamentos para atrasar o parto.

Analisando mais uma vez o curso dos astros, Nectanebos notou que todo o cosmos estava em seu zênite; viu uma luz brilhando no firmamento, qual um outro sol, e disse a Olímpias: — Agora! Darás à luz filho que será o rei do mundo: — E Olímpias, com grito mais alto que o mugido de uma vaca, com boa sorte deu à luz um varão. Quando a criança caiu no chão, ouviram-se trovões e relâmpagos iluminaram o mundo todo. ANÔNIMO, *O ROMANCE DE ALEXANDRE* (SÉCULO II D.C), I, 12.

O VERDADEIRO PAI DE ALEXANDRE

Ele [Nectanebos] tomou sua tabuleta e pôs-se a calcular o curso dos astros, enquanto Alexandre o observava. E Alexandre lhe disse: — Senhor, as estrelas que tu estudas não podem ser vistas no céu, certamente? — Podem, e claramente, rapaz! — ele respondeu. E Alexandre lhe disse: — Podes pois me mostrá-las? — Certamente, jovem, quando a noite chegar.

Assim, à noite, Nectanebos chamou Alexandre e o levou para fora da cidade a um lugar solitário e, olhando para o céu, mostrou a Alexandre as estrelas. Mas Alexandre tomou-o pela mão e o conduziu a um poço e o deixou cair. Nectanebos, na queda, chocou violentamente a nuca numa pedra e gritou: — Ah, Alexandre, por que decidiste fazer isso?

— Culpa-te a ti mesmo, astrólogo!

— Por que, rapaz?

— Porque estudas as coisas dos céus mas ignora as da terra.

— Rapaz — disse-lhe Nectanebos. — Estou muito ferido. Mas resigno-me, nenhum mortal pode escapar a seu destino.

— Por quê? — perguntou Alexandre.

— Eu já conhecia meu destino. Eu seria morto por meu próprio filho, e não pude evitar meu destino: fui morto por ti.

— Sou pois teu filho? — perguntou Alexandre.

Então Nectanebos lhe contou que fora rei do Egito, de onde fugira, que viera viver em Pela, que conhecera Olímpias e fez-lhe o horóscopo, e como ele foi ter com ela vestido como o deus Amon e gerou com ela assim um filho. Com essas palavras, Nectanebos expirou seu espírito. ANÔNIMO, *O ROMANCE DE ALEXANDRE*, I, 14.

O QUE ALEXANDRE PROMETEU A ARISTÓTELES

Alexandre teve Aristóteles como seu único professor. Muitas outras crianças estudavam com o filósofo, entre as quais alguns filhos de reis, e um dia ele perguntou a um deles: — Se herdares o reino de teu pai, que me darás, a mim, teu professor? — ele respondeu: — Terás uma posição de muito poder como meu conviva, e te farei famoso em toda parte.

E perguntou a outro: — Se tu, rapaz, sucederes ao reino de teu pai, que tratamento me darás, teu mestre? — ele respondeu: — Farei de ti meu ministro e consultar-te-ei em todo assunto que exija meu julgamento.

E ele perguntou também a Alexandre: — Se tu, Alexandre, sucederes ao reino de teu pai Filipe, como tratarás a mim, teu mestre? — Alexandre respondeu: — Perguntas-me pois sobre assuntos futuros, quando nem do amanhã podes ter certeza? Dar-te-ei tua recompensa quando o tempo e a oportunidade chegarem. — E Aristóteles lhe disse: — Viva Alexandre, senhor do mundo: serás o maior dos reis. ANÔNIMO, *O ROMANCE DE ALEXANDRE*, I, 16.

EXPEDIÇÕES DE ALEXANDRE

[...] Seguindo dali, chegamos a um lugar onde havia homens sem cabeça, embora pudessem falar normalmente, em sua própria língua. Eram peludos, cobriam-se de peles e comiam peixe. [...] Meus amigos aconselhavam-me insistentemente a regressar, mas eu segui adiante, porque queria ver o fim do mundo. [...] Marchamos através de terras inabitadas, sem notar qualquer ser vivente, sem ver nada além da terra e do céu. Depois não vimos mais o sol, e o ar esteve escuro por dez dias. Chegamos a um lugar na costa e ali montamos acampamento. No meio daquele mar havia uma ilha, e eu tive o desejo de explorá-la. Ordenei que se construísse um grande número de barcos. Cerca de mil homens embarcaram neles e assim remamos à ilha, que não era muito distante da costa. E perto dela ouvimos vozes de homens dizendo em grego: "Alexandre, teu nome indica o futuro [etc.]". Ouvíamos essas vozes, mas não podíamos ver quem as pronunciava. Alguns soldados arriscaram suas vidas mergulhando no mar para nadar à ilha e a explorar, mas imediatamente surgiram grandes caranguejos que os arrastaram para o fundo. Tivemos medo e retornamos à terra. [...]

Chegamos a um lugar onde havia uma fonte cristalina, cujas águas brilhavam como relâmpago, e muitas outras fontes d'água. [...] Também o ar naquela região era fragrante, e não era totalmente escuro. Eu tive fome e chamei o cozinheiro, e lhe disse: "Prepara comida". Ele apanhou peixe salgado na despensa e foi àquela fonte lavá-lo. Mas no momento em que o peixe tocou a água, ele voltou à vida e escapou das mãos do cozinheiro. Tendo medo de mim, ele não me contou o que aconteceu, mas tomou um pouco da água, guardando um pouco dela num frasco de prata. Havia no lugar várias fontes, e todos bebemos delas, menos daquela. Que triste sorte a minha, que não me tenha tocado beber daquela fonte da imortalidade, capaz de trazer os mortos à vida, e que esse privilégio tenha-o gozado um cozinheiro! [...] Quanto ao cozinheiro, ordenei que lhe amarrassem uma mó ao pescoço e que o atirassem ao mar. [...]

[...] concluí que ali era o fim do mundo. Mas depois refleti com mais vagar e duvidei de que ali fosse o ponto extremo do mundo e que ali se encontrassem o céu e a terra. Decidi pois pesquisar a verdade. Ordenei então que capturassem dois pássaros daquele lugar. Eram enormes pássaros brancos, extremamente fortes, mas dóceis: de fato, não fugiam quando nos chegávamos a eles. Alguns dos soldados montaram em seus pescoços e eles voaram para o céu, carregando-os. Eles se alimentavam de carcaças, e por esse motivo um grande número desses pássaros foi atraído a nosso acampamento, por conta da mortandade dos cavalos. Ordenei pois que dois desses pássaros fossem capturados e deixados sem comer por três dias. No terceiro dia dei instrução para que um tipo de jugo fosse preso aos pescoços dos pássaros, unindo-os. Então fiz eu próprio uma cesta de couro de boi e na qual entrei, carregando espada de cerca de sete cúbitos de comprimento, em cuja ponta mandei amarrar o fígado de um cavalo. Imediatamente os pássaros levantaram voo, tentando comer o fígado, e com isso me carregaram consigo para o ar, até que julguei chegar perto do céu. Meu corpo todo tremia, por efeito do ar frio quando as aves batiam as asas. Naquele ponto uma criatura alada na forma de um homem aproximou-se de mim e disse: — Alexandre, investigas as coisas do céu quando ainda não conquistaste as da terra? Retorna pois ligeiro à terra, e evita ser comido pelos pássaros! — E novamente ele falou comigo: — Alexandre, olha para a terra lá embaixo. — Assim fiz, com medo, e vi uma grande serpente enrolada, e, no meio da serpente, um pequeno disco. E a criatura disse-me: — Dirige tua espada contra o disco — é o mundo, e a serpente é o mar que circunda a terra. ANÔNIMO, *O ROMANCE DE ALEXANDRE*, II, 39.

ANTROPOLOGIA FANTÁSTICA

Atrás dessas montanhas e além do vento norte, habita — se o podemos crer — uma raça feliz de homens chamados "hiperbóreos", que vivem até uma idade extrema e são famosos por várias coisas maravilhosas que deles se dizem. Acredita-se que naquele lugar estão os eixos em torno dos quais gira o firmamento. [...] A morte só lhes alcança quando, cansados na velhice dos prazeres da vida, atiram-se de certa rocha no mar. [...] Alguns autores julgam que esse povo se encontra não na Europa, mas nas costas mais próximas da Ásia, pois existe lá uma raça de costumes semelhantes e localização parecida, os chamados Attacos; outros os colocam a meio caminho entre os dois sóis (isto é, entre o poente dos antípodas e nosso oriente) — mas isso é certamente impossível, tão extenso é o mar entre esses dois pontos. Aqueles que os colocam na região onde há seis meses de luz registram que ele semeiam de manhã, colhem ao meio-dia, apanham frutas ao pôr do sol e recolhem-se em cavernas ao anoitecer. PLÍNIO, O VELHO, *HISTÓRIA NATURAL*, IV, 12, 89-91.

[...] a três dias de navegação da costa da Cítia existem] umas ilhas chamadas Eonas, cujos habitantes, segundo se diz, alimentam-se apenas de ovos e aveia, e outras onde os homens nascem com pés de cavalos — donde se chamarem "hipópodes"; há também a ilha dos "panotiores", isto é, aqueles cujas orelhas são tão grandes que lhes cobrem todo o corpo. PLÍNIO, O VELHO, *HISTÓRIA NATURAL*, IV, 13, 95.

Os atlantes são homens degenerados, a crer-se no que deles se diz, pois não usam entre eles quaisquer nomes, e, quando observam o sol nascente ou poente, gritam-lhe imprecações como se ele fora a causa de seus sofrimentos e da falência de suas colheitas. Quando dormem, eles não têm quaisquer sonhos, como os demais mortais. Os trogloditas escavam cavernas, que são suas moradas; alimentam-se da carne de serpentes, e não têm vozes como de homens, mas guinchos, de modo que não se comunicam com palavras. Os garamantos não conhecem o matrimônio e vivem promiscuamente com suas mulheres. Os áugilos cultuam apenas as potências infernais. Os ganfasantes andam nus, não travam batalha e evitam qualquer contato com estrangeiros. Diz-se que os blêmios não têm cabeças, mas os olhos e a boca no peito. Os sátiros nada têm de humano senão a forma do corpo. Os egipanos têm aquela forma como costumam ser representados nas figuras [como do deus Pã]. Os himantópodes têm os pés parecidos com tiras de couro, e movem-se arrastando-se como serpentes. PLÍNIO, O VELHO, *HISTÓRIA NATURAL*, V, 8, 45-46.

Na costa ocidental [do Mar Morto], longe porém das exalações pestíferas, está a tribo solitária dos essênios, mais admirável do que qualquer outra, pois que não há entre eles mulheres, tendo esse povo renunciado a qualquer tipo de luxúria, assim como ao dinheiro — somente as palmeiras são sua companhia. Seu número se mantém constante com a chegada de vários noviços que, cansados da vida, buscam entre eles um refúgio às incertezas da fortuna. Desse modo, há milhares de anos (o que parece incrível) segue vivendo uma raça na qual ninguém nasce — tão fecunda é para eles a infelicidade alheia! PLÍNIO, O VELHO, *HISTÓRIA NATURAL*, V, 15, 73.

No lado africano [do Nilo] vivem os Ptoemfani, que têm um cão por rei, cujas ordens eles adivinham de acordo com seus movimentos. PLÍNIO, O VELHO, *HISTÓRIA NATURAL*, VI, 35, 192.

Tauron dá o nome de Coromandas a um povo que vive na floresta; eles não usam qualquer idioma, mas gritos horríveis, e têm corpos peludos, olhos verdes e dentes caninos. [...] No limite oriental da Índia, perto da fonte do Ganges, ele diz estar a tribo dos Astomi, que não têm bocas, e são todos cobertos de pelos; eles se vestem de fibras das árvores de nutrem-se apenas do ar que respiram e dos odores que inalam pelas narinas — não têm pois outra comida ou bebida que não os diferentes cheiros de raízes e flores e das frutas selvagens, as quais eles carregam consigo em suas jornadas longas, de modo que não lhes faltem os odores. Diz ainda que eles podem ser mortos facilmente com um odor só um pouco mais forte do que o usual. PLÍNIO, O VELHO, *HISTÓRIA NATURAL*, VII, 2, 24-25.

Além desses, diz-se que na região montanhosa mais afastada estão os homens de três palmos e a tribo dos pigmeus [...], que Homero relata acossada pelos grous [*Ilíada*, III, 6]. Consta que na primavera todos os pigmeus, montados em ovelhas e cabras e armados de arcos e flechas, descem até o mar para comerem os ovos e pintos dos grous, e que essa excursão dura três meses. De outro modo, não lograriam proteger-se do bandos de grous que haveriam de crescer. PLÍNIO, O VELHO, *HISTÓRIA NATURAL*, VII, 2, 26.

SULA E O SÁTIRO

Ali [na Tessália], dizem, um sátiro, igual aos que representam os escultores e pintores, foi capturado enquanto dormia e levado a Sula. Com vários intérpretes tentaram descobrir dele o seu nome, mas, após inúmeras tentativas, nada inteligível se ouviu de sua boca, apenas um som áspero, entre o relinchar de um cavalo e o berrar de um bode. Sula, com grande receio e lamentando o ocorrido como um mau agouro, ordenou que o tirassem de sua presença. PLUTARCO, *VIDA DE SULA*, 27.

ÚLTIMA CARTA DE ALEXANDRE PARA SUA MÃE

Do rei Alexandre à minha mui querida mãe, saudações. Quando receberes esta carta, minha última, prepara um lauto banquete em agradecimento à Providência, por te ter dado um tal filho. Mas se desejas realmente honrar-me, vai sozinha chamar todos os homens, ricos e pobres, para o banquete, dizendo-lhes: "Vede, a mesa está posta! Vinde e festejai! Mas ninguém que tenha já suportado pesar, ou que agora sofre, deverá vir, pois que preparei banquete de alegria, não de tristeza". Adeus, mãe.

Olímpias fez como Alexandre a instruíra, mas ninguém foi ao banquete — nem os grandes, nem os humildes, nem os ricos, nem os pobres, pois que nenhum deles se encontrou sem pesar, passado ou presente. Então Olímpias compreendeu a sabedoria de Alexandre e entendeu que seu filho já estava morto, e que deixara aquela carta como consolo para sua mãe, como se lhe dissera que nada inaudito lhe ocorrera, mas tão somente algo que sempre ocorrera aos homens, e continuaria a ocorrer. ANÔNIMO, *O ROMANCE DE ALEXANDRE*, 33.

A VIAGEM FINAL DE ALEXANDRE

Tendo Alexandre, filho de Filipe, morrido em Babilônia, seu corpo permaneceu insepulto enquanto seus generais disputavam seu legado. Negavam-lhe, assim, as honras fúnebres, concedidas normalmente aos mais humildes dos homens. Trinta dias eram já passados sem cuidado dos funerais, quando Aristandro de Telmis pediu a palavra aos macedônios e disse-lhes o seguinte, sob inspiração divina: "uma vez que Alexandre fora em vida e ainda depois de morto o mais bem-sucedido dos reis, a terra que recebesse seu corpo seria também feliz, e para sempre invencível".

Essas palavras ensejaram novas discussões, pois cada um dos generais queria para si o cadáver de Alexandre, como se fora a garantia divina de um poder firme e duradouro. Eis que Ptolomeu, segundo alguns, tomou em segredo o corpo de Alexandre e ordenou que fosse levado para o Egito, para a cidade à qual o príncipe havia dado o nome [Alexandria]. A maior parte dos macedônios não deu importância a esse ato, mas Pérdicas, contrariado, resolveu dar busca ao raptor – menos por seu amor à memória de Alexandre do que tentado pela profecia de Aristandro. Quando o alcançou, os dois generais travaram sangrento combate pela posse do cadáver – luta semelhante, pois, àquela famosa, ocorrida sob as muralhas de Troia. [...] Ptolomeu, vencedor sobre Pérdicas, mandou fazer uma imagem do cadáver de Alexandre, que vestiu com os trajes reais mais esplêndidos. Depositou depois esse simulacro num magnífico caixão coberto de ouro, prata e marfim, e mandou carregá-lo numa vistosa carruagem de estilo persa. Enquanto assim se desviavam os olhares, o verdadeiro cadáver, sem qualquer riqueza ou esplendor, era levado por vias secretas e quase desertas a seu destino. Pérdicas, raptando (não sem luta) o simulacro de Alexandre, acreditou enfim ter arrebatado o prêmio que tanto desejava. Só entendeu que havia sido enganado quando já não lhe era mais possível alcançar Ptolomeu. ELIANO, O SOFISTA, *HISTÓRIAS DIVERSAS*, 12, 64.

OS GROUS DE ÍBICUS

Íbicus: filho de Fítius, mas alguns dizem que do historiador Polizelo de Messana; outros, de Cerdas. Nascido no Régium. Dali foi a Samos, quando reinava o pai do tirano Polícrates. Isso foi no tempo de Creso, na 54ª Olimpíada. Ele tinha um amor insano por rapazes e foi o inventor do chamado "sâmbico", um tipo de cítara triangular. Suas obras tomam sete volumes no dialeto dórico. Assaltado por bandidos num lugar deserto, ele disse que os grous que por acaso voavam acima deles seriam seus vingadores. Ele foi assassinado, mas depois um dos bandidos avistou alguns grous na cidade e gracejou a seus comparsas: "Vede, os vingadores de Íbicus!" Alguém ouviu esse comentário e informou-se sobre a história. O crime foi confessado e os bandidos condenados. Donde a expressão proverbial: "os grous de Íbicus".

VERBETE DA ENCICLOPÉDIA BIZANTINA SUDA. TAMBÉM EM PLUTARCO, *SOBRE A TAGARELICE E OUTROS TEXTOS*, 14. TRADUÇÃO DE MARIANA ECHALAR.

TÍMON, O MISANTROPO, PEDE A PALAVRA NA ASSEMBLEIA

Esse Tímon era cidadão de Atenas [...] como se pode ler nas comédias de Aristófanes e em Platão, onde ele é ridicularizado como um misantropo e inimigo da humanidade. Ele evitava e repelia o contato de qualquer pessoa, mas costumava abraçar e beijar Alcibíades, então um jovem muito belo, e quando Apemantus, espantado com essa exclusividade, perguntou-lhe a razão, ele respondeu que sabia que aquele jovem ainda haveria de fazer muito mal aos atenienses. Ele nunca admitia ninguém em sua companhia, além, algumas vezes, desse Apemantus, que era de mesmo temperamento e imitava o seu modo de vida. Durante o "Festival das Ânforas", esses dois celebravam juntos e Apemantus observou-lhe: — Que bela festa, Tímon!" — Seria, de fato, se tu não estivesses aqui — respondeu Tímon. Um dia Tímon pediu a palavra na assembleia, e quando se fez completo silêncio, estando todos surpresos com fato tão incomum, ele disse: — Cidadãos de Atenas, tenho um pequeno lote de terra, onde cresce uma vistosa figueira, na qual muitos de vós já tiveram o gosto de enforcar-se. Pois bem, tendo resolvido erguer uma casa nesse terreno, gostaria de anunciar publicamente que quaisquer de vós que assim o desejarem poderão ainda enforcar-se lá, antes que eu corte a figueira. PLUTARCO, *VIDA DE ANTÔNIO*, 69.

O EPITÁFIO DE TÍMON

Deixa em paz as minhas cinzas, viajor.
Não queiras nem saber meu nome.
Saiba apenas que te odeio —
para isso me basta que sejas um homem.
Vês esta tumba, minha mansão derradeira?
Nada quero de ti, mas bem me agradaria
Que ela ruísse, matando-te entre escombros.

ANÔNIMO, *ANTOLOGIA GREGA*.

A PESTE DE ATENAS

Nem foi essa a única forma de extravagância sem lei que teve origem com a peste. Os homens agora faziam calmamente em praça pública o que antes faziam apressadamente e às escondidas, e assim agiam por ver as tão rápidas transformações na cidade, com pessoas ricas morrendo e as que antes nada tinham tomando para si as propriedades. Desse modo, decidiram gastar rapidamente o dinheiro e gozar do tempo que ainda tinham, considerando suas vidas e riquezas como coisas de um só dia. A perseverância no que os homens chamam de honra era do gosto de ninguém, sendo tão incerto a qualquer um se viveria o suficiente para atingir objetivos honestos. Assim, concordaram em que o gozo do presente, e tudo o que o fazia avançar, era a um só tempo honroso e útil. O temor aos deuses e às leis não os podia reprimir. Quanto aos primeiros, julgavam tanto valer cultuá-los ou não, pois que viam à sua volta perecer homens de todas as condições; quanto às leis, ninguém esperava viver o bastante para ser levado a julgamento por suas ofensas, mas todos sentiam que uma sentença muito mais cruel já se lhes havia sido imposta e pairava constantemente sobre suas cabeças, e com isso era de fato razoável gozar a vida, ainda que só brevemente. TUCÍDIDES, *HISTÓRIA DA GUERRA DO PELOPONESO*, 2, 53.

O ELMO DE FILIPE

Estando Filipe da Macedônia1 em liga com os aqueus, certamente os romanos teriam sido varridos da Grécia, não fora o acaso de certo dia ter-lhe ter o elmo caído da cabeça em viagem, sendo depois achado por um homem da Etólia. Vendo-o seus conterrâneos, acreditaram que Filipe era morto, boato que chegou à Macedônia, com outros de insurreição, por estar supostamente vago o trono. Filipe, ouvindo esses rumores, tomou imediatamente o rumo da Macedônia, o que permitiu aos romanos manterem na Grécia as cidades que haviam conquistado, e ainda outras. DIO CÁSSIO, IX, 9 (SEGUNDO ZONARAS).

1 Filipe V, 238-179 a.C

A SANDÁLIA DE RÓDOPE

Ródope foi a mais bela cortesã do Egito. Um dia, quando se banhava, a Fortuna (que gosta de confundir os mortais com eventos fora do comum), concedeu-lhe um favor por conta de sua beleza. Enquanto, pois, Ródope se banhava, uma águia apanhou uma de suas sandálias e voou com ela até Mênfis, onde o rei Psamético, sentado em seu trono, distribuía justiça. A águia deixou cair a sandália no joelho do rei que, impressionado com a ação divina da águia e com a delicadeza da peça, deu ordens de que procurassem por todo o Egito a dona da sandália. Quando encontrou Ródope, tomou-a por esposa. ELIANO, O SOFISTA, *HISTÓRIAS DIVERSAS*, XIII, 33.

UMA VIDA BREVE

Kraterus, irmão do rei Antígono, diz saber de uma pessoa que no espaço de sete anos foi criança, jovem, homem feito e velho, e então morreu, tendo casado e tido filhos. FLÉGON DE TRALES, *O LIVRO DAS MARAVILHAS*, 32.

COMO GARANTIR O RESPEITO ÀS LEIS

Uns clazomenianos que se encontravam em Esparta, por audácia pueril, decidiram sujar com fuligem as cadeiras nas quais os éforos se sentavam comumente para administrar justiça e deliberar negócios da cidade. Assim insultados, os éforos, em vez de manifestarem indignação, ordenaram que se divulgasse em toda parte este memorável decreto: "Os clazomenianos têm hoje licença para serem insolentes". ELIANO, O SOFISTA, *HISTÓRIAS DIVERSAS*, II, 15.

HISTÓRIA FANTÁSTICA DE SILENO

Segundo diz Teopompo, Midas, rei da Frígia, teve um dia conversa com Sileno, que era filho de uma ninfa e portanto imortal. Após tratarem de temas variados, Sileno disse:

"A Europa, a Ásia e a Líbia são como ilhas que as águas do Oceano tocam por todos os lados. Além do círculo deste mundo, jaz um continente de imensa extensão. Nele existem animais enormes e homens de estatura duas vezes maior do que os daqui. O termo de sua vida é mais dilatado do que o nosso – eles vivem duas vezes mais.

"Vivem em várias cidades, governadas segundo costumes muito antigos. Suas leis, de fato, são mui diferentes das nossas. Entre essas cidades, há duas muito grandes, e em nada parecidas: uma é a chamada Machimos ('Guerreira'), e a outra, Eusébia ('Piedosa'). Os eusebianos vivem em paz e abundância. A terra lá, excepcionalmente fértil, é generosa com seus frutos. De fato, eles não conhecem arados, sendo-lhes desnecessário arar ou mesmo semear. Ao cabo de longa vida isenta de males, os eusebianos morrem com serenidade. Sua vida é de fato tão pura que mesmo os deuses julgam apropriado visitá-los com frequência.

"Já os cidadãos de Machimos são raça guerreira e rude, sempre pronta a rapinar. Sua cidade chegou a dominar diversas nações. Poucos morrem vitimados por doenças ou velhice, mais comumente morrem na guerra – exceto que não pelo ferro, que nada pode contra eles, mas com pedradas ou pauladas. Entre eles é tamanha a quantidade de ouro e prata que são coisa de pouco valor, como entre nós é o mesmo o ferro.

"Uma vez, há muito tempo, os machimenses empreenderam invadir nossas ilhas. Cruzaram o Oceano com um milhão de homens, atingindo a terra dos hiperbóreos. Contudo, informados de que aqueles eram a gente mais feliz deste mundo, tendo-os porém julgado feios e desprezíveis, abandonaram a empresa, como coisa sem utilidade."

Sileno disse porém coisas ainda mais incríveis. Naquele país, assevera ele, o povo chamado "Meropes" domina várias grandes cidades. Nos limites de seu território há um lugar chamado Anoste ("sem retorno"), que é como um abismo, embora não seja nem iluminado nem escuro. O ar ali tem sempre uma cor avermelhada como a do crepúsculo.

A região tem dois rios, chamados Prazer e Pesar. Em suas margens há abundância de árvores parecidas com o bordo. As que crescem à margem do rio Pesar dão frutos de uma estranhíssima virtude: quem deles comer chorará tal cópia de lágrimas que, ressequido e extenuado, acabará por perecer. [...] As árvores que margeiam o Prazer dão frutos de virtude diferente: quem os come sente no ato que sua alma se liberta das paixões perturbadoras; se alguma vez amou, perde a memória disso. Ademais, torna-se a cada minuto mais jovem, a cada mordida. Vive novamente todas as fases da vida já experimentadas: se velho, da velhice retorna à idade madura, daí para a adolescência e logo à puberdade. Por fim volta a ser criança, infante, e morre. ELIANO, O SOFISTA, *HISTÓRIAS DIVERSAS*, III, 18.

LIÇÃO DE ANATOMIA

Do mesmo modo, é necessário dissecar os corpos dos mortos e estudar seus órgãos e vísceras. Melhores nessa disciplina [de anatomia] foram Herófilo e Erasístratos, que abriam os corpos ainda vivos dos criminosos que o rei lhes cedia para esse fim; por tanto tempo em que ainda houvesse vida neles, estudavam com dedicação suas partes. AULO CORNÉLIO CELSO, *DA MEDICINA*, "PRÓLOGO", 23-24.

CRIANÇAS E MACACOS

Também por meio de frequentes dissecações de crianças achadas mortas[1], muitos chegaram à convicção de que o homem tem a mesma disposição de órgãos que o macaco. GALENO, *DOS PROCEDIMENTOS A SEGUIR NA DISSECAÇÃO*, III, 5, 386.

1. Trata-se dos filhos indesejados, crianças recém-nascidas abandonadas à morte em montanhas e florestas, na Grécia antiga.

DIÔGENES GOZA AS DESGRAÇAS CONTADAS PELOS POETAS

Diôgenes, o Cínico, dizia que todas as maldições que se leem nas tragédias haviam-se tornado reais em sua vida: "Pois sou errante, sem lar, sem pátria, pobre, malvestido e forçado a viver a reboque dos acontecimentos". Dizendo essas palavras, Diôgenes não mostrava menos orgulho do que Alexandre, o senhor do universo, em sua volta vitoriosa da Babilônia, ou depois de ter vencido os indianos. ELIANO, O SOFISTA, *HISTÓRIAS DIVERSAS*, III, 29.

OS VELHOS DA ILHA DE CÉOS E DE SARDENHA

É lei em Céos que, tendo os cidadãos chegado a idade provecta, quando sentem debilidade de espírito ou julgam-se inúteis à cidade, preparam juntos um grande banquete, no qual há muita festividade por longo tempo. Ao fim, coroam-se as cabeças e bebem a mortal cicuta.

Segundo uma antiga lei dos sardos, quando os cidadãos chegavam à extrema velhice, seus filhos os matavam com porretes e depois os enterravam. Assim agiam para evitar a vergonha da decrepitude e as fraquezas de um corpo que o peso dos anos tornou incapaz, diziam. ELIANO, O SOFISTA, *HISTÓRIAS DIVERSAS*, III, 37 E IV, 1.

A LOUCURA DE TRASILO

Trasilo de Éxon foi arrebatado por um gênero mui peculiar de loucura. Ele deixou a cidade e foi viver no Pireu, acreditando-se o dono de todas as naves que ali aportavam. Anotava meticulosamente os dados de cada partida e chegada e gritava instruções precisas a cada capitão que podia ver. Quando, depois de uma viagem bem-sucedida, as naves retornavam ao porto, Trasilo celebrava com mui viva alegria. Essa loucura durou vários anos, até que seu irmão, vindo da Sicília, o entregou às mãos de um médico que a custo o curou. Curado, Trasilo podia recordar claramente os anos que passara demente. Costumava dizer que o maior prazer de sua vida havia sido o de ver chegarem em bom estado esses navios, que nunca lhe pertenceram. ELIANO, O SOFISTA, *HISTÓRIAS DIVERSAS*, IV, 25.

COMO ARISTÓTELES TORNOU-SE FILÓSOFO

Tendo dissipado o patrimônio que herdara, Aristóteles tentou a carreira das armas. Fracassando nessa vocação, tornou-se boticário. Nesse mister, começou a ouvir — escondido — as lições de Platão na vizinha Academia. Desse modo, pela superioridade de seu espírito, adquiriu os conhecimentos que viria a aprofundar como nenhum outro. ELIANO, O SOFISTA, *HISTÓRIAS DIVERSAS*, V, 9.

ARISTÓTELES, *CONNOISSEUR* DE HOMENS

O filósofo Aristóteles, já perto dos sessenta e dois anos de idade, tinha o corpo enfraquecido e pouca esperança de viver ainda muito tempo. Então foram ter com ele os seus alunos, para pedir-lhe que apontasse quem o sucederia à frente do Liceu, alguém a quem poderiam recorrer depois de sua morte, para completar e aperfeiçoar os estudos em que ele os iniciara. Havia naquele tempo muitos bons homens entre eles, mas dois se destacavam: Teofrasto e Eudemo, superiores aos demais em engenho e erudição. Teofrasto era de Lesbos, Eudemo de Rodes. Aristóteles respondeu aos pupilos que faria o que lhe pediam quando chegasse a oportunidade.

Pouco tempo depois, na presença daqueles mesmos alunos que lhe haviam pedido a indicação de um novo mestre, Aristóteles disse que o vinho que lhes era servido não era o adequado à sua saúde, porque insalubre e áspero, e que eles deviam conseguir um vinho estrangeiro — algo de Lesbos ou de Rodes. Pediu-lhes que lhe trouxesse vinho dessas duas cidades, e disse que usaria aquele que mais lhe agradasse. Saíram, buscaram, encontraram, trouxeram. Aristóteles pede então o vinho ródio, prova-o e diz: — Este é de fato um vinho forte e bom. — Pede em seguida o vinho de Lesbos. Tendo-o degustado, disse: — Ambos são excelentes, mas o de Lesbos é mais suave. — Com isso, ninguém duvidou de que ele, com elegância e tato, havia indicado o sucessor, não o vinho. Este seria Teofrasto de Lesbos, homem famoso pela suavidade de sua eloquência e de seus modos. Não muito depois disso Aristóteles morreu, e todos tornaram-se alunos de Teofrasto. AULO GÉLIO, *NOITES ÁTICAS*, XIII, 5.

CRIANÇA CONDENADA À MORTE...

Um menino arrancou uma folha de ouro da coroa de Diana, o que foi descoberto. Os juízes do tribunal ao qual ele foi levado ordenaram que lhe fossem mostrados os brinquedos típicos de sua idade, ao lado da folha de ouro. A criança, sem hesitar, escolheu a folha. Os juízes, sem qualquer clemência por sua idade, condenaram-na à morte por sacrilégio.

...E UM NASCITURO POUPADO

Uma mulher grávida foi detida pelo crime de envenenamento. Os aeropagitas, que lhe anunciaram a pena de morte, decidiram porém não entregá-la ao carrasco até o nascimento do filho. Assim agindo, puniram de fato a mãe, que era a única culpada, mas em sua condenação não causaram dano algum à criança inocente. ELIANO, O SOFISTA, *HISTÓRIAS DIVERSAS*, V, 16 E V, 18.

O UNIVERSO PENSA

Também o universo, Asclépio, possui sentido e pensamento. Mas seu sentido e seu pensamento são de tipo peculiar, e não como os sentidos e o pensamento do homem — variáveis — porém mais poderosos e menos diversos.

ANÔNIMO, *CORPUS HERMETICUM*, IX, 5.

A VERDADE SOBRE MEDEIA

Tudo o que se diz sobre Medeia é falso, lê-se num livro: que não é ela a culpada da morte dos filhos, mas que os coríntios os assassinaram. Diz o livro que Eurípides criou essa fábula a pedido dos coríntios. O engenho do poeta deu à mentira mais fama do que à verdade. Os coríntios, porém, contritos, oferecem todos os anos sacrifícios para expiar o morticínio dessas crianças.

ELIANO, O SOFISTA, *HISTÓRIAS DIVERSAS*, V, 21.

COMO SURGIRAM OS ÍDOLOS

O autor Diofante da Lacedemônia escreveu catorze livros de "Antiguidades", onde ele relata a seguinte história. Um egípcio de nome Sirofanes, homem muito rico em escravo e bens, tinha um filho, único herdeiro de sua fortuna colossal, a quem ele devotava sentimentos de afeto muito superiores aos que se espera do amor paternal. Um dia, porém, o azar arrebatou-lhe o jovem, deixando ao pai a certeza de uma carência dupla: a do apoio da própria posteridade e a da transmissão de suas posses. O que poderia pois fazer essa paternidade fecunda condenada à esterilidade e essa fortuna abundante privada de sucessão? Era-lhe quase como se nunca tivesse tido o que ainda possuía, uma vez que tudo haveria de se dispersar, não deixando ele descendentes. Por fim, sob a pressão da dor que sempre busca uma consolação para o que é inevitável, ele decidiu erguer em sua casa uma estátua do filho morto. Mas, nessa busca de um remédio para seu pesar, ele encontrou antes uma fonte de dor, ignorando que a única medicina contra as misérias é o esquecimento — assim, o efeito de seu ato foi o de renovar todos os dias seu pesar, não o de lhe encontrar remédio. Por isso essa estátua foi chamada "ídolo", ou seja, *idos dolu*, o que em nossa língua quer dizer "imagem da dor". Em pouco os escravos, para adular o dono da casa, acostumaram-se a coroar a estátua e trazer-lhe flores, ou queimar incenso em sua honra. Viam-se mesmo escravos apanhados em falta que, para escapar à cólera do senhor, tomavam refúgio ao pé da imagem, conseguindo assim o perdão dele, e então, como se ela houvesse de fato operado sua salvação, cobriam-na de presentes em reconhecimento — porém mais por medo do que por afeto sincero. Ora, também Petrônio lembra-o bem, quando escreve: "Foi primeiro o medo quem criou os deuses deste mundo".

FULGÊNCIO, *MITOLOGIAS*, I, 1.

O AMANTE DE CERA

Os aqueus receberam um oráculo que lhes previa que o primeiro deles que chegasse à praia de Troia haveria de morrer. Quando sua frota chegou pois à costa, todos, com medo, hesitaram — exceto Protesilaus, que foi o primeiro a saltar da nave e imediatamente morto por Heitor. [...] Quando Laodâmia, sua mulher, ouviu a notícia de sua morte, desabou em pranto e pediu aos deuses que concedessem ao marido apenas mais três horas de vida, para que ela pudesse conversar com ele. Eles consentiram. Mercúrio trouxe-o de volta ao mundo dos vivos, e eles conversaram por três horas. Mas quando Protesilaus morreu pela segunda vez, Laodâmia não pôde suportar seu pesar. [...]

Ela fez uma estátua de cera à semelhança do marido morto, que colocou em sua alcova, dizendo porém que se tratava da imagem de um deus, e começou a adorá-la.

Uma manhã, um de seus servos lhe trouxe algumas frutas para a oferenda religiosa. Ele espiou por uma fresta da porta e viu que ela abraçava e beijava a estátua. Imaginando que ela recebia um amante, o servo contou o que vira ao pai de Laodâmia, Acastus. Quando ele chegou e invadiu a alcova da filha, viu a estátua de Protesilaus. Para tentar impedir que ela seguisse com seu sofrimento, Acastus ordenou que acendessem uma pira, para nela queimar a estátua e os objetos sagrados. Laodâmia, incapaz de suportar seu sofrimento, atirou-se na pira e foi consumida pelo fogo. HIGINO, *FÁBULAS*, 103, "PROTESILAU" E 104, "LAODÂMIA".

O RETRATO DE PLOTINO

Plotino, o filósofo meu contemporâneo, parecia envergonhado de viver num corpo. Esse sentimento lhe era tão entranhado que ele nunca se dignou a nos revelar sua ascendência, quem eram seus pais ou onde nascera. Mostrava também relutância invencível a posar para um pintor ou escultor. Quando Amélio insistiu para que ele se deixasse pintar, ele perguntou: "Não basta carregar pela vida esta imagem em que a natureza nos encerrou? Acreditas realmente que eu queira deixar para a posteridade o simulacro de um simulacro?" Por conta dessa obstinação, Amélio convidou seu amigo Cartério, o melhor artista de seu tempo, a assistir às aulas de Plotino, uma vez que eram abertas a qualquer interessado. Com detida observação, ele esforçou-se para capturar em sua mente os traços mais marcantes da face de Plotino. Com base nas impressões que sua memória guardara, Cartério desenhou um primeiro esboço. Amélio, analisando-o, fez várias sugestões para melhorar a semelhança. Assim, sem o consentimento de Plotino, o talento de Cartério deixou-nos um retrato mui fidedigno. PORFÍRIO, *VIDA DE PLOTINO*, I, 1.

AS TABULETAS DE SULA

Mas Sula ainda não estava satisfeito, nem se contentava em fazer o mesmo que os outros; um desejo lhe ocorrer de ir muito além de todos também na variedade de seus assassinatos, como se houvesse virtude em não ser superado por ninguém, mesmo em culpa de sangue. Ele divisou novo sistema: expor uma tabuleta branqueada na qual mandava exarar diariamente os nomes dos que estavam condenados à morte. Mas tampouco aqueles cujos nomes não estavam inscritos estavam seguros. Pois os nomes de muitos, alguns vivos e outros já mortos, foram adicionados às listas para que seus assassinos pudessem ganhar imunidade. Assim, tal procedimento não representou qualquer alívio, mas por seu terror e estranheza trouxe pânico a todos. As tábuas expostas eram como aquelas com os decretos do Senado, ou com lista de soldados dispensados, de modo que os que passavam por elas paravam para lê-las, esperando que trouxessem algum anúncio favorável - mas muitos viam apenas inscritos os nomes de seus parentes e alguns, de fato, seus próprios, após o que seu destino, por conta da repentina calamidade, tornava-se terrível, e alguns, sem conter sua comoção, denunciavam-se e pereceram. Não havia segurança alguma para ninguém fora do círculo de Sula. Pois se um homem se aproximasse das tabuletas, repreendiam-no por bisbilhoteiro, ao passo que, se não se aproximasse, era tido por descontente e potencial inimigo. O homem que lia a lista ou fazia uma pergunta a alguém sobre o que estava escrito nela tornava-se suspeito de indagar sobre si mesmo ou sobre seus companheiros condenados à morte, mas aquele que não a lia ou apenas a ignorava era suspeito de com essa atitude ser um crítico da vontade de Sula, e por esse motivo incorria em ódio. Lágrimas ou riso eram fatais naquela hora, e muitos foram trucidados não porque tivessem dito ou feito algo proibido, mas porque franziram a testa ou sorriram. Não se permitia a ninguém chorar por um amigo ou exultar pelo falecimento de um inimigo – mesmo esses foram mortos porque estavam zombando de alguém. Ainda mais, muitos encontraram perdição em seus próprios nomes: pois alguns oficiais que não conheciam os condenados tomavam-nos por outras pessoas, e assim muitos pereceram no lugar de outros. Isso resultou em grande confusão. Alguns foram assassinados ainda ignorantes do fato de que iriam morrer, e outros, que de antemão o sabiam, foram mortos no lugar onde foram encontrados – nenhum lugar, pois, profano ou sagrado, era-lhes seguro ou inviolável.

Alguns, de fato, tendo perecido antes de saber da catástrofe que pairava sobre suas cabeças, ou mesmo no momento em que recebiam a notícia, tiveram a sorte de se livrar do terror que precede a morte; mas aqueles que souberam do perigo com antecedência e tentavam se esconder ficavam em situação miserável. Esses não ousavam fugir, por medo de serem achados e mortos imediatamente, nem queriam permanecer onde estavam, por medo de uma traição. Muitos foram realmente traídos por seus associados ou entes queridos, e assim pereceram. Como resultado dessa constante expectativa de morte, não apenas sofriam aqueles cujos nomes eram inscritos, mas todos, em igual medida. As cabeças dos que eram assinados, não importa o lugar, eram levadas para exibição no Foro, e chegavam ali com a regularidade da publicação das listas. DIO CÁSSIO, FRAGMENTO DO LIVRO XXXIV.

A REVOLUÇÃO SILENCIOSA

O tirano de Trezena, temeroso de conspirações e planos contra seu governo, proibiu aos cidadãos conversarem uns com os outros, em público ou em suas casas. Tal proibição lhes feriu como um rigor extremo. Empreenderam contorná-la trocando sinais com os olhos e com as mãos. Conversavam pois trocando olhares ora vivos e nervosos, ora tranquilos [...] e erguendo as sobrancelhas traduziam-se seus ânimos. [...] Também esse comportamento enojou o tirano. Observando as mudanças de feição de seus súditos, adivinhou que mesmo sem palavras conspiravam contra ele, e proibiu também aqueles sinais faciais. Um dos súditos, indignado com a tirânica proibição, foi para a ágora, onde, de pé em silêncio, derramou torrente de lágrimas. Seus concidadãos pouco a pouco juntaram-se a ele. Os guardas, testemunhas desse protesto, informaram ao tirano que ninguém mais utilizava aqueles sinais do rosto, substituídos pelo pranto. O tirano, tendo já debalde escravizado a língua e os gestos de seus súditos, e querendo ainda matar nos olhos sua liberdade natural, acorreu irado à praça, acompanhado de seus guardas, para tentar conter as lágrimas. À sua chegada, porém, o povo reunido apoderou-se das armas dos guardas e o trucidou. ELIANO, O SOFISTA, *HISTÓRIAS DIVERSAS*, XIV, 22.

COMO COMPREENDER DEUS

Assim, se não te fazes semelhante a Deus, não O podes compreender – pois o semelhante é conhecido pelo semelhante. Passa mais além de tudo o que é corpóreo, cresce até uma extensão condizente com essa grandeza que está além de toda medida, eleva-te acima de todo o tempo e torna-te eterno – então compreenderás Deus. Pensa ainda que para ti nada é impossível, estima que és imortal e que és capaz de captar todas as coisas em teu pensamento, de conhecer toda arte e toda ciência; encontra tua morada junto a todo ser vivente, faze-te mais alto que toda as alturas, e mais baixo que todas as profundidades; reúne em ti mesmo todas as qualidades opostas, calor e frio, secura e fluidez; pensa que estás em toda parte ao mesmo tempo – na terra, no mar, no céu; imagina que ainda não foste gerado, que estás no ventre, que és jovem, que és velho, que morreste, que estás no mundo além da tumba; capta em teu pensamento todas essas coisas ao mesmo tempo, todos os momentos e lugares, todas as substâncias, qualidades e magnitudes juntas – então poderás compreender Deus. ANÔNIMO, *CORPUS HERMETICUM*, XI, 20.

O ÊMULO DE ZEUS

Salmoneu estabeleceu-se primeiro na Tessália, mais tarde foi para Élis, onde fundou uma cidade. Ele foi punido por sua impiedade, porque era cheio de *hubris* e queria tornar-se igual a Zeus. Ele dizia ser o verdadeiro Zeus e, tendo deixado de fazer oferendas ao deus, ordenou que lhas fizessem a si próprio. Costumava arrastar bacias de bronze amarradas em seu carro, dizendo que [os sons assim produzidos] eram os seus trovões, e de atirar tochas acesas nos passantes, o que dizia serem seus raios. Zeus o fulminou com um raio e destruiu a cidade que ele havia fundado, e todos seus habitantes. APOLODORO, *BIBLIOTECA*, I, 89.

O DEUS DOS PÁSSAROS

Tanto era o orgulho do fenício Hanno que, desgostoso de ser apenas mortal, pretendeu conseguir, por meio da fama, uma existência mais elevada do que a que lhe dera a natureza. Arranjou quantidade de pássaros capazes de aprender a repetir palavras e os manteve num lugar escuro, onde por longo tempo lhes ensinou a repetir uma só frase: "Hanno é um deus". Quando os pássaros por fim aprenderam a bem enunciá-la, Hanno os libertou em lugares diferentes, acreditando que aqueles seres espalhariam por toda a parte o testemunho de sua condição divina. Contudo, tendo recuperado a luz do dia e a capacidade de voar, os pássaros voaram para os lugares onde haviam nascido, gorjeando seus cantos naturais e nada além disso, despedindo-se assim de Hanno e suas lições do cativeiro. ELIANO, O SOFISTA, *HISTÓRIAS DIVERSAS*, XIV, 30.

OS PÁSSAROS DE AUGUSTO

Quando ele [Augusto] retornava a Roma no cume da glória após sua vitória em Ácio, um dos que se chegaram a ele para saudá-lo era um homem que trazia um corvo, a quem ele havia ensinado a falar: "Ave César, imperador vitorioso". Maravilhado com o talentoso pássaro, César o comprou por vinte mil sestércios. Mas o sócio do treinador, que nada recebera dessa liberalidade, jurou a César que aquele homem tinha um outro corvo, que César pediu para ver. Quando o pássaro foi trazido, ele repetiu as palavras que aprendera: "Ave Antônio, imperador vitorioso". Sem irritar-se com isso, César ordenou apenas que o primeiro homem dividisse com seu sócio a soma que recebera. Quando ele foi saudado de maneira semelhante por um papagaio, ordenou que também esse lhe fosse comprado, e também uma pega, em outra ocasião. Tendo conhecimento desses fatos, um pobre sapateiro deu-se ao trabalho de ensinar saudação parecida a um corvo — mas depois de ter gastado todo seu dinheiro com a ave, que permanecia muda, o sapateiro costumava dizer: "Tanto trabalho por nada!" Por fim, contudo, o corvo aprendeu a repetir a saudação a César. Quanto Augusto a ouviu, passando por ali, ele disse, em resposta: "Já tenho bastantes saudadores desse tipo". O corvo ainda recordava os lamentos do sapateiro, e então repetiu: "Tanto trabalho por nada!" Isso fez César rir, e ele comprou esse pássaro por um preço ainda mais alto do que os demais.

MACRÓBIO, *SATURNAIS*, II, 4, 29-30.

OS PÁSSAROS DE ALEXANDRIA

[...] Alexandre observou que, entre todas as suas excelências, Homero era também bom arquiteto, e ordenou que traçassem no terreno o plano de uma cidade que bem correspondesse ao lugar. Para fazê-lo, porque lhes faltava giz, traçaram as linhas com farinha, desenhando primeiro um grande arco, de cujas pontas saíam duas linhas retas, de modo que o desenho tinha mais ou menos o formato de uma túnica [aberta].

Enquanto ele apreciava esse desenho, um sem-número de pássaros de vários tipos, levantando-se do rio e do lago como uma nuvem negra, voou para o lugar e comeu toda a farinha que marcava as linhas. Alexandre perturbou-se com o presságio, mas os áugures o aquietaram dizendo-lhe que aquilo significava que a cidade que ele haveria de construir teria abundância não só para si, mas seria também a nutriz de muitas nações.

PLUTARCO, *VIDA DE ALEXANDRE*, 26.

O ELEFANTE QUE SABIA GREGO

Muciano, que foi cônsul por três vezes, relata que um elefante de fato aprendeu as letras do alfabeto grego e que podia escrever a seguinte frase naquela língua: "Eu próprio escrevi isto e dediquei os despojos tomados dos celtas". PLÍNIO, O VELHO, *HISTÓRIA NATURAL*, VIII, 6.

A FORTUNA É INCERTA

Dionísio, o Jovem, no poder, parecia gozar de uma condição estável como a rocha, sem inimigos ou ameaças. Suas forças contavam quatrocentos navios de seis fileiras de remos, cem mil homens a pé e nove mil a cavalo. Sua Siracusa, cercada por uma grande muralha, tinha vários portos de grande capacidade. Os armazéns guardavam um milhão de medidas áticas de trigo. O arsenal da cidade continha escudos, espadas, lanças, protetores para as coxas e para as pernas e couraças, além da catapulta de sua invenção. Dionísio tinha ademais muito aliados.

Tais vantagens lhe inspiravam grande confiança. Dionísio dizia acreditar que o seu poder tinha base dura como o diamante. Contudo, pouco tempo depois de mandar matar seus irmãos, ele viu seus filhos serem assassinados e suas filhas degoladas, depois de desonradas em sua presença. Ninguém de sua família teve sepultura honrosa: uns foram queimados vivos, outros cortados em quartos e atirados no mar. [...] Dionísio passou seus anos finais em abjeta miséria, tendo morrido em idade muito avançada. Teopompo relata que seus olhos foram enfraquecendo pouco a pouco, pelo excesso de vinho, e que ele acabou por perder inteiramente a visão. Cego, quase sempre sentado às portas de barbearias, era motivo de riso para todos. ELIANO, O SOFISTA, *HISTÓRIAS DIVERSAS*, VI, 12.

PERIANDRO E SUA MÃE

Diz-se que Periandro de Corinto começou por ser razoável e brando, mas depois tornou-se um tirano sangrento, e esta é a razão da mudança. Sendo ele ainda muito jovem, sua mãe foi tomada por uma grande paixão por ele, e por um tempo pôde satisfazer seus desejos abraçando constantemente o menino; mas com o passar do tempo sua paixão aumentou e ela não conseguia mais controlá-la, de modo que tomou uma decisão imprudente e foi até o rapaz com uma história que inventou, dizendo-lhe que uma senhora de grande beleza estava apaixonada por ele, e ela o exortou a não permitir que a pobre mulher definhasse por um amor não correspondido. De início, Periandro recusou, dizendo que não trairia uma mulher ligada ao marido por todas obrigações da lei e dos costumes, mas, com a insistência de sua mãe, ele finalmente cedeu.

Chegando a noite marcada, ela lhe deu instruções, e disse que não deveria haver luz no quarto, que ele não poderia dirigir qualquer palavra à senhora, por recato dela. Periandro aquiesceu. Ela então se preparou com cuidado e foi até o jovem, deixando-o secretamente antes do primeiro raio da aurora. No dia seguinte, ela perguntou-lhe se tudo havia sido de seu agrado e se ele gostaria que a mulher voltasse; ao que Periandro respondeu que gostaria muito, uma vez que não havia obtido pouco prazer com a experiência. A partir desse momento ela passou a visitar o rapaz constantemente.

Mas Periandro começou a sentir amor verdadeiro por sua visitante e desejou saber quem ela realmente era. Por um tempo, ele pediu à mãe que implorasse à mulher que consentisse em falar com ele, pois, uma vez que ela o enredara em uma forte paixão, ela deveria finalmente se revelar. Tendo sua mãe recusado com firmeza, alegando a vergonha sentida pela mulher, ele ordenou a um de seus criados que escondesse uma lamparina no quarto. À noite, chegando ela como de costume e estando prestes a se deitar, Periandro descobriu de repente a luz da lamparina. Quando percebeu que a mulher era sua mãe, irado, atacou-a como se fosse matá-la, mas foi contido por uma aparição, e saiu apressado da alcova. A partir desse momento enlouqueceu: aflito no cérebro e no coração, tornou-se como selvagem e massacrou muitos cidadãos de Corinto. Sua mãe, depois de lamentar longa e amargamente seu maligno destino, deu cabo da própria vida. PARTÊNIO, *HISTÓRIAS DE AMOR*, 25.

SEMÍRAMIS

Os escritores de história registram coisas diversas sobre Semíramis. Todos são porém unânimes em dizer que jamais se viu mulher mais bela. O rei da Assíria [Nino], que a havia convidado à corte por conta da reputação de sua beleza, apaixonou-se por ela. Um dia Semíramis pediu ao rei que lhe desse a túnica real como prova de seu amor, e que lhe permitisse reinar sobre a Ásia por apenas cinco dias. [...] Ela conseguiu o que pedira: o próprio rei, um tanto por facécia, cobriu-a com a túnica e sentou-a no trono. Semíramis, vendo-se coberta pelo poder real, e certa de que sua vontade agora era a lei, ordenou aos guardas que matassem o rei, e assim tornou-se a soberana. ELIANO, O SOFISTA, *HISTÓRIAS DIVERSAS*, VII, 1.

MACABRO CONSELHEIRO

O [conspirador] lacedemônio Cleômenes confiara seu intento a seu amigo Arcônides, jurando-lhe que, se algum dia conseguisse tomar o poder, "nada faria sem consultar sua cabeça". Pouco depois, tendo alcançado o trono, Cleômenes mandou matar Arcônides. Sua cabeça, separada do corpo, foi posta num vaso de mel. Desde então, antes de qualquer empresa, Cleômenes chegava-se ao vaso e à cabeça e prestava contas de tudo o que iria fazer. ELIANO, O SOFISTA, *HISTÓRIAS DIVERSAS*, XII, 8.

A MORTE DE HOMERO

[...] De acordo com uma versão, [Homero e Hesíodo] viveram na mesma época e uma vez travaram disputa de poesia em Cálcis, na Eubeia. Dizem que depois de compor o *Margites*, Homero foi de cidade em cidade, como aedo, e chegando em Delfos perguntou à pitonisa quem ele era e de que cidade, e ela lhe respondeu: "A ilha de Íos é a terra de tua mãe e lá descansarão teus ossos. Toma cuidado porém com o enigma dos rapazes".

[...] Também aí os helenos aplaudiram Homero com muita admiração, tão extraordinários eram os seus versos. Mas o rei deu a coroa a

Hesíodo, declarando ser justo premiar quem aconselhava os homens a buscar a paz e a vida no campo, e não quem cantava a guerra e a mortandade.

[...] Quanto a Homero, depois de perder a disputa, vagou de cidade em cidade declamando seus versos. [...] E diz-se que, estando um dia sentado em frente ao mar, perguntou a uns rapazes que voltavam da pescaria: — Dizei, caçadores das presas do mar profundo, apanhastes algo? —, ao que eles responderam: — Tudo o que apanhamos, deixamos para trás, mas trazemos conosco o que não conseguimos pegar. — Homero não compreendeu essa resposta e perguntou-lhes o que ela significava. Os jovens responderam que na pescaria não tinham conseguido nada, e que se ocuparam catando-se piolhos — os que eles conseguiram apanhar, deixaram para trás, mas traziam ainda consigo os que lhes escaparam. Com isso Homero lembrou-se do oráculo, compreendeu que sua vida logo chegaria ao fim e compôs seu epitáfio. E quando saía dali, escorregou numa pedra e caiu de lado, ferindo-se, e morreu três dias depois. ANÔNIMO, *O CERTAME DE HOMERO E HESÍODO* (SÉCULO II D.C.), 5; 11; 17.

A LINGUAGEM DOS PÁSSAROS

Melâmpous morava no campo, e em frente à sua casa havia um carvalho e nele um ninho de serpentes. Depois que seus servos mataram as serpentes, ele juntou lenha e queimou os répteis, mas decidiu criar dois filhotes. Uma vez, quando dormia, as serpentes subiram cada uma num ombro dele, e ali com suas línguas limparam seus ouvidos. Melâmpous despertou aterrorizado, mas a partir de então ele pôde compreender as vozes dos pássaros. Assim ele podia saber de coisas distantes e prever o futuro dos homens. APOLODORO, *BIBLIOTECA*, I, 96-97.

FILÍNION

[A velha serva] foi à porta do aposento de hóspedes, e à luz da lamparina ela viu a garota sentada ao lado de Macates. Por conta dessa visão extraordinária, ela correu imediatamente até a mãe da garota. Ela disse a Carito e Demóstratos [os pais da garota] que eles deviam se levantar imediatamente e acompanhá-la até onde estava a filha [morta recentemente], que por algum milagre estava viva ao lado dos hóspedes.

Quando Carito ouviu esse incrível relato, o susto fê-la desmaiar. Mas após algum tempo a memória de sua filha lhe voltou e ela começou a chorar; por fim ela acusou a velha de louca e ordenou-lhe que saísse imediatamente de sua presença. Mas a serva replicou energicamente e ofendida que era sã e de muito bom-senso, diferente de sua senhora, que relutava em ver a própria filha.

Com alguma hesitação, Carito foi à porta do quarto de hóspedes, em parte forçada pela serva, em parte por querer descobrir a verdade. Como já se havia passado algum tempo desde que a serva vira a garota no quarto, os dois jovens já estavam dormindo. Ela espiou e acreditou reconhecer as roupas e as feições de sua filha, mas como não podia ter certeza, dada a escuridão, decidiu nada mais fazer aquela noite. Carito planejou acordar cedo no dia seguinte e confrontar a moça, ou, se ela não mais estivesse lá, questionar Macates sobre toda a história. Ele não mentiria sobre assunto de tamanha gravidade, ela acreditava.

De madrugada, porém, por determinação divina ou por acaso, a moça deixou a casa. Quando Carito foi novamente ao quarto de hóspedes, irritou-se com Macates, por ter deixado a moça ir embora. Ela lhe pediu que contasse tudo, que lhe dissesse toda a verdade, sem esconder nada.

O jovem estava nervoso e confuso, no início, mas com hesitação revelou que o nome da garota era Filínion. Ele contou como as visitas dela começaram, que ela dizia desejá-lo muito, e que vinha visitá-lo sem o conhecimento dos pais. Para dar mais credibilidade ao que dizia, Macates abriu uma caixa e tirou dela umas coisas que a moça tinha deixado, um anel de ouro que ela lhe dera e a faixa de busto que ela usara na noite anterior.

Ao ver essas coisas, Carito gritou, rasgou-se as roupas, desfez os cabelos e jogou-se no chão, tomou a faixa e o anel nas mãos e começou a chorar. O hóspede, ao ver o que acontecia, como todos agora choravam como se estivessem no funeral da garota, ficou enojado e pediu-lhes que parassem, prometendo-lhes mostrar a moça, se ela viesse visitá-lo outra vez. Carito aceitou essa proposta e pediu solenemente a Macates que cumprisse sua promessa.

A noite chegou e era já a hora em que Filínion costumava visitar Macates. A serva e os donos da casa mantinham guarda, para testemunhar a chegada da garota. Ela de fato chegou, caminhou ao aposento de hóspedes e sentou-se na cama. Macates fingia que tudo estava bem, pois pretendia investigar esses estranhos acontecimentos, para descobrir se a moça que o visitava todas as noites estava de fato morta. Quando pouco depois os dois amantes comeram e beberam, como costumavam, Macates não podia acreditar no que Carito lhe havia contado, e acreditou que talvez alguns ladrões de sepultura tivessem roubado o anel de ouro e a faixa da moça morta, e que essas coisas de alguma maneira chegaram às mãos de Filínion. Mas, querendo descobrir a verdade, fez sinal a seu servo para que Carito e Demóstratos viessem ao quarto.

Eles vieram depressa. No instante em que viram a moça, foram tomados de pânico, mas em seguida gritaram com muita força e abraçaram-na. Então Filínion lhes disse: — Meu pai e minha mãe, por que vos desgotou tanto que eu viesse visitar Macates em vossa casa, se a ninguém fiz mal? Por isso, porque vos intrometestes em coisas que não podem compreender, devereis renovar vossos pesares, e retornarei ao lugar que me foi reservado. Pois não foi sem a aprovação divina que eu vim. — Imediatamente depois de dizer essas palavras ela caiu morta na cama.

[...] Macates, o hóspede que o fantasma visitara, perdeu a razão e se matou. FLÉGON DE TRALES, *O LIVRO DAS MARAVILHAS*, I, 1-18.

UMA CASA MAL-ASSOMBRADA

Havia em Atenas uma casa grande e espaçosa, porém suja e mal-cheirosa. No silêncio da noite produziam-se ali sons de ferros, e, se te pusesses a ouvir, um ruído de correntes, de início bem ao longe, logo mais próximo; depois aparecia um espectro — um velho consumido pela miséria e descuido, com barba longa e cabelos eriçados. Ele tinha bandagens nos braços, as correntes nas mãos, que sacudia. Os habitantes da casa passavam as noites em claro, por medo; tanta vigília resultava em doença, e mesmo na morte, se o temor fosse muito. Também durante o dia, embora o fantasma houvesse desaparecido, a memória dele vagava por assim dizer diante dos olhos, e o medo era então maior do que os motivos para temer. Por fim a casa foi abandonada e deixada para aquele monstro sozinho. Foi porém colocada à venda, caso algum interessado aparecesse, ou alguém que ignorasse sua desgraça poderia querer alugá-la.

Vem então a Atenas o filósofo Artemidoro; ele vê o cartaz com o anúncio da venda, pergunta sobre o preço da casa, e, uma vez que o valor lhe parece demasiado baixo, investiga a causa e descobre os motivos. Decide pois alugá-la. Quando começa a anoitecer, ele ordena que montem sua cama na parte dianteira da casa, pede ademais tabuinhas, estilo e vela, para seus trabalhos literários. Manda em seguida aos seus servos que se instalem nas peças mais interiores da casa, e põe-se a escrever, para que sua mente, ocupada, não invente ruídos de fantasmas e outros medos infundados. No início ouve-se ali apenas o silêncio da noite, mais tarde aquele som de ferros se chocando e correntes se arrastando. Artemidoro, impassível, não levantava os olhos de sua tabuinha, nem largava seu estilete. Então o estrondo aumenta, os sons se aproximavam e já se ouviam como se viessem do umbral. Artemidoro levanta a cabeça para averiguar e vê a figura que lhe haviam descrito. Estava de pé e fazia com os dedos o sinal de quem chama alguém. Artemidoro porém responde com outros gestos, como se pedisse ao fantasma que esperasse um pouco, e novamente volta os olhos à tabuinha de cera. O fantasma fazia as correntes ressoarem na cabeça do filósofo. Artemidoro, por fim, olha mais uma vez e vê o fantasma ainda o chamando com gestos. Toma a vela e decide pois segui-lo. A figura seguia lentamente, como se as correntes lhe pesassem muito. Dobrando rumo à peça principal da casa, o fantasma desaparece, deixando Artemidoro sozinho. O filósofo marca com ervas o lugar onde o fantasma desapareceu.

No dia seguinte, vai ao magistrado, solicitando-lhe que mande escavar o lugar que marcara. Encontram ossos ligados a correntes, e a podridão de roupas e restos que há muito estavam ali. Retiram dali isso tudo, e dão-lhe sepultamento em regra. Com esse rito, a casa por fim foi liberada desses manes ocultos. PLÍNIO, O JOVEM, *CARTAS*, VII, 27, 5-11.

O CORTA-CABELOS

Eu muito apreciaria conhecer tua opinião sobre a existência de fantasmas, se eles têm alguma forma definida, se são algum tipo de divindade ou apenas impressões fantasiosas de uma imaginação amedrontada. [...]

Acredito nessa história por conta da honestidade de quem ma contou. A seguinte, porém, tu deves aceitar em meu próprio crédito. Mora em minha casa um liberto de nome Marcus, que não é de modo algum pessoa ignorante. Uma noite, quando ele e seu irmão pequeno dormiam no mesmo leito, ele imaginou ver sentar-se à cabeceira da cama alguém com uma tesoura nas mãos, que usou para cortar os cabelos do topo da sua cabeça. Na manhã seguinte, ao acordar desse sonho, ele reparou que seus cabelos haviam de fato sido cortados, vendo-os também pelo chão. Pouco depois disso, um evento de natureza semelhante deu ainda mais crédito à história de Marcus. Um rapaz da minha família dormia no aposento com os outros servos [...] quando, ele assegura, duas pessoas vestidas de branco entraram pela janela, cortaram seus cabelos e saíram da mesma maneira. [...] Nada de extraordinário aconteceu após esses fatos, exceto que fui absolvido de uma suspeita que, se [o imperador] Domiciano tivesse vivido mais tempo, poderia arruinar-me. [...] Acredito que, sendo o costume entre nós que as pessoas acusadas publicamente de um crime deixem o cabelo crescer, o corte dos cabelos dos meus servos foi um sinal de que eu escaparia daquele perigo que me ameaçava. PLÍNIO, O JOVEM, *CARTAS*, VII, 27, 1 E 12-16.

POLICRITO

Hieron de Alexandria relata que um fantasma apareceu também na Etólia. Um dos cidadãos, um certo Policrito, foi eleito senador ["etolarca"] pelo povo para um mandato de três anos. Uma vez no cargo, ele tomou por esposa uma mulher locriana, com quem viveu apenas três noites, tendo ele morrido na quarta. A mulher continuou na casa, como viúva. Quando o tempo do nascimento chegou, ela deu à luz uma criança com genitais mistos, masculinos e femininos [...]

Tomados de espanto, os parentes da criança levaram-na à ágora, onde chamaram uma assembleia e solicitaram a presença de sacerdotes e adivinhos para deliberarem sobre o prodígio. Uns diziam que o nascimento anunciava que haveria guerra entre etolianos e locrianos. [...] Outros diziam que a criança e a mãe deveriam ser levados para fora da cidade e queimados.

Enquanto assim discutiam, Policrito, o homem que havia morrido, apareceu na assembleia, perto da criança, coberto de roupas pretas. Os cidadãos foram tomados de terror e muitos começaram a fugir, até que ele lhes falou, dizendo-lhes que tivessem coragem na presença de um fantasma.

Quando se restabeleceu um pouco da ordem, ele falou com uma voz suave, nas seguintes palavras: "Cidadãos, meu corpo já não vive, mas no bem que vos quero sinto-me ainda vivo. Voltei para vosso benefício, tendo solicitado esse dom aos deuses que comandam as coisas sob a terra. E ora vos peço, pois que são meus concidadãos, que não vos assusteis ou enojais com a inesperada presença de um fantasma. Eu vos peço a todos, desejando a cada um seu bem, que me deis a criança, para que nenhum mal lhe ocorra, e também para que vossa hostilidade para comigo não vos resulte em grandes dificuldades e sofrimentos. Pois não posso permitir que a criança seja queimada, apenas porque a loucura de uns adivinhos assim o quer.

Eu vos perdoo por não saberdes o que fazer, quando a vossos olhos se apresenta visão tão estranha. Contudo, eu vos asseguro, se me obedecerdes sem medo, sereis libertos desse medo e evitarão a catástrofe que se avizinha. [...]

Depois de dizer essas palavras, o fantasma ficou calado por algum tempo, aguardando, aparentemente, a decisão dos etolianos sobre seu pedido. Alguns eram da opinião de que deviam dar a criança ao fantasma [...] mas a maioria não o queria [...]

Percebendo que os cidadãos lhe dificultavam o que ele queria, o fantasma novamente falou: "Cidadãos, se o mal vos sobrevier, por conta de sua indecisão, não me culpeis, mas sim o fado, que vos guia pelo caminho errado, um fado que, também contra minha vontade, obriga-me a agir nefastamente contra meu próprio filho".

O povo discutia o que essas palavras significaram quando o fantasma agarrou a criança, livrando-se facilmente de quem tentava impedi-lo, e pôs-se a despedaçá-la, devorando membro por membro. As pessoas começaram a gritar e a atirar nele paus e pedras, mas isso não lhe fazia mal. Ileso com a saraivada de paus e pedras, ele consumiu todo o corpo da criança, com exceção da cabeça, e então desapareceu.

Os cidadãos, em completa perplexidade com esses acontecimentos, queriam mandar delegação a Delfos, mas a cabeça da criança que estava no chão começou a falar, e predisse o futuro num oráculo: "[...] num ano a partir de agora, a morte vos visitará a todos [...]".

Quando os etolianos ouviram o oráculo, levaram suas esposas e filhos e os muito velhos aos lugares seguros que conseguiam encontrar. Os homens porém permaneceram na cidade, à espera do que lhes ocorreria.

FLÉGON DE TRALES, *O LIVRO DAS MARAVILHAS*, 2.

A RESPOSTA DE TIRÉSIAS

Hesíodo, Dicaiarcos, Clearcos, Calímacos e outros autores relatam o seguinte sobre Tirésias. Dizem eles que um dia ele viu duas serpentes copulando numa montanha na Arcádia, feriu uma delas e imediatamente sofreu uma transformação — de homem que era tornou-se mulher, e depois teve relações com um homem. Apolo lhe revelou num oráculo que se ele ferisse a serpente certa de duas que copulavam, haveria de transformar-se novamente em homem. Tirésias fez como o deus lhe ensinara e recuperou sua forma anterior.

Zeus e Hera certa vez travaram disputa, ele sustentando que no coito a mulher sente mais prazer do que o homem, ela dizendo o contrário. Eles decidiram consultar Tirésias sobre o tema — pois ele havia experimentado ambos os papéis. Quando o questionaram, Tirésias disse que no sexo o homem gozava um décimo do prazer e a mulher nove décimos. Hera, enfurecida com a resposta, vazou-lhe os olhos, cegando-o, mas Zeus lhe deu o dom da profecia e uma vida equivalente a sete gerações. FLÉGON DE TRALES, *O LIVRO DAS MARAVILHAS*, 4.

POR QUE OS CISNES CANTAM AO MORRER

Porque são consagrados a Apolo, os cisnes têm o dom da profecia e podem antecipar as maravilhas do além. Por esse motivo, eles cantam e se alegram no dia de sua morte mais do que em qualquer outro. PLATÃO, *FÉDON*, 85A.

ROMA, A GALINHA

Conta-se que naquele dia o imperador Honório recebeu de um de seus eunucos, por acaso o encarregado da granja, a notícia de que Roma estava morta. Ele mal conteve um grito e disse: "Mas se ela ainda há pouco comeu de minha mão!" Pois o imperador possuía de fato uma gorda galinha chamada Roma. O eunuco esclareceu que a cidade de Roma é que havia caído nas mãos de Alarico, e o imperador com um suspiro de alívio respondeu com rapidez: "Ah, e eu pensei que minha galinha tinha morrido!" Tão grande, segundo se diz, era a sua loucura. PROCÓPIO, *HISTÓRIA DAS GUERRAS*, III, 2, 25-26.

O NOME DE ROMA

[...] Acredita-se geralmente que todas as cidades são protegidas por algum deus, e era um costume secreto dos romanos, quando assediavam uma cidade inimiga que julgavam poder vencer, valerem-se de uma fórmula específica para invocarem os deuses que a protegiam — julgando que sem isso a cidade não poderia ser capturada ou, se o fosse, seria contra a vontade dos deuses. Por esse mesmo motivo os romanos mantinham secreto o nome do deus protetor de Roma, assim como o verdadeiro nome latino da cidade. O nome desse deus é mencionado em alguns livros antigos — que porém não concordam entre si — de modo que o tema é conhecido daqueles que estudam os velhos costumes e crenças. Alguns acreditam que o deus era Júpiter; outros, uma deusa chamada Lua; alguns afirmam que era Angerona — aquela que pede silêncio com o dedo nos lábios — e outros ainda (nos quais estou mais inclinado a acreditar) dizem que seu nome era Ops Consívia. Mas nem mesmo os homens mais eruditos conseguiram descobrir o verdadeiro nome da cidade, uma vez que os romanos o guardavam zelosamente, temerosos de sofrerem eles próprios o que tantas vezes haviam infligido a outras cidades, se esse nome fosse descoberto e usado numa invocação pelo inimigo. MACRÓBIO, *SATURNAIS*, III, 9, 2-5.

A ROMA BASTA ESTE MUNDO

Certa vez, quando [Cipião Africano] era censor e ao final do censo assistia ao sacrifício no rito chamado Solitaurília, um escriba recitou a prece usual, na qual se pede aos deuses imortais que aumentem e melhorem a fortuna dos romanos, o que ele interrompeu dizendo: — Já é boa e grande o bastante; peço que a mantenham segura para sempre. — Ordenou pois que com essas palavras emendassem a antiga prece nas tábuas públicas. A partir de então os censores têm usado essa fórmula modesta ao encerrarem seus censos. Pois ele notou sabiamente que o aumento do império romano era cousa a se pedir nos dias antigos, quando os triunfos não ultrapassavam a sétima pedra milhar da cidade, mas para um povo que já dominava a maior parte do globo terrestre seria apenas avidez pedir melhor sorte, e que já seriam abundantemente felizes se nada viessem a perder do que já possuíam. VALÉRIO MÁXIMO, *FEITOS E DITOS MEMORÁVEIS*, IV, I. 10.

COMO SEDUZIR UM DEUS

Eu vos clamo a vós, deus ou deusa sob cuja proteção está a cidade e o povo de Cartago, e vos suplico que os abandoneis, que evacueis seus templos e lugares sagrados, que a esse povo e essa cidade deixeis apenas medo e esquecimento, e que venhais comigo a Roma. Que nossos templos e lugares sagrados vos sejam mais agradáveis, que sejais propício a mim, ao povo romano e seu exército. Se aceitardes essas cousas e disso nos derdes um sinal, prometo erigir-vos templos e estabelecer jogos em vossa honra.

MACRÓBIO, *SATURNAIS*, III, 9, 7-8.

ROMA E CARTAGO DISPUTAM O MUNDO

Diz-se nos velhos registros que tão grandes eram o vigor e o poder dos cartaginenses quanto os de Roma. Tal opinião tinha sua razão de ser. Com outras nações, Roma lutava por essa ou aquela cidade; com Cartago, disputava o controle do globo.

Exemplo disso está nos seguintes atos e palavras dos dois povos. Quinto Fábio, general romano, entregou uma carta aos cartaginenses na qual se anunciava que Roma lhes mandava uma lança e um caduceu — signos, respectivamente, da guerra e da paz; que eles podiam escolher qualquer dos dois, e que deveriam considerar como enviado por Roma o que tivessem escolhido. Os cartaginenses responderam porém que não escolhiam nenhum deles, mas que os romanos podiam deixar ali qualquer dos objetos, e que os cartaginenses o tomariam como sua própria escolha.
AULO GÉLIO, *NOITES ÁTICAS*, X, 27.

QUANDO A ALMA SE RECOLHE

Sérvio então perguntou: — E pelo contrário, por que as pessoas ficam pálidas quando sentem medo? — Isso também é fácil de entender — disse Disário. — Quando nossa alma teme algo que ocorre em nosso exterior, ela se recolhe nas profundezas do nosso ser, do mesmo modo como nós próprios procuramos um abrigo ou um esconderijo quando sentimos medo. Assim, quando nossa alma desce até seu abrigo, leva consigo aquele tanto de sangue que ela sempre conduz, como numa carruagem. Quando ela chega ao fundo, à flor da pele permanece apenas um humor mais fino, e eis a origem da palidez. MACRÓBIO, *SATURNAIS*, VII, 11, 7-8.

A HISTÓRIA DE ATALANTA

Iaso e Climene, filha de Mínias, tiveram Atalante, que Iaso mandou expor [na floresta, para que ela morresse], porque ele queria um filho homem. Mas uma ursa vinha regularmente à criança e lhe dava a teta, até que uns caçadores a encontraram e a criaram entre eles.

Quando ela cresceu, Atalanta mantinha-se virgem e passava seu tempo armada, caçando nas florestas. Os centauros Roicos e Hilaios tentaram estuprá-la, mas ela os matou a flechadas. Ela também acompanhou os heróis que foram caçar o javali calidônio, e consta que nos jogos em honra de Pélias derrotou Peleus no pugilato. Tempo depois, ela encontrou seus pais. Quando seu pai instou-a a casar-se, ela foi até o campo onde se faziam as corridas e fincou uma estaca de três cúbitos no meio do percurso, dizendo que daria a seus pretendentes vantagem [na corrida] desde aquele ponto, e que ela própria correria em armadura. O homem que ela alcançasse na corrida seria morto imediatamente, mas o que a vencesse ganharia sua mão.

Muitos homens já haviam morrido nesses certames quando Melânion apaixonou-se por ela e apresentou-se para a competição, trazendo consigo umas maçãs de ouro que Afrodite lhe presenteara. Quando Atalanta, na corrida, tentava alcançá-lo, Melânion deixava cair essas maçãs, uma a uma. Atalanta, parando para apanhá-las do chão, ficou para trás e perdeu a prova. Assim, Melânion desposou-a. Diz-se ainda que uma vez, quando estavam os dois em caçada, entraram num santuário de Zeus e ali fizeram sexo, e por causa disso foram transformados em leões[1]. APOLODORO, *BIBLIOTECA*, III, 105-109.

1. Os gregos acreditavam que, por sua extrema ferocidade, leões e leoas não cruzavam, procurando cada qual um parceiro de outra espécie, de temperamento mais suave (normalmente o leopardo). A punição de Zeus signfica, portanto, que os dois foram condenados a viverem separados, na nova forma.

TUDO FLUI

Ora, também na vida de um mesmo indivíduo existe a sucessão e não uma unidade absoluta: um homem tem o mesmo nome, embora naquele breve intervalo entre a juventude e a velhice, na qual se diz que qualquer ser tem vida e identidade, ele sofre um processo permanente de perda e reparação — cabelos, carne, ossos, sangue e todo o corpo estão sempre a mudar. E isto é verdadeiro não só para o corpo, mas também para a alma, cujos hábitos, temperamento, opiniões, desejos, pesares e medos nunca permanecem os mesmos em nenhum de nós, mas estão sempre em movimento, indo e vindo; isso é verdade também no que diz respeito aos conhecimentos.

PLATÃO, *O BANQUETE*, 207D-L.

A ARANHA NO CENTRO DA TEIA

Assim como a aranha no centro da teia sente imediatamente quando uma mosca rompe um fio dela e corre ligeira para aquele lugar, como se lhe doesse a ruptura daquele fio, também a alma do homem, quando ferida alguma parte do corpo, passa apressada para lá, como se não pudesse suportar a lesão do corpo, ao qual está ligada firme e proporcionalmente.

HERÁCLITO DE ÉFESO, *FRAGMENTO*, 67A, 1-10.

UMA ALMA ERRANTE

Entre outros exemplos, lemos que a alma de Hermótimo de Clazomene costumava deixar seu corpo e errar por grande distância, e assim dar-lhe notícia de coisas que só alguém presente poderia saber, estando seu corpo nesse ínterim semiconsciente, até que numa ocasião uns seus inimigos chamados Cantárides cremaram seu corpo, impedindo que a alma por assim dizer pudesse voltar à sua bainha. PLÍNIO, O VELHO, *HISTÓRIA NATURAL*, VII, 52, 174.

CÉSAR ENTRE OS PIRATAS

[César, então um garoto, suborna capangas de Sula, que o procuravam, e foge pelo mar. Sua nave é tomada por piratas] quando navegava para a Bitínia [...] passando perto da Ilha de Farmacusa, sua nave foi tomada por um dos grupos de piratas que, naquele tempo, com numerosa frota de naves grandes e vários pequenos barcos, infestavam todos os mares.

Quando os piratas lhe pediram vinte talentos por sua liberdade, ele gargalhou, por não compreenderem o valor do prisioneiro que tinham feito, e por sua própria vontade comprometeu-se a dar-lhes cinquenta. Mandou então seus seus servos e companheiros a vários lugares, para levantarem essa soma, ficando pois sozinho entre aqueles que eram a gente mais violenta e sedenta de sangue do mundo, os piratas cilicianos. [...] Contudo, tinha tão pouco medo deles que, quando queria dormir, ordenava--lhes que fizessem silêncio.

Durante trinta e oito dias, com toda liberdade do mundo, ele divertia-se juntando-se aos piratas em seus exercícios e jogos, como se eles não fossem seus sequestradores, mas seus companheiros. Escrevia poemas e discursos e fazia deles seus ouvintes, e àqueles que não os apreciassem devidamente ele chamava enraivecido de bárbaros e ignorantes e, zombando deles, ameaçava crucificá-los. Os piratas divertiam-se com essa atitude, que atribuíam à simplicidade e ao espírito jocoso típicos de um garoto.

Assim que o dinheiro do resgate chegou de Mileto, ele pagou por sua liberdade, e procurou logo tripular uma embarcação para sair à caça daqueles mesmos piratas, que ele surpreendeu ainda estacionados naquela ilha, logrando capturar a maioria deles. Tomou como butim o dinheiro que eles traziam, e os manteve prisioneiros em Pérgamo, solicitando ao governador Júnio que determinasse sua pena.

Júnio, querendo recuperar o dinheiro dos piratas, pois que era soma considerável, disse que deliberaria calmamente o que fazer com os piratas. César então despediu-se dele e voltou a Pérgamo, onde ordenou que os piratas fossem crucificados — a punição que lhes prometera, e que de modo algum podiam acreditar que fosse real. PLUTARCO, *VIDA DE CÉSAR*, 1-2.

VIRGÍLIO É O MUNDO

Percebeis de que maneira a eloquência de Virgílio se distingue por combinar todos os diferentes estilos? Creio que Virgílio buscou justamente esse efeito por ter o presságio de que haveria de ser uma fonte para todos os homens, e esse seu entendimento, segundo julgo, é produto de uma inteligência não humana, mas divina. Ele não teve outro guia senão a própria natureza, a mãe de todas as coisas, e alcançou harmonizá-la na discordância de vozes. De fato, se examinares o próprio mundo, verás uma grande semelhança entre aquela criação divina e essa, poética: assim como a eloquência de Virgílio é uma totalidade que corresponde ao caráter de todas as pessoas — ora breve, ora abundante, ora terso, ora florido, por vezes toda as coisas ao mesmo tempo, aqui gentil e ali turbulento — também a Terra tem campos férteis e prados num lugar, florestas densas e penedos noutros, aqui areias ressequidas, ali gramados irrigados por fontes. Perdoai-me, portanto, e não considereis que exagero se comparo Virgílio à própria natureza. MACRÓBIO, *SATURNAIS*, V, 1, 18-20.

O MANIQUEU E O FIGO

Por ignorar essas verdades, ria-me de Teus santos e profetas. Mas que fazia eu quando me ria deles, senão dar-Te razão para que Te risses de mim? Deixei-me levar, aos poucos e sem notá-lo, por tais extravagâncias — a ponto de crer que um figo, quando colhido, chora lágrimas de leite junto com a mãe figueira, e que, se um "santo" [maniqueu] da seita comesse tal figo — colhido não por ele, mas por outrem — tendo-o misturado com suas entranhas, ao gemer e arrotar enquanto rezava, exalaria anjos e até mesmo partículas de Deus — ora, partículas do verdadeiro Deus que teriam permanecidos cativas para sempre naquele fruto se não libertadas pelos dentes e pelo estômago do "eleito"! [...] Assim, se algum faminto que não fosse maniqueísta me pedisse de comer, parecia-me que atendê-lo bastaria para ser merecedor — por uma mordidela apenas — da pena de morte. SANTO AGOSTINHO, *CONFISSÕES*, III, 10, 1.

QUE É O TEMPO?

Se algum espírito leviano pudesse vagar por tempos imaginários anteriores à Criação e se espantasse de que o Deus Onipotente (Tu, que criaste e conservas todas as coisas, ó autor do céu e da terra!) tenha permanecido inerte até o dia da Criação, por séculos sem conta, que esse desperte e tome consciência de seu erro.

Como, pois, poderiam transcorrer os séculos se Tu, criador, ainda não os tinhas criado? E poderia o tempo fluir, se não criado? [...] Pois que és o criador de todos os tempos – se é que houve algum tempo antes da Criação – como afirmar que estavas ocioso? Pois também criaste esse mesmo tempo, que não poderia correr antes que o fizesses. Se, porém, antes do céu e da terra não havia tempo algum, por que perguntam o que fazias "então"? Ora, não poderia haver "então" se não existia o tempo. Não é no tempo que és anterior ao tempo: de outro modo não precederias todos os tempos. Precedes todo o passado em Tua eternidade sempre presente. [...]

Teus anos não vão nem vêm; mas os nossos vão e vêm, para que todos possam existir. Teus anos existem simultaneamente, pois não fluem; não passam, não são expulsos pelos que vêm. Os nossos, ao contrário, só existirão todos quando não mais existirem. Teus anos são como um só dia, e Teu dia é um perpétuo hoje – porque Teu hoje não cede lugar ao amanhã e nem sucede ao ontem. Teu hoje é a eternidade. Por isso geraste um filho Teu coeterno, a quem disseste: "Hoje te gerei" – Todos os tempos são obra Tua, e Tu existes antes de todos os tempos.

[...]

Que é, pois, o tempo? Quem poderia explicá-lo breve e facilmente? Quem pode concebê-lo no pensamento com clareza para em seguida traduzir a ideia em palavras? E contudo, haverá noção mais familiar e mais banal em nossas conversações? Quando falamos do tempo, compreendemos certamente o que dizemos, o mesmo acontece quando ouvimos alguém tratar do tema. Que é, pois, o tempo? Se ninguém mo perguntar, eu sei; se o quiser explicar a quem me fizer a pergunta, já não sei. SANTO AGOSTINHO, *CONFISSÕES*, XI, 13-14.

O TEMPO SÓ EXISTE PARA A ALMA

Devemos também investigar de que maneira o tempo se relaciona com a alma, e por que motivo se entende comumente que o tempo está em toda a parte, seja na terra como no céu e no mar. Seria por que o tempo é um atributo, ou estado, ou movimento (pois que é o número do movimento) e todas essas coisas se movem (uma vez que todas se encontram no espaço), e por que o tempo e o movimento existem conjuntamente, tanto em potência quanto em ato?

Se o tempo existiria mesmo se a alma não existisse é uma questão válida; pois se não há ninguém para contar, nada pode ser contado, e consequentemente não poderia haver o número — número, como dissemos, é tudo o que foi contado ou que pode ser contado. Mas se apenas a alma — ou, nela, a razão — pode contar, não haveria tempo se não houvesse alma. ARISTÓTELES, *FÍSICA*, 14, 223A.

O TEMPO, TRADUÇÃO MÓVEL DA ETERNIDADE

A natureza do ser ideal é eterna, mas esse atributo é impossível de transmitir às criaturas. Portanto, ele [Deus] decidiu criar uma imagem móvel da eternidade; assim, quando dispôs os céus em ordem, criou essa imagem eterna, sim, mas que se move de acordo com uma medida, enquanto que a eternidade em si é perfeitamente imóvel. E a essa imagem ele chamou Tempo. PLATÃO, *TIMEU*, 37D.

ALEXANDRE FAZ O TEMPO VOLTAR

Aconteceu então que o adivinho Aristandro, tendo sacrificado, examinou as entranhas da vítima e afirmou com confiança aos presentes que a cidade seria tomada ainda naquele mês — ao que os soldados responderam com gargalhadas e escárnio, pois que aquele era o último dia do mês. O rei [Alexandre], fitando-o perplexo, e com sua gana de sempre dar fé às predições de Aristandro, deu ordem de que aquele fosse considerado não mais o trigésimo dia do mês, mas o vigésimo-terceiro. Mandou então que soassem as trompas e liderou ataque aos muros com mais força do que antes pretendia. O vigor do ataque tanto estimulou as tropas ainda acampadas que elas se juntaram ao primeiro grupo; com essa investida irresistível os tírios se renderam e a cidade foi tomada naquele mesmo dia. PLUTARCO, *VIDA DE ALEXANDRE*, 25.

OS MESES DE DEMÉTRIO

Prestes a retornar a Atenas, [Demétrio] indicou por carta à cidade que gostaria de ser admitido imediatamente nos ritos de iniciação dos mistérios, e que queria passar por todos os estágios da cerimônia, do primeiro ao último, sem qualquer demora. Isso era coisa absolutamente contrária às regras, que nunca antes fora permitida — pois os mistérios menores celebravam-se no mês de Antistérion, os maiores no de Boedrômion, e os noviços só eram de fato admitidos nesses após lapso de um ano.

Apesar de todas essas razões, quando as cartas de Demétrio foram lidas na Assembleia, ninguém ousou opor-se a seus propósitos — exceto Pitodoro, encarregado das tochas. Mas de nada adiantou, pois Estratócles imediatamente propôs que o mês de Muníquion, então o corrente, passasse por decreto a ser considerado o Antistérion. Votada e aprovada essa proposta, Demétrio foi admitido nos mistérios menores; logo depois, também por decreto, aquele mesmo mês de Muníquion passou a valer como o Boedrômion. Seguiram-se as celebrações dos mistérios maiores, e Demétrio obteve sua iniciação plena. Esses acontecimentos deram ao comediante Filípides motivo para assim zombar de Estratócles: "[...] aquele, cujo medo lisonjeiro apertou em poucos dias o ano todo". PLUTARCO, *VIDA DE DEMÉTRIO*, 26.

DÚVIDAS DE UM SANTO

Mas de novo refletia: "Quem me criou? Não foi o bom Deus — que não é só bom, mas a própria bondade? De onde, pois, vem-me essa vontade de querer o mal e de evitar o bem? Seria talvez para que eu sofra as penas merecidas? Quem semeou em minha alma esta semente de amargura, sendo eu obra do amoroso Deus? Se o demônio foi quem me criou, de onde vem ele, por sua vez? E se o demônio, de anjo bom se fez mau, por decisão de sua própria vontade perversa, de onde lhe veio essa má vontade, que o transformou em diabo, tendo ele sido criado anjo pelo Criador boníssimo?"

[...]

De onde, pois, procede o mal, se Deus, que é bom, fez boas todas as coisas? Sendo o Bem supremo, criou sem dúvida bens, ainda que menores do que Ele. De onde, pois, vem o mal? Acaso a matéria de que Ele se serviu para a Criação era já corrompida e, ao dar-lhe forma e organização, deixou nela algo que não se pôde converter em bem? E por quê? Ora, sendo Deus onipotente, não podia mudá-la, transformá-la toda, para que não restasse nela semente alguma do mal? Ainda mais, por que se utilizou dessa matéria para criar? Por que sua onipotência não a aniquilou totalmente? Poderia ela existir contra Sua vontade? E, se é eterna, por que deixou-a existir por tanto tempo no infinito do passado, resolvendo tão tarde servir-se dela para fazer alguma coisa? SANTO AGOSTINHO, *CONFISSÕES*, VII, 3 E 5.

O SANGUE DE UM SOLDADO

Havia antigamente uma punição militar muito desonrosa para um soldado, que consistia em lhe cortar uma veia e deixar o sangue correr. Não consegui achar nos registros a razão dessa punição: julgo que isso se fazia no início àqueles que sofriam de alguma alteração mental, de modo que devia ser mais tratamento médico do que castigo. Mas creio que depois esse tratamento passou a ser aplicado aos culpados de quaisquer delitos — como se acreditassem que sofre de algum problema mental aquele que comete uma falta. AULO GÉLIO, *NOITES ÁTICAS*, X, 8.

A SEDUÇÃO DA VIOLÊNCIA

Sem desejar, de forma alguma, abandonar a carreira mundana, tão prezada por seus pais, partiu [Alípio] antes de mim a Roma, onde queria estudar Direito. Uma vez lá, porém, deixou-se arrebatar com incrível avidez pelos espetáculos de gladiadores.

De início, evitava e parecia detestar semelhantes espetáculos. Certa vez, encontrando casualmente alguns amigos e condiscípulos que retornavam de um jantar, apesar de resistir, foi levado por eles com amigável insistência ao anfiteatro, onde naquele dia ofereciam-se os jogos funestos e cruéis. Dizia-lhes Alípio: "Mesmo que arrasteis para lá meu corpo, e ali o retenhais, podereis por acaso obrigar minha alma e meus olhos a contemplar os espetáculos? Estarei na plateia como que ausente; assim triunfarei sobre eles e vós". Mas seus amigos, não fazendo caso de tais palavras, levaram-no consigo, curiosos de saber se ele poderia ou não cumprir sua palavra.

Quando chegaram, tomaram os lugares apertados que conseguiram, pois todo o anfiteatro já fervia de paixões selvagens. Alípio, fechando a porta dos olhos, proibiu que sua alma testemunhasse a crueldade. Oxalá tivesse tapado também os ouvidos! Em certo momento da luta, foi tão grande o clamor da multidão que Alípio, vencido pela curiosidade, mas julgando-se ainda capaz de desprezar a cena, fosse qual fosse, abriu os olhos. O golpe em sua alma foi mais brutal do que o ferimento sofrido pelo gladiador a quem ele contemplava. Sua queda foi pois mais miserável que a do lutador, causa de tantos gritos. Estes, entrando-lhe pelos ouvidos, abriram-lhe os olhos, para ferir e abater sua alma (mais temerária do que forte), e tanto mais fraca por apoiar-se em si mesma, em vez de se apoiar em Deus. Logo que Alípio viu o sangue correr, bebeu junto a crueldade, e não se desviou do espetáculo; pelo contrário, fixou nele sua atenção. Assim, sem o saber, absorvia o furor popular e se deleitava no combate criminoso, inebriado de cruento prazer. Já não era o mesmo que ali viera, era agora mais um da turba à qual se misturara, digno companheiro daqueles que para ali o arrastaram. Que mais direi? Contemplou o espetáculo, gritou, apaixonou-se, e foi contaminado de insano ardor, que o incitava a voltar, não só com os que o haviam levado, mas à frente deles, e arrastando outros. SANTO AGOSTINHO, *CONFISSÕES*, VI, 8.

A MORTE NO BANQUETE

Certa vez, quando esse Lúcio era procônsul em uma das províncias, bebia ele à mesa com um jovem protegido que, como era seu costume, lançava-lhe toda sorte de adulações. Disse-lhe que tanto o amava que, embora houvesse em Roma naquele dia um combate de gladiadores, coisa que ele nunca tinha visto, e ele tivesse muita vontade de ver um homem ser morto, preferiu porém visitá-lo. Ouvindo-o, Lúcio quis retribuir a delicadeza, e disse: — Não te aflijas: eu posso remediar essa situação — e incontinenti ordenou que trouxessem ao salão do banquete um dos criminosos condenados à morte e também o carrasco com seu machado. Lúcio perguntou ao jovem se ele gostaria de ver o condenado ser executado ali, ao que ele respondeu que sim, e então Lúcio deu a ordem ao carrasco. PLUTARCO, *VIDA DE CATÃO*, 17.

O DÉCIMO TERCEIRO TRABALHO DE HÉRCULES

Também em Téspias há um santuário em honra de Hércules. A sacerdotisa do lugar deve permanecer casta até morrer. Dizem que a causa disso é a seguinte: Hércules teve numa noite relações com todas as filhas de Téspio, que eram cinquenta — exceto com uma. Considerando que essa foi a única que não quis deitar-se com ele, Hércules decidiu que ela permaneceria virgem por toda a vida, como sua sacerdotisa. PAUSÂNIAS, *DESCRIÇÃO DA GRÉCIA*, IX, 27, 6.

O CIÚME DE PASÍFAE

Pasífae dava a Minos certa droga, porque ele costumava dormir com muitas mulheres. E sempre que ele dormia com outra mulher [que não tinha o antídoto], ele ejaculava nela criaturas venenosas, e assim todas morriam.

APOLODORO, *BIBLIOTECA*, III, 197.

AINDA O CIÚME DE PASÍFAE

Várias vezes ela mirou uma ou outra vaca com olhos ciumentos, dizendo: "Por que essa age sedutora junto ao [touro] dono de meu coração? Vê como ela salta diante dele, sobre a relva! E a tola crê que ele é seu". Assim dizendo, ela ordenou que aquela vaca fosse retirada da manada, e que fosse arrastada sob o jugo. Então fê-la cair exangue junto do altar, em sacrifício impiedoso, para logo, excitada, tomar nas mãos as entranhas de sua rival. E todas as vezes em que ela assim honrava uma divindade com o sangue de suas inimigas, dizia, desafiadora, tendo nas mãos as entranhas sangrentas: "Tenta, tenta agora agradar meu bem amado!" OVÍDIO, *A ARTE DE AMAR*, I, 313-322.

O CAVALO DE DARIO

Então os seis conjurados discutiram entre si para determinar qual seria o meio mais justo de escolher entre eles um rei. [...] e acordaram as seguintes [prerrogativas]: que qualquer um deles que assim o quisesse poderia adentrar o palácio real sem necessidade de anúncio — exceto quando o rei estivesse deitado com mulher; e que o rei não poderia tomar por esposa mulher de outras famílias que não as dos seis sublevados. E, no que se refere ao trono, decidiram o seguinte: estando os seis montados em seus cavalos fora da cidade, seria rei aquele cujo cavalo relinchasse primeiro ao nascer do sol.

Ora, Dario tinha por palafreneiro um jovem muito astuto cujo nome era Ébares. Quando os conjurados se separaram, Dario disse-lhe o seguinte: [...] — Aquele cujo cavalo relinchar primeiro ao raiar do sol terá o trono. Assim, pois, se sabes de alguma maneira de o conseguir, faze-o por mim, para que seja a mim, e não outro, a quem caberá esse direito. — Ébares respondeu: — Por minha honra, senhor, asseguro-vos de que, se disso depender, sereis vós o rei. Tende confiança, que ninguém além de vós será feito rei — diponho dos meios para o lograr. — Pois bem, disse Dario, — se sabes de alguma artimanha adequada, este é o momento de prepará-la, e sem demora, pois que nossa prova ocorrerá pela manhã. — Tendo ouvido essas palavras, Ébares fez o seguinte: ao chegar a noite, levou para fora da cidade a égua que o cavalo de Dario mais desejava e deixou-a amarrada num local determinado. Levou em seguida o cavalo de Dario ao mesmo lugar, fazendo-o dar várias voltas em torno da égua, cada vez mais próximo dela, e por fim deixou que ele a cobrisse.

Ao nascer do dia, os seis, como haviam concordado, reuniram-se a cavalo fora da cidade. No momento em que passavam pelo lugar onde na noite anterior Ébares havia amarrado a égua, o cavalo de Dario parou e relinchou fortemente. Nesse mesmo instante, viram no céu um relâmpago, acompanhado de um trovão, embora o céu estivesse limpo. Juntos, esses fenômenos favoreceram Dario [...] Os demais apearam de seus cavalos e prostraram-se de joelhos diante de Dario[1]. HERÓDOTO, *HISTÓRIA*, III, 84-86.

1. A versão de Valério Máximo (VIII, 3) é menos prolixa: "Ébares enfiou a mão na parte genital de uma égua e, quando eles chegaram ao local, aproximou-a do focinho do cavalo. Estimulado pelo odor, o cavalo relinchou".

CEM ANOS DE PERDÃO

Quando Cneu Dolabella governava a província da Ásia com autoridade proconsular, trouxeram-lhe [o caso de] uma mulher de Esmirna. Essa mulher havia matado seu marido e seu filho ao mesmo tempo, dando-lhes secretamente veneno. Ela confessou seu crime, e disse que o fizera porque o marido e o filho haviam matado traiçoeiramente um outro filho que ela tinha do primeiro marido, excelente e inocentíssimo rapaz. Esse fato não se podia contestar. Dolabella levou o assunto ao Conselho, mas nenhum de seus membros arriscou-se a avançar decisão em caso tão complexo, uma vez que o confessado envenenamento não poderia ficar impune, embora aqueles dois assassinos também merecessem pena de morte. Dolabella remeteu o caso aos aeropagitas de Atenas, juízes de maior autoridade e experiência. Tendo ouvido o relato, os aeropagitas ordenaram que a mulher e seu acusador fossem convocados à corte dentro de cem anos. Desse modo não se perdoou o crime da mulher, coisa que a lei não permitia, nem foi ela condenada e punida por um crime digno de clemência. AULO GÉLIO, *NOITES ÁTICAS*, XII, 7.

O FANTASMA DE HELENA

Mais tarde, Alexandre [Páris] raptou Helena — segundo alguns porque Zeus queria que houvesse entre a Europa e a Ásia uma grande guerra, que tornaria sua filha famosa, ou, segundo outros, para que a raça de semideuses fosse de uma vez aniquilada. [...] Alguns dizem, porém, que, de acordo com a vontade de Zeus, Helena foi levada ao Egito por Hermes, que a entregou a Proteus, rei dos egípcios, e que Alexandre levou a Troia apenas um fantasma de Helena, feito de nuvens. APOLODORO, *BIBLIOTECA*, EPÍTOME, III, 3-5.

POR QUE HOMERO FICOU CEGO

E lembrei-me da antiga expiação de um erro mitológico imaginada não por Homero — pois mesmo com seu engenho ele nunca atinou descobrir por que ficara cego — mas por Estesícoro, que era filósofo e conhecia o real motivo. Diz ele que quando Homero perdeu a vista — tendo sido essa a punição que sofrera por difamar a adorável Helena — procurou purgar-se de seu erro. E a expiação foi uma retratação, que começava assim: "Falsa foi minha palavra — em verdade nunca embarcaste naquela nave, em Troia nunca estiveste..." Quando ele completou esse poema, chamado "A Retratação", sua visão foi imediamenta recuperada. PLATÃO, *FEDRO*, 243A-B.

PRIAPO ESPANTA AS FEITICEIRAS

Há um tempo eu era um tronco de figueira, madeiro sem uso, até que um artesão me viu, perguntando-se se deveria fazer comigo um banquinho ou um deus. Decidiu-se pelo segundo, e desde então eu sou um deus — o mais terrível espantalho de aves e ladrões. Em minha opinião, os ladrões e os animais, de que há tantos nessas paragens, não causam tanta preocupação e fastídio quanto as feiticeiras, que com seus sortilégios e poções transtornam as mentes humanas. Eu não encontro meio de me livrar delas, nem de impedi-las de, tão logo a Lua mostra sua bela face, recolherem aqui ossos e ervas nocivas. Vi com meus próprios olhos Canídia, com sua túnica negra arregaçada, os pés descalços e os cabelos soltos, errando por esse lugar, latindo em companhia da velha Sagana. Uma das feiticeiras evoca Hécate, a outra a cruel Tisífone — poderias ver as serpentes e os cães infernais correndo ao redor, e a Lua, para não ser testemunha desses horrores, escondia-se envergonhada atrás dos altos sepulcros.

Devo narrar com minúcia tudo o que passou? Como, por fim, vinguei-me do terror que senti sendo testemunha das palavras e dos feitos daquelas duas Fúrias? Pois fiz sair de meu traseiro de figueira um peido que ressoou tanto quanto a explosão de um balão. Então elas correram rumo à cidade; Canídia perdeu seus dentes falsos; Sagana, sua grande peruca, e ambas, as ervas venenosas e as fitas encantadas que traziam sob os braços: se tu as pudesses ver então, certamente que ririas! HORÁCIO, *SÁTIRAS*, I, 8.

A DEUSA TRÍPLICE

Chamam-na Lucina, Diana e Hécate, pois reconhecem na mesma deusa essas três capacidades: a de nascer, a de ter saúde e a de morrer. Lucina, pois, é a deusa do nascimento, Diana a do florescimento, e Hécate a do perecer. Por conta dessa tripla capacidade representam-na triforme, e costumam erguer nas encruzilhadas os seus templos. SÉRVIO, *COMENTÁRIOS À ENEIDA*, IV, 511.

BELEZA E MORTE

Candaules estava enamorado de sua esposa e, como qualquer apaixonado, acreditava ter a mulher mais bela do mundo. Entre seus oficiais havia um de nome Giges, a quem ele confiava os assuntos mais importantes e a quem gostava de elogiar a formosura de sua mulher. Ao cabo de algum tempo — pois o Destino quis que a desgraça alcançasse Candaules — disse ele o seguinte ao oficial: — Giges, como acredito que, apesar de minhas palavras, não estás ainda convencido da beleza da minha mulher — pois de fato os homens desconfiam mais do que ouvem do que de seus olhos — experimenta vê-la desnuda. — Giges reagiu com indignação: — Senhor, que proposta insana me fazes, ao sugerires que eu veja minha senhora nua? Quando uma mulher se despe de sua túnica, despe-se também de seu pudor. Há tempos os homens criaram as regras do decoro, e devemos observá-las. [...] Ademais, estou já seguro de que ela é a mulher mais bela do mundo e rogo-te que não me peças desaforos. — Com essas palavras, Giges tentava desviar-se do intento de Candaules, por temer que dele lhe sobreviesse grande mal. Candaules porém respondeu-lhe com estas palavras: — Guarda teu sossego, Giges, e não tenhas medo de mim, nem imagines que te faço essa proposta para provar tua fidelidade — nem temas que minha mulher te possa causar algum dano, pois cuidarei de tudo de tal maneira que ela nem sequer saberá que tu a viste. Tu ficarás atrás da porta da alcova onde dormimos, que deixarei entreaberta. Assim que eu tiver entrado, entrará também minha mulher, para deitar-se. Junto à entrada há uma poltrona: colocarei nela as roupas da minha mulher, uma a uma, e tu poderás contemplá-la com inteira liberdade. Por fim, quando ela se for da poltrona para a cama, de costas para ti, tu poderás deixar a alcova sem que ela te veja.

Tendo percebido que não poderia negá-lo, Giges acedeu. Quando Candaules considerou que era hora de deitar-se, levou Giges à alcova. Logo depois, trouxe até ali sua esposa. Uma vez na alcova, enquanto ela tirava as peças de roupa, Giges pôde contemplá-la. Por fim, quando ela se dirigiu ao leito, dando-lhe as costas, Giges deixou o aposento, cuidadosamente. A mulher porém o viu sair e logo compreendeu o que seu marido havia ordenado; ela contudo não deu mostra de o saber, com gritos ou outra reação, apesar de sua vergonha. Firmou porém o propósito de vingar-se de Candaules, pois entre os lídios — assim como entre os bárbaros geralmente — ser visto nu é grande vergonha, mesmo para um homem. Naquele momento, portanto, sem dar nenhuma indicação de seu desgosto, mostrou-se a mulher tranquila. Mas quando o dia nasceu, mandou chamar seus servos mais dedicados e pediu-lhes que trouxessem Giges. Este, que não podia imaginar os propósitos de sua senhora, acudiu prontamente, como era seu costume, quando a rainha o chamava. Quando chegou à sua presença, ela lhe disse o seguinte: — Giges, podes escolher qualquer dos dois caminhos que te vou oferecer: ou bem matas Candaules e assim ganhas a mim e esse reino, ou então tu é quem deves morrer, e sem demora, para evitar que, por sua obediência cega a Candaules, novamente vejas o que não te é devido. Pois deverá morrer seja quem tramou esse plano, seja tu, que me viu desnuda, contra as leis do decoro. — Por um instante Giges permaneceu perplexo por essas palavras, depois pôs-se a rogar à mulher que não o obrigasse a fazer escolha de tamanha gravidade. Contudo, como não logrou convencê-la, reduzido à necessidade de escolher matar a seu senhor ou ele mesmo morrer, optou por preservar sua própria vida, e então perguntou-lhe: — Já que me obrigas, contra a minha vontade, a matar o meu senhor, dize-me, então, de que maneira o conseguiremos. — Ela lhe respondeu: — Tu o farás no mesmo lugar onde me viste nua; ali o matarás quando ele estiver dormindo. — Tendo tramado essa conspiração, chegada a noite, Giges, que não mais tinha liberdade, seguiu a mulher até a alcova. Ela lhe entregou em mãos um punhal e o escondeu atrás da porta. Algum tempo depois, quando Candaules descansava, Giges matou-o, e reinou em seguida com a mulher sobre os lídios. HERÓDOTO, *HISTÓRIA*, I, 8-12.

O CAVALO MALDITO

Gávio Basso, em seus *Comentários*, e Júlio Modesto, no segundo livro das *Questões Várias*, contam a história do cavalo de Sejus, que é maravilhosa e digna de registro. Dizem que havia um tal escriba de nome Gneu Sejus, que possuía um cavalo nascido em Argos da Grécia. Segundo a tradição, esse cavalo descendia daqueles de Diomedes da Trácia que Hércules teria levado da Trácia para Argos, depois de matá-lo. Diz-se que esse cavalo, de cor alazã, tinha estatura magnífica, pescoço musculoso, crina densa e brilhante, que era enfim superior a todos os outros. Mas esse mesmo animal, diz-se, tinha o destino ou o azar de levar à desgraça quem o possuísse, e com ele sua casa, sua família e suas posses. Assim, pois, em primeiro lugar aquele Gneu Sejus, seu dono, foi condenado a morte cruel por Marco Antônio (que viria a ser um dos triúnviros escolhidos para salvar a República). Pouco depois, o cônsul Cornélio Dolabella, a caminho da Síria, foi atraído pela fama desse cavalo e dirigiu-se a Argos, com o intuito de comprá-lo, o que conseguiu por cem mil sestércios. Dolabella foi morto pouco depois, num sítio durante a guerra civil na Síria. Caio Cássio, que havia sitiado Dolabella, tomou para si o animal. Como se sabe, esse Cássio teve também morte horrível, depois que seu partido foi vencido e seu exército desfeito. Antônio, tendo derrotado Cássio, desejou também o famoso cavalo, e depois de adquiri-lo foi por sua vez derrotado e abandonado, tendo sofrido ele também morte ignominiosa. Daí terá surgido aquele provérbio sobre os homens de muito azar: "Ele tem o cavalo de Sejus!"

Esse provérbio tem o mesmo significado daquele outro, sobre "o ouro de Tolosa". Diz-se que quando a cidade de Tolosa, que fica na Gália, foi saqueada pelo cônsul Quinto Cépio, uma grande quantidade de ouro foi encontrada nos templos, mas quem o tocasse teria morte horrível e dolorosa.

AULO GÉLIO, *NOITES ÁTICAS*, III, 9.

ENAMORADO DE UMA ESTÁTUA

Quanto já tínhamos apreciado por bastante tempo o jardim, entramos no templo. No meio dele está a deusa — belíssima obra de arte feita [por Praxíteles] com mármore de Paros. Ela sorri ligeiramente, com a boca um pouco aberta. Toda a sua beleza mostra-se desnuda, exceto que com uma das mãos procura mui graciosamente cobrir sua parte pudenda. Tão grande foi o engenho do artista que a natureza do mármore favorece todos os membros da estátua. Caricles, ao vê-la, gritou como homem desequilibrado: — Ares, foste o mais feliz dos imortais, mesmo que por ela tenhas merecido as cadeias![1] — ao mesmo tempo arrojou-se sobre a imagem, estirando o pescoço o quanto podia para dar-lhe um beijo com lábios pegajosos. [...]

E quando já estávamos cansados de admirá-la, notamos um sinal numa de suas coxas, como se fora uma mancha. A feiura dessa mácula se destacava na brancura brilhante do mármore. Julguei que se tratava de um defeito natural da pedra, pois é algo que pode acontecer nesses casos, e muitas vezes o azar impede que o artista termine sua estátua com a perfeição que havia desejado, no início do trabalho. Assim, pois, imaginando que a mancha era uma parte naturalmente mais escura do mármore, admirei ainda o labor de Praxíteles, porque lograra ele dissimular esse defeito numa área pouco visível. Contudo, nesse ponto a sacerdotisa que nos acompanhava nos contou história estranha e incrível.

Disse-nos que um jovem de uma família muito distinta (e cujo nome ela teve por bem silenciar), que visitava o templo com frequência, enamorou-se da deusa por um funesto azar. — Costumava passar o dia inteiro nesse recinto; no início dava a impressão de alguma observância fanática. De manhã, ainda antes do sol nascer, tão logo saía da cama vinha ele ao templo, onde permanecia até a noitinha, e ainda então parecia voltar para casa a contragosto. Ficava o dia todo sentado em frente à deusa, os olhos fixos nela, sem interrupção, murmurando lamentações amorosas. Esse rapaz tinha por Praxíteles veneração como pelo próprio Zeus; trazia além disso de bom grado ao templo o que tivesse de valioso em casa, a título de oferenda à deusa. Por fim, as tensões violentas de sua paixão converteram-se em desespero, e ele pôs sua audácia a serviço de sua luxúria. Com efeito, numa tarde ele entrou no templo às escondidas e ocultou-se em algum lugar, sem mover-se e sem quase respirar — pois que de outro modo o teriam notado. Quando os guardas do templo fecharam as portas por fora, esse novo Anquises[2] ficou preso no interior. Mas por que vos digo tantos mexericos sobre essa noite nefasta? A mancha, restos dos abraços amorosos do rapaz, notaram-na no dia seguinte; a deusa a carrega como prova do abuso que sofreu. Quanto ao rapaz, segundo se diz, jogou-se contra as pedras ou no mar, e desapareceu.

Cáricles interrompeu seu relato nesse ponto, exclamando: — Vê-se, pois, que as mulheres são objetos de amor ainda que feitas de pedra! Que aconteceria se alguém visse uma tal beleza com vida? PSEUDO-LUCIANO DE SAMÓSATA, *AMORES*, 13-17.

1. Alusão ao adultério de Afrodite com Ares, para desgosto de Hefesto, que prendeu o casal em flagrante com uma teia de metal.
2. Mortal que foi amante de Afrodite.

A ESTÁTUA EXILADA

Quando (o atleta) Teágenes morreu, um que havia sido seu grande inimigo foi até sua estátua e açoitou o bronze com vigor, como se vingasse no próprio Teágenes todas as derrotas que dele sofrera. A estátua porém deu fim a esse ultraje caindo-lhe na cabeça, causando a morte do agressor invejoso. Seus filhos processaram a estátua por assassinato. Os tásios condenaram-na e atiraram-na ao mar, seguindo nisso os princípios draconianos – pois Draco, nas leis sobre homícidio que deixou aos atenienses, condenava ao banimento mesmo as coisas insensíveis, se uma delas por exemplo matasse alguém, ao cair.

Passado porém algum tempo, minguando-lhe as colheitas, os tásios enviaram delegação ao santuário de Delfos em busca de solução. O deus, por intermédio da sacerdotisa, instruiu-os a acolher de volta aqueles a quem haviam exilado, o que fizeram prontamente, mas ainda assim a miséria grassava na terra. Então pela segunda vez procuraram a sacerdotisa pítia, a quem disseram que, embora tivessem obedecido às instruções, a ira dos deuses ainda os punia, ao que a sacerdotisa lhes respondeu: "Haveis olvidado o grande Teágenes". Baldados porém seus esforços para recuperar a estátua, haviam já desistido da empreitada quando uns pescadores, tirando da água a rede, encontraram nela a estátua, que levaram de volta à terra. Os tásios colocaram-na em seu lugar original, e ainda hoje sacrificam a ela como a um deus. PAUSÂNIAS, *DESCRIÇÃO DA GRÉCIA*, 6, 11, 6-8.

VIAGEM AO CENTRO DA TERRA

Dionisodoro (pois não deixarei de mencionar esse exemplo máximo da loucura grega) era de outra convicção [quanto ao tamanho do planeta]. Era natural de Melos e um distinto geômetra. Faleceu naquela cidade, e suas parentas foram encarregadas das tarefas do funeral. Diz-se que nos dias seguintes, enquanto desempenhavam os ritos devidos, acharam na tumba uma carta assinada com o nome de Dionisodoro, em que ele dizia que havia atingido o fundo da Terra, e que ele distava 42 000 estádios da superfície. Alguns geômetras julgaram que a mensagem se referia ao centro da Terra, que seria a maior distância possível para baixo, o centro pois do globo. A partir desse dado calcularam que a circunferência da Terra é 252 000 estádios. PLÍNIO, O VELHO, *HISTÓRIA NATURAL*, II, 112, 248.

PORTENTOS CELESTES

Além desses fenômenos ocorridos na parte mais baixa do céu, está registrado nos documentos oficiais que no consulado de Manius Acilius e Gaius Porcius choveu leite e sangue, e que frequentemente em outras ocasiões choveu carne — por exemplo, no consulado de Publius Volumnius e Servius Sulpicius —, e que a carne que não foi levada pelas aves não apodreceu. De maneira semelhante, no distrito de Lucânia choveram pedaços de ferro, com aparência de esponjas. [...] Registra-se nas atas daquele ano que choveram tijolos queimados enquanto Milo defendia uma causa. PLÍNIO, O VELHO, *HISTÓRIA NATURAL*, II, 57, 147-148.

A MÚSICA DOS PLANETAS

Mas por vezes Pitágoras baseia-se na teoria musical e descreve a distância entre a terra e a Lua com um tom, a distância entre a Lua e Mercúrio um semitom; também um semitom entre Mercúrio e Vênus; entre Vênus e o Sol, um tom e meio; entre o Sol e Marte, um tom; entre Marte e Júpiter, meio tom; entre Júpiter e Saturno, meio tom; entre Saturno e o Zodíaco, um tom e meio: esses sete tons produziriam assim um *diapason*, isto é, uma harmonia universal. Nessa melodia, Saturno move-se no modo dório, Júpiter no frígio, e assim por diante para os outros planetas — explicação mais curiosa do que convincente. PLÍNIO, O VELHO, *HISTÓRIA NATURAL*, II, 20, 84.

A TERAPIA MUSICAL DE PITÁGORAS

Ele mesmo compunha os arranjos musicais e dedilhava os temas para seus discípulos, criando, por inspiração divina, um amálgama de melodias [...], por meio das quais ele facilmente transformava e refreava as paixões que se manifestavam neles, tais como angústia, raiva, compaixão, ciúme, traumas, diversos tipos de desejos, agressões, anseios, bem como negligência, preguiça e impetuosidade. Por meio de melodias adequadas, que ele utilizava como se fossem misturas de ervas para os doentes, cada um desses distúrbios era curado e substituído pela correta harmonia, que é a virtude. Ao anoitecer, quando seus discípulos se preparavam para deitar, ele afugentava a agitação mental adquirida durante o dia, bem como suas preocupações, e purificava suas mentes inquietas. Desse modo, ele os deixava tranquilos e predispostos a ter bons sonhos, que se revelariam proféticos. Quando acordavam no dia seguinte, ele os libertava da inércia, do torpor e da languidez noturna por meio de certas canções e melodias especiais. [...] Com a concentração da audição e da mente, ele mergulhava nas harmonias que flutuam no cosmos. Segundo suas próprias palavras, apenas ele podia ouvi-las e compreender as harmonias e consonâncias das esferas e dos corpos celestes. JÂMBLICO, *VIDA DE PITÁGORAS*, 15.

OS ACADÊMICOS E OS PIRRONIANOS

Embora os pirronianos [céticos] e os acadêmicos [platônicos] se expressem em termos muito parecidos, julga-se que eles diferem entre si em alguns pontos, e nisto principalmente: os acadêmicos, por assim dizer, compreendem que nada pode ser compreendido [...], mas os pirronianos negam que até mesmo isso seja verdade, pois para eles nada pode ser considerado verdadeiro. AULO GÉLIO, *NOITES ÁTICAS*, XI, 5, 8.

DOS LIMITES À ONIPOTÊNCIA DIVINA

Mas o maior consolo quanto à imperfeição da natureza humana é a de que nem mesmo a um deus tudo é possível — pois ele não pode, mesmo se o quiser, cometer suicídio — esse dom supremo concedido aos homens em meio aos sofrimentos do mundo — nem dar vida eterna a um mortal, nem ressuscitar os mortos, nem alterar o passado, fazendo não ter existido quem de fato existiu, ou não ter ocupado um alto cargo quem de fato o exerceu; e também que ele não tenha sobre o passado poder maior do que o de esquecê-lo, e que (para demonstrar nossa semelhança com deus também com um argumento frívolo) tampouco possa fazer duas vezes dez ser outra coisa que não vinte. PLÍNIO, O VELHO, *HISTÓRIA NATURAL*, II, 5, 26-27.

OS BRINCOS DE CLEÓPATRA

Uma vez quando, como usual, Antônio deliciava-se num banquete sofisticado, ela, com despudor e soberba, como se fosse uma rainha prostituta, mostrou desprezo por toda aquela diversidade de comidas. Antônio então lhe perguntou que outro luxo se poderia ter num jantar, e ela respondeu-lhe que poderia gastar dez milhões de sestércios num único banquete. Antônio quis saber de que maneira, não acreditando que isso fosse possível. Os convivas fizeram apostas, e no dia seguinte, quando o assunto seria esclarecido, Cleópatra ofereceu-lhes banquete esplêndido — para não perderem as delícias do dia (como era seu hábito) — mas na verdade igual aos que ali se serviam cotidianamente. Antônio riu do que julgou comedimento, mas ela lhe disse que logo haveria mais, e que apenas o prato de que ela em seguida se serviria alcançaria os dez milhões de sestércios prometidos para aquela ceia. Ordenou então que lhe trouxessem o segundo prato. De acordo com suas instruções, os servos colocaram diante dela uma única taça de vinagre, do tipo mais forte, capaz de dissolver pérolas. Ela trazia então nas orelhas aquela magnífica e única obra da natureza. Enquanto Antônio a observava com grande curiosidade, Cleópatra pôs na taça um de seus brincos, que esperou se dissolver, bebendo em seguida a mistura. Lucius Plancus, que era o juiz da aposta, cobriu com sua mão o outro brinco, para impedi-la de destruir também aquele, e declarou Antônio derrotado (o que foi uma espécie de oráculo). A história diz ainda que, quando a rainha que vencera essa disputa tão importante foi por fim capturada, o brinco restante foi cortado em dois, para adornar as duas orelhas da Vênus que está no Panteão. PLÍNIO, O VELHO, *HISTÓRIA NATURAL*, IX, 58, 119-121.

OS LIVROS SIBILINOS

Nos antigos anais conta-se a seguinte história sobre os livros sibilinos. Uma velha estrangeira e desconhecida chegou-se ao rei Tarquínio Soberbo, trazendo consigo nove livros, que ela dizia serem oráculos divinos, e que gostaria de lhos vender. Tarquínio perguntou o preço. A mulher pediu por eles um valor altíssimo. O rei, julgando-a demente, por sua idade, riu da proposta. Então ela montou diante dele um pequeno fogareiro, queimou três dos nove livros e pediu pelos restantes a mesma soma exorbitante de antes. Mas ainda então Tarquínio riu-se muito, e disse que sem dúvida a velha delirava. A mulher imediatamente atirou outros três livros ao fogo e muito serenamente perguntou-lhe se desejava comprar os três últimos por aquele mesmo preço. A expressão de Tarquínio tornou-se então séria — ele se convencera de que a placidez e a confiança da velha não deveriam ser desdenhadas, e comprou os três livros por preço não menor do que o antes exigido por todos. Consta que a mulher deixou então Tarquínio e que nunca mais foi vista. Aqueles três livros, depositados num templo, são chamados "sibilinos". Os quinze [sacerdotes] os buscam, como um oráculo, quando é necessário consultar os deuses imortais acerca do bem público. AULO GÉLIO, *NOITES ÁTICAS*, I, 19.

A CEIA DE AMÍLCAR

Enquanto sitiava Siracusa, o general cartaginês Amílcar acreditou ouvir num sonho voz que lhe dizia que no dia seguinte haveria de cear na cidade. Alegre com essa promessa divina de vitória, ele preparou seu exército para a luta. Mas formou-se disputa entre cartaginenses e sicilianos [de seu exército], e os siracusanos, com ataque súbito, tomaram seu acampamento e o levaram em cadeias para dentro da cidade. Assim, enganado não por seu sonho, mas por sua esperança, ele ceou em Siracusa — como prisioneiro, não conquistador, como havia acreditado. VALÉRIO MÁXIMO, *FEITOS E DITOS MEMORÁVEIS*, I, 7 (EXT), 8.

DAFNITES CAI DO CAVALO

Seguidor das práticas dos chamados sofistas, homem de opiniões ineptas e mordazes, [Dafnites] consultou certa vez o oráculo de Delfos com o objetivo único de lançar-lhe ridículo, perguntando se haveria de encontrar seu cavalo perdido, quando de fato não possuía nenhum. Apolo respondeu-lhe que ele haveria sim de achar seu cavalo, mas que morreria ao cair dele. Ao retornar para casa em espírito de galhofa, por ter conseguido enganar a profecia divina, topou com o rei Atalo, sobre quem costumava contar chistes muito ofensivos. O rei ordenou que o atirassem do penedo chamado Cavalo, e assim ele pagou a pena que sua demência devia aos deuses. VALÉRIO MÁXIMO, *FEITOS E DITOS MEMORÁVEIS*, I, 8 (EXT), 8.

A ALMA VAGANTE

O restante diz respeito a Hermótimo. Quando ele dormia, dizem, sua alma saía do corpo, vagando longe dele. Sua mulher revelou esse segredo a seus inimigos, que, encontrando-o dormindo, queimaram-no tão facilmente como um cadáver. Retornando a alma mais tarde, deu-se conta do assassinato, que, imagino, imputou-se a si mesma. Os cidadãos de Clazomene compensaram Hermótimo com um templo, que as mulheres não podem adentrar, por conta da traição da esposa. TERTULIANO, *SOBRE A ALMA*, XIV, 1.

COINCIDÊNCIAS

Não é de admirar que no correr de muito tempo, enquanto a Fortuna opera seus meandros, ocorram espontaneamente numerosas coincidências. Se os fatores envolvidos são em número infinito, seria simples para a Fortuna, com tal abundância de material, operar as semelhanças. Se, porém, os eventos são resultados das diferentes combinações de um número limitado de fatores, então por necessidade as mesmas coisas devem ocorrer com alguma frequência.

Algumas pessoas têm gosto em colecionar tais acontecimentos fortuitos, que deparam em suas leituras ou conversas, sustentando que sua ocorrência indica o trabalho de uma potência racional. Observam, por exemplo, que dois homens famosos de nome Attis, um da Síria e outro da Arcádia, foram mortos por javalis selvagens; que houve dois de nome Acteon, um deles estraçalhado por seu cães, o outro por suas amantes; que dos dois famosos Cipiões, um derrotou os cartaginenses numa batalha, o outro os aniquilou; que a cidade de Troia foi tomada pela primeira vez por Hércules, que buscava receber os cavalos que Laomedonte lhe prometera, pela segunda vez por Agamênon, por meio do famoso cavalo de madeira, e a terceira por Caridemo, quando um cavalo morto impediu que os troianos fechassem os portões a tempo; que as duas cidades com os nomes das plantas mais olorosas — Ios e Esmirna (violeta e mirra) — têm a honra de ser respectivamente local de nascimento e morte de Homero.

A esses exemplos podemos ajuntar que os melhores comandantes de guerra, os mais famosos por suas conquistas e por seus estratagemas, eram caolhos: Filipe, Antígono, Aníbal e Sertório. PLUTARCO, *VIDA DE SERTÓRIO*, 1.

AO TOPAR COM A AUTORIDADE

Públio Servílio, que fora cônsul e censor e tivera um triunfo [...], passando pelo Fórum um dia observou testemunhas depondo contra certo réu. Ele pediu a palavra como testemunha, para grande surpresa dos advogados de defesa e acusação, e disse o seguinte: “Senhores jurados, ignoro de onde vem esse homem, ignoro sua profissão, tampouco sei do que o acusam, ignoro enfim se é culpado ou inocente. Sei apenas que uma vez, topando comigo numa passagem muito estreita na Via Laurentina, por onde eu viajava, ele não quis descer do cavalo. Se isso vos diz respeito, vós o sabereis. Eu julguei que devia dizê-lo”. Os jurados declararam o réu culpado tendo ouvido muito pouco as testemunhas restantes. Impressionou-lhes a eminência de Servílio e sua grave indignação pelo desrespeito à sua estatura pública, e acreditaram que alguém que não sabia respeitar nossos melhores homens seria de fato muito propenso à vilania. VALÉRIO MÁXIMO, *FEITOS E DITOS MEMORÁVEIS*, VIII, 5, 6.

O JURAMENTO ENTRE OS ROMANOS

Um juramento era guardado e respeitado pelos romanos como coisa inviolável e sagrada. Isto é evidente em muitos dos usos e das leis; também a história a seguir será prova não pequena desse argumento. Após a Batalha de Canas, Aníbal, o general cartaginês, escolheu dez prisioneiros romanos e os enviou à cidade, tendo-os instruído e com eles pactuado que, se assim quisesse o povo romano, far-se-ia troca de prisioneiros, e que para cada prisioneiro adicional que uma parte recebesse, a outra haveria de pagar uma libra e meia de prata. Antes de partirem, Aníbal compeliu-os a fazer o juramento de que voltariam ao campo cartaginês, se Roma não aceitasse aqueles termos.

Os dez cativos vieram a Roma. Expuseram no senado a mensagem do general cartaginês. Os senadores recusaram a troca de prisioneiros. Os pais, parentes e amigos dos prisioneiros os abraçaram e festejavam seu retorno ao lar, declarando que, tendo em conta a chamada "lei do *postliminium*" [territorialidade], eles estavam livres de quaisquer obrigações com Aníbal, e que sua condição agora era a de homens livres e invioláveis. Rogavam-nos portanto que não pensassem em retornar ao inimigo. Oito deles argumentaram que o chamado *postliminium* não era justo em seu caso, uma vez que se haviam obrigado por juramento, e com isso imediatamente regressaram a Aníbal, conforme haviam prometido fazer. Os outros dois permaneceram em Roma, dizendo que estavam livres de qualquer obrigação religiosa, uma vez que, tendo antes conseguido deixar o campo inimigo, decidiram retornar a ele pretextando acaso, mas na verdade com intenção de enganar [para serem mandados de volta a Roma], e tomando aquele juramento apenas na aparência. Essa desonrosa artimanha foi considerada tão vergonhosa que todo o povo os desprezou, e os censores posteriormente os puniram com toda sorte de multas e declarações de infâmia, porque não cumpriram o que haviam prometido fazer.

Cornélio Nepo, no livro quinto dos *Exemplos*, registra também que muitos dos senadores recomendaram que aqueles que se negaram a voltar a Aníbal fossem escoltados até ele, mas que essa moção foi rejeitada pela maioria. Ele diz ainda que aqueles que não quiseram retornar a Aníbal tornaram-se tão desprezíveis e odiados em Roma que, tomados de desgosto, acabaram por cometer suicídio. AULO GÉLIO, *NOITES ÁTICAS*, VI, 18.

OS MILAGRES DE VESPASIANO

Nos meses em que [o imperador] Vespasiano esperava em Alexandria pela estação dos ventos favoráveis e do mar calmo, ocorreram muitas maravilhas que pareciam confirmá-lo como o favorecido dos deuses. Um homem do populacho da cidade, conhecido por sua cegueira, atirou-se aos joelhos do imperador e pediu-lhe entre gemidos que o curasse. Ele o fazia, disse, por inspiração do deus Serápis, que essa nação, presa de tantas superstições, cultua acima de qualquer outra divindade. O cego implorava a Vespasiano que ele se dignasse a molhar sua face e seus olhos com sua saliva. Ainda um outro, que tinha a mão doente, sob conselho do mesmo deus, suplicava que César a pisasse, para assim curá-la. De início, Vespasiano zombou deles e os afastou de si. Eles porém insistiam. Ele, por um lado, temia o escândalo de uma tentativa inútil; por outro, era instado a tanto por seus bajuladores, que lhe asseguravam o sucesso. Por fim, pediu que se ouvisse a opinião dos médicos. [...] De qualquer maneira, toda a glória da cura, se ocorresse, seria de César, mas o rídiculo do fracasso cairia sobre os próprios sofredores. E assim, Vespasiano, acreditando que tudo era possível à sua boa fortuna e que nada estava além da crença, com expressão alegre, cercado de uma multidão cheia de expectativa, fez o que lhe pediam. A mão foi instantaneamente curada e retomou os movimentos e o cego novamente pôde ver. Pessoas que estavam presentes confirmam esses fatos — mesmo agora, quando nada mais se poderia ganhar com a mentira. TÁCITO, *HISTÓRIAS*, IV, 81.

A IMORTALIDADE DO POETA

Ergui monumento mais perene
do que o bronze, maior do que a
imponência das pirâmides. Nem
as chuvas erosivas, nem o sopro forte
do Aquilão, nem a série inumerável
dos milênios que virão
poderão, algum dia, destruí-lo.
Não morrerei inteiro: algo meu
à morte mesma não estará sujeito.

HORÁCIO, *ODES*, III, 30.

O QUE PERMANECE

— Dir-te-ei, pois — disse Mopso —, qual a causa desses males. — E olhando para as estrelas ele disse: — Se nós, que outrora fomos fogo e parentela do alto Olimpo, sofremos agora nestes corpos mortais o tempo tão breve da vida, não é pois justo dar-se a batalhas sangrentas, nem mandar para o céu com nosso ferro as almas que aqui poderiam quedar-se um pouco mais, sementes que um dia para lá hão de retornar; pois não nos dissolvemos como a brisa, ou restamos como ossos apenas: o rancor permanece e a dor perdura. VALÉRIO FLACO, *ARGONÁUTICAS*, III, 377-384.

A LEI DO DESTINO

E há essa lei do Fado: a alma que alcança ver a verdade em companhia dum deus fica preservada do mal até seu próximo período. [...] Mas se ela for incapaz de acompanhá-lo, ou se não conseguiu contemplar a verdade como se deve, caindo-lhe por cima, por infelicidade, a carga dupla do vício e do esquecimento, de modo que suas asas se desfazem e ela tomba por terra, então a lei decreta que essa alma, quando renascer, deverá vir não como uma besta qualquer, mas no corpo dum homem. E a alma que tiver visto mais da verdade renascerá como um filósofo, ou um artista [...]a que percebeu um tanto menos será um guerreiro valoroso, ou um rei justo; a alma de terceira categoria será a de um político, ou ecônomo, ou comerciante; a quarta será amante dos esportes, ou médico; a quinta terá a vida dum profeta, ou hierofante; à sexta será dada a personalidade de um poeta, ou qualquer artista imitativo; à sétima, a de um agricultor ou artífice; a oitava será a de um sofista, ou demagogo; a nona será a alma de um tirano. Todos esses são estágios probatórios, nos quais quem bem age melhora sua sorte, mas o injusto decai ainda mais.

Dez mil anos devem passar antes que a alma de cada um retorne ao lugar de onde veio, pois que lhe é impossível recuperar suas asas antes desse tempo. Somente a alma do filósofo, honesta e sem mácula, ou a de alguém que ama, sem que lhe falte gosto pela filosofia, pode conseguir asas no terceiro desses períodos recorrentes, que duram mil anos. [...] os outros são julgados quando completam sua primeira vida, e alguns deles, depois disso, vão para as casas de correção que estão debaixo da terra, e lá são punidos; outros vão para o céu [...] e lá têm um tipo de vida semelhante ao que tinham na terra. E ao final de mil anos as almas boas e más tiram a sorte para sua próxima vida, e podem escolher a que mais lhes agrada. Então a alma dum homem pode renascer num animal, ou a de um animal renascer como homem. Mas a alma que nunca viu a verdade não poderá renascer como homem. PLATÃO, *FEDRO*, 248A-249B.

A ERUPÇÃO DO VESÚVIO

Depois que meu tio [Plínio, o Velho] saiu de casa, passei as horas seguintes envolvido com meus estudos — por conta deles, de fato, é que eu não o havia seguido —, até que chegou a hora do meu banho. Ceei logo depois e dormi um sono curto e agitado. Por vários dias até então havíamos sentido tremores de terra, que não nos preocuparam muito, sendo ocorrência comum na Campânia. Mas aquela noite eles foram muito violentos, tendo derrubado móveis e tudo o mais na casa. Minha mãe correu até meu aposento, enquanto eu próprio já me levantava, assustado, para ver como ela estava. [...] Como eu tinha então apenas dezoito anos de idade, não sei se devo chamar meu comportamento naquela ocasião perigosa de corajoso ou estúpido, mas o fato é que apanhei o livro de [Tito] Lívio, e procurei distrair-me folheando-o, mesmo copiando algumas passagens, como se eu estivesse bem à vontade. Nesse momento chegou um amigo de meu tio [...] [e disse:] — Se ele está em segurança, certamente deseja que também vós estejais a salvo; mas se ele morreu, sem dúvida era seu desejo que vós lhe sobrevivêsseis. Por que, pois, retardais vossa fuga?

[...]

— Será melhor deixarmos a rua principal — eu disse —, enquanto ainda podemos ver alguma coisa, pois se cairmos aqui, seremos esmagados na escuridão pela multidão que vem atrás. — Assim que nos sentamos [para descansar] a noite chegou, e era escuro não como numa noite de céu nublado, ou quando não há lua, mas absolutamente, como numa alcova em que não entra qualquer luz. Ouvíamos os gritos agudos de mulheres e crianças e aqueles de homens, alguns chamando os nomes de seus filhos, outros de seus pais ou de seus maridos, tentando cada um reconhecer o outro pela voz que respondia. Um homem lamentava seu destino, outro o da sua família, alguns preferiam morrer logo, tanto era seu medo da morte... outros levantavam as mãos aos deuses, mas a maior parte estava já convencida de que os deuses não existem, e que chegara por fim aquela noite eterna que alguns filósofos preveem. [...] Percebemos alguma claridade no céu, que sabíamos porém não ser do raiar do dia, mas de bolas de fogo [do vulcão], que talvez logo nos atingiriam. O fogo porém caiu longe de onde estávamos, e logo novamente a escuridão completa nos cobria. As cinzas caíam sem interrupção, de maneira que com frequência precisávamos levantarmo-nos para sacudi-la do corpo — do contrário seríamos cobertos por ela. Eu poderia vangloriar-me de que, durante toda essa cena de terror, não deixei escapar sequer um suspiro ou dei qualquer mostra de medo, não fosse a razão para isso a miserável (mas poderosa) consolação de que toda a humanidade sofria a mesma calamidade e que eu perecia junto com o mundo. PLÍNIO, O JOVEM, *CARTAS*, VI, 20 (PARA TÁCITO).

A SETA IMÓVEL

Os argumentos de Zenão sobre o movimento, que tanta inquietação causam naqueles que tentam resolver os problemas que eles invocam [são os seguintes]. O primeiro afirma a não-existência do movimento, com a assunção de que uma coisa que se move deve chegar à metade do trajeto antes de chegar a seu fim [e assim sucessivamente, ao infinito]. [...] O segundo é o chamado “Aquiles”, e diz que, numa corrida, o corredor mais rápido [Aquiles] nunca alcançará o mais lento [a tartaruga], uma vez que o mais rápido deve chegar primeiro ao ponto de onde o mais lento partiu [e assim ao infinito], de maneira que o mais lento terá sempre uma vantagem. [...] O terceiro [...] assevera que a seta está parada no ar, conclusão a que chega a partir da suposição de que o tempo é composto de momentos [infinitamente pequenos]. ARISTÓTELES, *FÍSICA*, VI, 9 (239B, LINHAS 5 A 33).

UMA VISITA DO AMOR

À meia-noite, quando a [estrela] Ursa já se inclinava em direção à destra [da constelação] do Boieiro, quando toda a raça dos mortais já descansava domada pelo sono, o Amor veio bater em minha porta. — Quem és — eu perguntei — tu que chamas à porta interrompendo meu sono? — Abre e não tenhas medo — disse o Amor. — Sou apenas um menino. Estou molhado da chuva e me perdi nesta noite sem luar. — Suas palavras me comoveram. Acendi uma lamparina e abri a porta. Vi um garoto com um pequeno arco nas mãos; ele tinha uma aljava às costas, de onde despontavam duas asinhas. Sentei-o perto do fogo, aqueci suas mãos entre as minhas e sequei os seus cabelos. Quando ele se sentiu descansado, disse-me: — Vem, vamos brincar com este arco, para testá-lo — quem sabe a corda, molhada, não perdeu a força? — Ele retesou o arco e sua flecha me atingiu bem no meio do coração. Senti como se um moscardo me tivesse picado. E ele, rindo-se, começou a saltitar. — Estranho — disse-me — alegra-te! O arco não estava em mau estado, mas teu coração te fará sofrer. *POEMAS À MANEIRA DE ANACREONTE*, 33.

O AMOR BEBIDO

Há uns dias, quando eu fazia uma coroa de flores,
achei entre as rosas um Amor. Tentei pegá-lo pelas asas,
mas ele caiu no copo d'água à minha frente.
Imediatamente, eu o bebi.
E agora — ai de mim! — ele inquieto me faz cócegas
com suas asas impacientes,
bem no fundo da minha alma,
e muito assim me vai ferindo!

POEMAS À MANEIRA DE ANACREONTE, 6.

UM MITO RACIONAL

Conta-se que Cadmo, após ter matado a serpente [que guardava a fonte] de Dirceia, arrancou-lhe os dentes, que semeou na terra, e que desses dentes brotaram homens já armados. Ora, se assim fosse realmente, a raça humana não se reproduziria de outro modo. Eis o que há de verdadeiro nessa história: Cadmo, da Fenícia, foi a Tebas para disputar o trono. [...] Trazia consigo todas aquelas coisas que os reis costumam ter, entre as quais dentes [marfim] de elefante. O rei de Tebas então era Draco ["serpente"], filho de Ares. Cadmo o matou em combate e passou a reinar em seu lugar. Os amigos e filhos de Draco levantaram-se então contra Cadmo. Sendo porém inferiores às forças de Cadmo, contentaram-se com a pilhagem de seu tesouro, particularmente com os [caríssimos] dentes de elefante, depois fugiram para vários lugares da Grécia. Algum tempo depois, voltaram a reunir-se para lutar contra os tebanos. Eram agora muito mais temíveis, tendo-se armado muito bem com os valores que haviam roubado. Donde diziam os tebanos: — Cadmo agiu mal ao matar [o rei] Draco. Os dentes [de elefante] que ele trouxe para nossa terra armaram nossos inimigos, que agora nos darão muito trabalho. — Isso deu origem à fábula. PALEFATO, *HISTÓRIAS INACREDITÁVEIS*, III.

OS DEUSES ACORRENTADOS

Quando ele [o imperador Constantino] observou que muitas pessoas, como crianças tolas, temiam sem razão as divindades fabulosas dos pagãos [...], pensou que deveria dar cabo também dessas coisas, como se retirasse de um caminho escuro as pedras que atrapalham a marcha, abrindo assim uma via régia para o futuro. Tendo deliberado nesse sentido, decidiu que para sua tarefa não precisaria de muitos soldados. Para seu propósito, bastariam dois de seus amigos mais próximos, que com esse objetivo ele enviou a todas as províncias. Eles, confiados na religiosidade do imperador e em seu próprio temor a Deus, foram a todas as cidades e terras, e diante de multidões submetidas revelavam o longo e antigo erro dos pagãos. Ordenavam que os próprios sacerdotes trouxessem dos antros escuros à luz aqueles seus deuses, para o escárnio e o desprezo gerais; depois, tendo quebrado a parte exterior das estátuas, revelavam a todos os olhos a feiura que se escondia sob aquelas faces pintadas. De outras imagens, aproveitavam os metais que lhes pareciam úteis. [...] Depois de desnudar essas estátuas da maneira descrita, [o imperador] mandou buscar as feitas de bronze. E então os deuses dos velhos mitos foram arrastados [pela cidade] como escravos em correntes. [...] EUSÉBIO DE CESAREIA, *VIDA DE CONSTANTINO*, III, 54, 4-7.

O ASTRÓLOGO QUE SABIA DEMAIS

Sempre que ele [o imperador Tibério] buscava conselhos nesses temas [astrológicos], preferia fazê-lo em uma casa que ficava no alto da colina, acompanhado de um seu liberto, homem rude e de muita força. Esse liberto andava à frente do astrólogo cujos conhecimentos Tibério procurava antes testar, ao longo de um caminho perigoso por entre as rochas. Se ele tivesse alguma suspeita de fraude ou traição, no caminho de volta fazia sinal ao liberto para que atirasse o homem ao mar, para que ninguém viesse a saber de seus segredos. Um dia, caminhando com Trasilo pelos mesmos penhascos, Tibério, vivamente impressionado por seus conhecimentos astrológicos e pelos pormenores que ele lhe revelara sobre seu futuro, perguntou-lhe se ele havia feito o próprio horóscopo para aquele dia em particular. Trasilo parou e examinou seus cálculos e as posições das estrelas. Ficou em silêncio um momento e tremeu; quanto mais observava Tibério e seu liberto, mais se enchia de terror, até que finalmente disse que, segundo sua ciência, aquele era um dia muito perigoso para si, e que uma crise fatal se lhe avizinhava. Tibério então o abraçou e o congratulou por sua perícia, assegurando-lhe porém de que estava em segurança. TÁCITO, *ANAIS*, VI, 21.

O TRATAMENTO DA LEPRA DO REI

Quando os reis [do Egito] eram infectados [de lepra], a mortandade entre os súditos era grande, pois para o tratamento do rei era necessário encher várias banheiras com sangue fresco. PLÍNIO, O VELHO, *HISTÓRIA NATURAL*, XXVI, V, 8.

VISÃO DA ALMA

Temos conosco estes dias uma irmã que foi agraciada com o carisma da profecia, que ela recebe em meio a êxtases espirituais no ponto solene da missa dominical; ela fala com os anjos, às vezes também com o Senhor, vê e ouve mistérios, revela o oculto no coração de alguns e indica remédios para quem tem necessidade. [...]

Havíamos discutido algo que já não recordo sobre a alma, quando essa irmã foi transportada em espírito. Terminada a missa, quando já tínhamos despedido o povo — o momento em que ela costuma nos revelar o que viu [...] — ela disse: — Entre outras coisas, vi a alma de maneira corpórea, e parecia um sopro, não porém de modo etéreo e vácuo, mas como se eu pudesse tocá-la, delicada e brilhante, de uma cor celeste, e sua forma era toda humana. Essa foi minha visão. TERTULIANO, *SOBRE A ALMA*, IX, 4.

 241

O GÊNIO DE PLOTINO

Entre os que faziam profissão da filosofia em Roma havia um Olímpio, alexandrino, que por um tempo fora discípulo de Amônio. A inveja desse homem revelava-se numa insolência contínua; por fim ele se tornou tão amargo que ousou aventurar-se na feitiçaria, tentando destruir Plotino com o uso de encantamentos astrais. Mas seus experimentos voltavam-se contra si mesmo; ele confessou a seus comparsas que Plotino tinha uma alma tão poderosa que era capaz de rebater quaisquer ataques que se tentassem contra sua saúde. Plotino, porém, podia sentir quando Olímpio tentava esses sortilégios, e dizia, por exemplo: — Neste momento, Olímpio sente uma convulsão nos membros e um tremor no corpo todo. — Olímpio, tendo por fim percebido que apenas ele próprio corria riscos com essas tentativas, desistiu delas.

De fato, Plotino possuía de nascimento dons mais elevados do que o comum dos homens. Um sacerdote egípcio veio certa vez a Roma e, por meio de um amigo comum, foi apresentado ao filósofo, a quem ele quis dar mostras de seus poderes. Ofereceu-se para evocar uma manifestação visível do espírito guardião de Plotino, que assentiu prontamente. O ritual foi feito no Templo de Ísis — o único lugar que o egípcio considerou puro em Roma, segundo dizem. Com as evocações, uma divindade apareceu. Não se tratava de um espírito, e o sacerdote exclamou: — Tu desfrutas de uma graça única; o gênio dentro de ti não é um espírito de nível inferior, mas um deus! — Contudo, não foi possível admirar esse deus ou interrogá-lo por muito tempo, pois o assistente do sacerdote, que no ritual estava encarregado de segurar nas mãos as aves sagradas, para que não voassem, matou-as por estrangulamento, fosse por inveja ou terror.

Assim, pois, Plotino tinha por espírito guardião um ser de natureza divina, a quem ele procurava sempre honrar. Foi essa preocupação que o levou a escrever o tratado *Sobre os Espíritos Tutelares*, que esclarece as diferenças entre esses seres.

Amélio observava com diligência as obrigações religiosas dos dias de lua cheia e outros dias sagrados; uma vez convidou Plotino a juntar-se a uma dessas celebrações. Plotino recusou-se, dizendo: — As divindades devem vir ter comigo, e não o contrário. PORFÍRIO, *VIDA DE PLOTINO*, X.

RECOMPENSA E CASTIGO

Públio Sulpício tentou esconder-se numa vila, mas, com informações reveladas por seu escravo, conseguiram achá-lo e matá-lo. Porque esse escravo ajudara a encontrar Sulpício, recebeu a liberdade que se lhe prometera, mas logo em seguida foi atirado da rocha Tarpeia, como punição por ter traído seu senhor. TITO LÍVIO, *SUMÁRIOS DA HISTÓRIA DE ROMA*, 77.

O SACERDOTE ASSASSINO

Há um elemento bárbaro [nos rituais realizados no Bosque de Diana em Arícia, ao sul de Roma]. O sacerdote é sempre um escravo fugido que conseguiu essa posição [de sacerdote] com o assassinato de seu predecessor. Leva sempre consigo uma espada, alerta contra possíveis ataques, pronto a defender-se. ESTRABÃO, *GEOGRAFIA*, V, 3, 12.

A JUSTIÇA DE GALIENO

Em outra ocasião, quando um homem vendeu à sua esposa [do imperador Galieno] joias de vidro como se fossem verdadeiras, e ela, descobrindo a fraude, pediu que ele fosse punido, Galieno ordenou que o vendedor fosse arrastado para a arena, como se faz com os condenados aos leões, mas da jaula saiu um galo capão. Estando todos espantados com essa procedimento absurdo, ele ordenou que o arauto proclamasse: — Ele praticou o engano e [como punição] foi também enganado. — Então mandou que o libertassem. *HISTÓRIA AUGUSTA* [TREBELO POLIÃO], "OS DOIS GALIENOS", XII, 5.

A CADEIRA DO JUÍZO

Sisâmenes (...) era um dos juízes reais, e, tendo sido subornado para proferir um julgamento injusto, o rei Cambises, como punição, cortou-lhe a garganta e arrancou-lhe toda a pele; depois cortou a pele em tiras e com elas cobriu o assento onde Sisâmenes costumava sentar-se para proferir seus julgamentos. Depois de fazer isso, Cambises nomeou o filho do morto como juiz em seu lugar, advertindo-o a ter sempre em mente a matéria do trono em que estava sentado. HERÓDOTO, *HISTÓRIAS*, 5.25.

OS NOMES DIVINOS

Diz ele [Celso]: "Esses guardadores de cabras e ovelhas acreditaram num só Deus Altíssimo, Adonai, Urano, Sabaoth, ou qualquer outro nome que eles gostam de dar a este mundo, e só sabem fazer isso". Em seguida, acrescenta: "Não importa absolutamente que o Deus supremo seja chamado Zeus como acontece entre os gregos, ou tenha qualquer outro nome, como entre os indianos ou os egípcios". Devemos responder que este assunto diz respeito à questão profunda e misteriosa da natureza dos nomes. Serão acaso convencionais, como acredita Aristóteles? Ou, conforme a opinião dos estoicos, são tirados da natureza, em que os primeiros vocábulos imitam os objetos que estão na origem dos nomes — visão segundo a qual eles propõem certos princípios de etimologia? Ou então, conforme a doutrina de Epicuro, (divergindo do Pórtico), os nomes existem naturalmente, e os primeiros homens emitem vocábulos adequados às coisas?

Se pudéssemos, na presente questão, estabelecer a natureza dos nomes "eficazes", alguns dos quais são usados pelos sábios do Egito, pelos doutos entre os magos da Pérsia, pelos brâmanes ou samaneus entre os filósofos da Índia, e assim por diante em cada povo; se fôssemos capazes de provar que aquilo que chamamos magia não é, como pensam os discípulos de Epicuro e Aristóteles, uma prática de todo incoerente, mas, como demonstram os peritos nesta arte, um sistema coerente, cujos princípios são conhecidos de poucos: diríamos que os nomes Sabaoth, Adonai e todos os outros transmitidos entre os hebreus com grande veneração não são dados segundo realidades comuns ou criadas, mas conforme uma misteriosa ciência divina que é atribuída ao Criador do universo. Por essa razão, esses nomes têm efeito quando os expressamos numa conexão particular que os entrelaça, como igualmente outros nomes pronunciados em língua egípcia com relação a certos demônios que têm efeito em determinada esfera, ou outros em dialeto persa com relação a outros poderes, e em cada povo.

[...]

Devemos acrescentar à teoria dos nomes o que os peritos relatam na prática dos encantamentos: pronunciar o encantamento em seu próprio dialeto é realizar o que o encantamento promete; traduzir o mesmo encantamento em qualquer outra língua é vê-la sem vigor e sem efeito. Desta forma, não são os significados das coisas que o nome designa, e sim as qualidades e as propriedades dos sons que têm certo poder de fazer isso ou aquilo. Assim justificaremos por considerações desse gênero o fato de os cristãos lutarem até a morte para evitarem dar a Deus o nome de Zeus, ou o nome em outro dialeto. ORÍGENES, *CONTRA CELSO*, I, 24-25.

UM ANIMAL QUEIXA-SE AO DEUS

Se de repente um novilho ou qualquer destes animais, enquanto é arrastado para o sacrifício a fim de mitigar a cólera dos numes, adquirisse voz humana, assim falaria: — Mas então, ó Júpiter ou qualquer outro deus que tu sejas, parece-te coisa humana e correta, coisa que, de qualquer modo se possa julgar justa, que outro tenha cometido um delito e deva eu ser morto? e que tu concordes em que te sentires satisfeito com o meu sangue, quando eu jamais te ofendi, jamais lesei, consciente ou inconscientemente, a tua divina majestade, sendo eu, como tu bem sabes, um animal mudo, dotado de instintos elementares, sem a distração de um caráter variável e multiforme? Algum dia eu jurei falso em teu nome? Algum dia roubei ou espoliei com sacrílego furto os tesouros dos teus templos? Algum dia abati um bosque sagrado? Algum dia violei e profanei, com construções particulares, um lugar consagrado? E então, por qual motivo o delito de um outro deve ser lavado com o meu sangue? Por que, por uma infâmia à qual eu sou estranho, deve ser sacrificada a minha vida inocente? Talvez porque sou um animal vil, sem razão, sem sentimento, como dizem aqueles que se chamam homens mas que, em crueldade, superam todas as feras? ARNÓBIO, *CONTRA OS GENTIOS*, VII, 9, 1-3. TRADUÇÃO DE G. D. LEONI.

JOGOS DE AZAR

Por algum tempo os lídios lograram manter seu estilo de vida. Contudo, como a carestia persistisse, passaram a buscar novos remédios, uns imaginando uma coisa, outros, uma outra. Foi então que entre eles se criaram os jogos de dados, o dos ossinhos, os de bola e os outros tipos de jogos — exceto o de damas, cuja invenção os lídios não reivindicam. Do seguinte modo eles usaram essas invenções contra a fome: todos jogavam dia sim, dia não, para distrair-se da fome enquanto jogavam. Assim suportaram a adversidade por dezoito anos. Contudo, ao final desse período, tendo a carestia se tornado ainda pior, o rei decidiu dividir ao azar toda a população em dois grupos, um destinado a ficar, outro a deixar o país. HERÓDOTO, *HISTÓRIAS*, I, 94.

SONHOS FALSOS E VERDADEIROS

Do Sono há dois portões: saída, afirmam,
O córneo facilita às veras sombras;
Do que é de alvo marfim, terso e nitente,
Mandam falsas visões à luz os Manes.

PÚBLIO VIRGÍLIO MARÃO, *ENEIDA*, VI, 931-934. TRADUÇÃO DE MANUEL ODORICO MENDES.

O POETA LOUCO

Reconheça-se aos poetas o direito de morrer a seu gosto; salvar alguém contra sua vontade é o mesmo que matá-lo. Não é a primeira vez que ele faz isso; tirado fora, não se tornará logo um homem, não deixará o desejo de uma morte famosa. Não é bastante clara a razão por que verseja: se foi por ter urinado nas cinzas do pai, ou por ter profanado com uma ação impura o sinistro lugar onde caiu um raio. Não há dúvida que enlouqueceu e, como um urso que logrou quebrar as barras da jaula, esse declamador molesto afugenta o sábio e o ignorante; e quando agarra algum, não o larga, mata-o lendo, sanguessuga que só farta de sangue se despega da pele.

HORÁCIO, *ARTE POÉTICA*, 466-476. TRADUÇÃO DE JAIME BRUNA (CEDIDO GRACIOSAMENTE PELA EDITORA CULTRIX).

LIÇÃO MACABRA (O MARTÍRIO DE CASSIANO)

— Levai o prisioneiro — ele gritou — e deixai que seus próprios alunos manejem o açoite! Que façam com ele o que quiserem, que o dilacerem sem receio de punição, que maculem suas mãos com a carne do mestre. Ser-me-á um prazer ver esse professor severo servir ele próprio de joguete aos alunos que ele tantas vezes castigou.

Despiram-no então e lhe amarraram as mãos às costas. O bando de alunos aguardava, cada um com seu estilo pontiagudo. Ele inflama neles todo o ódio que cada qual havia guardado com rancor secreto, dizendo que agora finalmente eles podem dar rédea solta a sua cólera. Uns o lancetam no rosto, outros arrebentam nele suas tabuinhas de cera; a madeira lhe fere a cabeça e voa por toda parte em estilhaços. As caixinhas de cera se espatifam nas faces sangrentas, os golpes repetidos destroçam as páginas. [...] Muitos outros miram contra ele as picadas de suas pontas de ferro — eles se servem tanto daquela parte do estilo com a qual se escreve sobre a cera como daquela achatada, que se usa para apagar o escrito; com a primeira, eles perfuram as carnes do confessor de Cristo; com a segunda, cortam-lhe a pele. [...] Duzentas mãos furam todos os seus membros, e ao mesmo tempo as feridas estilam um número igual de gotas de sangue. O menino que nada fazia além de lhe picar a epiderme era carrasco ainda mais cruel do que aquele que buscava cortar mais fundo nas entranhas — pois aquele que feria mais ligeiramente, recusando a morte ao mártir, sabia fazê-lo sofrer com essas picadas dolorosas, ao passo que o outro, ferindo órgãos internos, mais o aliviava, por apressar seu desfalecimento.

— Sede enérgicos, eu vos peço — que vossa força triunfe sobre vossos anos. O que a idade vos nega, que a crueldade o alcance!

Mas os meninos, tão jovens e ainda pouco fortes, cansam-se de seus esforços descoordenados, de maneira que o suplício aumenta com a imperícia do carrasco. — Por que te lamentas, mestre? — grita um deles. — Tu próprio nos deste esses ferrinhos e armaste nossas mãos. Agora te devolvemos as tantas notas que, de pé e chorando, tomamos sob teu ditado. Não te deves vexar de que tenhamos gosto de escrever — tu mesmo nos dizia para exercitarmos sem fadiga nosso estilo! Não mais te pedimos o descanso que tantas vezes nos recusaste quando nos ensinavas, professor mesquinho! Agrada-nos agora marcar os pontos, riscar as linhas, fazer as ligaduras entre um traço e outro. Podes examinar e corrigir essa nossa longa tarefa, a ver se alguma mão descuidada cometeu algum deslize! Faz uso de tua autoridade — tens o direito de punir a falta, se algum de teus alunos teve pouca energia ao escrever em teu corpo. PRUDÊNCIO, *O LIVRO DAS COROAS*, IX, "PAIXÃO DE SÃO CASSIANO DE FÓRUM CORNELII", 37-82.

PRESSENTIMENTO FUNESTO

Nesse momento, Palas Atena, perturbando a razão dos pretendentes [à mão de Penélope], fê-los soltar uma longa gargalhada. Riam com mandíbulas soltas, devorando pedaços de carne de que pingava o sangue; tinham os olhos marejados de lágrimas, e, por tristeza, alguns soluçavam.

Então, Teoclímeno, de aspecto sombrio, disse: "Infelizes, que mal é esse que sofreis? A noite envolveu vossas cabeças, vossos rostos, vossos joelhos; um gemido ressoou; vossas faces se banham de lágrimas; o sangue escorre nas paredes e nos belos intercolúnios. O vestíbulo regurgita de fantasmas, como cheio está o pátio de sombras que avançam para as negras profundidades do Érebo; o sol desapareceu do céu e um nevoeiro de morte nos envolve".

Disse, e todos acolheram suas palavras com estridente gargalhada.

HOMERO, *ODISSEIA*, XX, 351-358.

Sinus· magnus·
satiro
Catiga
ra·

arabicus
noto
tus.
macaria
malachi
sinus aulit
ba re gia
aqua
cobula
Rubeu mare
sinus Adulicus
elefas
mons
flu
asta
bora
flu.
elefas mos
ar o mata
mont
colona palus
gar ba ta mons
mascha mons
rapius
nili
Sinus Ba

FONTES BIBLIOGRÁFICAS

63 - Aulo Gélio, *Noites Áticas*, XV, 7, 1-2. Aullus Gelius, *Noctes Atticae*, XV, 1-2.

ABRAÇO DE FERRO, O - Políbio 13, 7.

ACADÊMICOS E OS PIRRONIANOS, OS - Aulo Gélio, *Noites Áticas*, XI, 5, 8. Aullus Gelius, *Noctes Atticae*, XI, 5, 8.

ADÃO NÃO PODIA DAR-SE UM NOME - Filo de Alexandria, *Tratado das Alegorias*, I, XXIX, 90-I, XXX, 92. Philo Judaeus, *Legum Allegoriarum Libri*, I, XXIX, 90-I, XXX, 92.

ADMIRADOS DE DIÔGENES, O CÍNICO - Diôgenes Laêrtios, *Vidas e Doutrinas dos Filósofos Ilustres*, VI, II, 29. (Tradução do grego, introdução e notas de Mário da Gama Kury. 2a ed., reimpressão. Brasília, Editora Universidade de Brasília, 2014, p. 159.) Diôgenes Laertius, *Vitae Philosophorum*, VI, II, 29.

AGULHAS ENVENENADAS, AS - Dio Cássio, Epítome do livro LXVII (11, 6).

AINDA O CIÚME DE PASÍFAE - Ovídio, *A Arte de Amar*, I, 313-322. (Tradução de Marcelo Cid.) Publius Ovidius Naso, *Ars Amatoria*, I, 313-322.

ALEXANDRE FAZ O TEMPO VOLTAR - Plutarco, *Vida de Alexandre*, 25. Plutarchus, *Alexander*, 25.

ALGEMAS DE OURO - Heródoto, *História*, III, 23. Herodotus, *Historiae*, III, 23. Ambrosius Macrobius Theodosius, *Saturnalia*, II, 4, 29-30.

ALIMENTO DE SÍSIFO, O - Plutarco, *Vida de Antonius*, 45, 6. Plutarchus, *Antonius*, 45, 6.

ALMA EPICURISTA, A - Epicuro, *Carta a Heródoto*, 63-67. Epicurus, *Epistula ad Herodotum*, 63-67.

ALMA VAGANTE, A - Tertuliano, *Sobre a Alma*, XIV, 1. Quintus Septimus Tertullianus, *De Anima*, XIV, 1.

ALMAS ESCOLHEM SUA PRÓXIMA VIDA, AS - Platão, *A República*, X, 620a-621a. Plato, *Respublica*, X, 620a-621a.

ALMAS QUEREM VAGAR, AS - Sêneca, *Consolação a Minha Mãe Hélvia*, VI, 6. (Tradução de G. D. Leoni. In: Epicuro, 342 ou 1-217 ou 70 a.C. *Antologia de Textos* /Epicuro, *Da Natureza* / Tito Lucrécio Caro, *Da República* / Marco Túlio Cícero, *Consolação a Minha Mãe Hélvia*; *Da Tranqüilidade da Alma*; *Medeia*, *Apocoloquintose do Divino Cláudio* / Lúcio Aneu Sêneca, *Meditações* / Marco Aurélio, Traduções e notas de Agostinho da Silva, Amador Cisneiros, Giulio Davide Leoni, Jaime Bruna. Estudos Introdutórios E. Joyau e G. Ribbeck/ São Paulo, Nova Cultural, 1985 (Col. *Os Pensadores*), 1985. Lucius Annaeus Seneca Iunior, *Dialogi*, XII, *Ad Helviam Matrem de Consolatione*, VI, 6.

AMANTE DE CERA, O - Higino, *Fábulas*, 103, "Protesilau" e 104, "Laudamia". Hyginus, *Fabulae*, 103, "Protesilaus" e 104, "Laodamia".

AMOR BEBIDO, O - *Poemas à Maneira de Anacreonte* 6 (Campbell/ Page. Campbell, *Greek Lyric*. Edited and translated by D. A. Campbell. Vol. II, *Anacreon, Anacreontea, Early Choral Lyric*. Cambridge, Massachussetts, 2006). Anacreontea, 6 (Campbell/ Page).

ANDRÓGINOS, OS - Platão, *O Banquete*, 189d-192a. Plato, *Symposium*, 189d-192a.

ANEL DE GIGES, O - Platão, *A República*, II, 359a-360a. Plato, *Respublica*, II, 359a-360a.

ANTROPOLOGIA FANTÁSTICA - Plínio, o Velho, *História Natural*, IV, 12, 89-91. Caius Plinius Secundus, *Naturalis Historia*, IV, 12, 89-91; p. 153: IV, 13, 95; p. 154: V, 8, 45-46; p. 154: V, 15, 73; p. 154: VI, 35, 192; p. 154: VII, 2, 25; p. 154: VII, 2, 24-25; p. 154: VII, 2, 26.

AO TOPAR COM A AUTORIDADE - Valério Máximo, *Feitos e Ditos Memoráveis*, VIII, 5, 6. Valerius Maximus, *Facta et Dicta Memorabilia*, VIII, 5, 6.

APOCRIFIA DE DIONÍSIOS - Diôgenes Laêrtios, *Vidas e Doutrinas dos Filósofos Ilustres*, V, VI, 92. (Tradução do grego, introdução e notas de Mário da Gama Kury. 2a ed., reimpressão. Brasília, Editora Universidade de Brasília, 2014, pp. 150-151.) Diogenes Laertius, *Vitae Philosophorum*, V, "Ἀριστοτέλης", VI, 92.

APOLÔNIO E A LÂMIA - Filóstrato, *Vida de Apolônio de Tiana*, IV, 25. Flavius Philostratus Sophista, *Vita Apollonii*, IV, 25.

APOLÔNIO E O DOM DE ESOPO - Filóstrato, *Vida de Apolônio de Tiana*, V, 15. Flavius Philostratus Sophista, *Vita Apollonii*, V, 15.

APOLÔNIO E O LEÃO - Filóstrato, *Vida de Apolônio de Tiana*, V, 42. Flavius Philostratus Sophista, *Vita Apollonii*, V, 42.

APRENDIZ DE FEITICEIRO, O - Luciano de Samósata, *O Mentiroso ou o Incrédulo*, 33-36. Lucianus Sophista, *Philopseudes sive Incredulus*, 33-36.

ARANHA NO CENTRO DA TEIA, A - Heráclito de Éfeso, *Fragmento 67a*, 1-10. (*Die Fragmente der Vorsokratiker*, vol. 1; ed. H. Diels et W. Kranz. Berlin, Weidmann, 1951, repr. 1966.) Heraclitus, *Fragmentum 67a*, 1-10.

ARCA DE DEUCALIÃO, A - Apolodoro, *Biblioteca*, I, 46. Pseudo-Apolodorus Mythographus, *Bibliotheca*, I, 46.

ARCESÍLAOS, O CÉTICO - Diôgenes Laêrtios, *Vidas e Doutrinas dos Filósofos Ilustres*, IV, VI, 32. (Tradução do grego, introdução e notas de Mário da Gama Kury. 2a ed., reimpressão. Brasília, Editora Universidade de Brasília, 2014, p. 119.) Diogenes Laertius, *Vitae Philosophorum*, IV, "Σπεύσιππος", VI, 32.

ARISTÓTELES, *CONNOISSEUR* DE HOMENS - Aulo Gélio, *Noites Áticas*, XIII, 5. Aullus Gelius, *Noctes Atticae*, XIII, 5.

ASILO INVIOLÁVEL, O - Polieno, *Estratagemas*, VIII, 51. Polyaenus, *Strategemata*, VIII, 51.

ASTRÓLOGO QUE SABIA DEMAIS, O - Tácito, *Anais*, VI, 21. Cornelius Tacitus, *Annales*, VI, 21.

AUDIÊNCIA DE NERO, A - Suetônio, *Vida dos Doze Césares*, VI, "Nero", 23. Caius Suetonius Tranquillus, *De Vita Caesarum*, VI, "Nero", 23.

AUGUSTO VÊ ALEXANDRE - Suetônio, *Vida dos Doze Césares*, II, "Otávio Augusto", 18. Caius Suetonius Tranquillus, *De Vita Caesarum*, "Divus Augustus", 18.

BELEZA E MORTE - Heródoto, *História*, I, 8-12. Herodotus, *Historiae*, I, 8-12. Caius Plinius Secundus, *Naturalis Historia*, VIII, 3, 6.

BIBLIOTECA VIVA, A - Sêneca, *Cartas a Lucílio*, III, 27, 5-7. (Lúcio Aneu Sêneca, *Cartas a Lucílio*. Tradução, prefácio e notas de J. A. Segurado e Campos. Lisboa, Fundação Calouste Gulbenkian. Serviço de Educação, 1991, p. 103.) Lucius Annaeus Seneca Iunior, *Epistulae Morales ad Lucilium*, III, 27, 5-7.

BRINCOS DE CLEÓPATRA, OS – Plínio, o Velho, *História Natural*, IX, 58, 119-121. Caius Plinius Secundus, *Naturalis Historia*, IX, 58, 119-121.

CADEIRA DO JUÍZO, A - Heródoto, *Histórias*, 5.25.

CALÍGULA LAMENTA A FALTA DE DESGRAÇAS - Suetônio, *Vida dos Doze Césares*, IV, "Calígula", 31. Caius Suetonius Tranquillus, *De Vita Caesarum*, "Caius Caligula", 31.

CALVÍCIE DE CÉSAR, A - Suetônio, *Vida dos Doze Césares*, I, "Caio Júlio César", 45. Caius Suetonius Tranquillus, *De Vita Caesarum*, I, "Divus Iulius", 45.

CARTA DE ULISSES À NINFA CALIPSO - Luciano de Samósata, *História Verdadeira*, II, 35. Lucianus Sophista, *Verae Historiae*. II, 35.

CASA MAL-ASSOMBRADA, A - Luciano de Samósata, *O Mentiroso ou o Incrédulo*, 30-32. Lucianus Sophista, *Philopseudes sive Incredulus*, 30-32.

CAVALO DE DARIO, O - Heródoto, *História*, III, 84-86. Herodotus, *Historiae*, III, 84-86.

CAVALO MALDITO, O - Aulo Gélio, *Noites Áticas*, III, 9. Aullus Gelius, *Noctes Atticae*, III, 9.

CEIA DE AMÍLCAR, A - Valério Máximo, *Feitos e Ditos Memoráveis*, I, 7 (ext), 8. Valerius Maximus, *Facta et Dicta Memorabilia*, I, 7 (ext), 8.

CEIA NEGRA, A - Dio Cássio, epítome do livro LXVII (6-9).

CEM ANOS DE PERDÃO - Aulo Gélio, *Noites Áticas*, XII, 7. Aullus Gelius, *Noctes Atticae*, XII, 7.

CÉSAR ENTRE OS PIRATAS - Plutarco, *Vida de César*, 1-2. Plutarchus, *Caesar*, 1-2.

CHUVA DE PEIXES E PRAGA DE SAPOS - Ateneu de Náucratis, *O Banquete dos Sábios*, VIII, 6 Athenaeus Sophista, *Deipnosophistae*, VIII, 6.

CIDADES DA LUA, AS - Cícero, *Acadêmicas*, II, 39, 123. Marcus Tullius Cicero, *Academica*, II, 39, 123.

CINCO MINAS POR CABEÇA - Ateneu de Náucratis, *O Banquete dos Sábios*, V, 40. Athenaeus Sophista, *Deipnosophistae*, V, 40.

CIÚME DE PASÍFAE, O - Apolodoro, *Biblioteca*, III, 197. Pseudo-Apolodorus Mythographus, *Bibliotheca*, III, 197.

COINCIDÊNCIAS - Plutarco, *Vida de Sertório*, 1. Plutarchus, *Sertorius*, 1.

COLOSSO DE MÊMNON, O - Calístrato, Descrições, 9

COMER UM LIVRO - Artemidoro, *Onirocrítica*, II, 45. Artemidorus, *Onirocriticon*, II, 45.

COMO ARISTÓTELES TORNOU-SE FILÓSOFO - Eliano, o Sofista, *Histórias Diversas*, V, 9. (Tradução de Marcelo Cid.) Claudius Aelianus, *Varia Historia*, V, 9.

COMO COMPREENDER DEUS - Anônimo, *Corpus Hermeticum*, XI, 20. *Corpus Hermeticum*, XI, 20.

COMO GARANTIR O RESPEITO ÀS LEIS - Eliano, o Sofista, *Histórias Diversas*, II, 15. (Tradução de Marcelo Cid.) Claudius Aelianus, *Varia Historia*, II, 15.

COMO OS EGÍPCIOS REPRESENTAVAM SEUS DEUSES - Sinésio de Cirene, *Elogio da Calvície*, 10. Synesius Philosophus, *Calvitii Encomium*, 10.

COMO OS PERSAS DECIDEM SOBRE TEMAS SÉRIOS - Ateneu de Náucratis, *O Banquete dos Sábios*, V, 23. Athenaeus Sophista, *Deipnosophistae*, V, 23.

COMO SEDUZIR UM DEUS - Macróbio, *Saturnais*, III, 9, 7-8. Ambrosius Macrobius Theodosius, *Saturnalia*, III, 9, 7-8.

COMO SURGIRAM OS ÍDOLOS - Fulgêncio, *Mitologias*, I, 1. Fabius Planciades Fulgentius, *Mitologiae*, I, 1.

CONTRA A GUARDA DO SÉTIMO DIA - Filo de Alexandria, *Sobre os Sonhos Inspirados por Deus*, II, XVIII, 123-129. Philo Judaeus, *De Somniis*, II, XVIII, 123-129.

CONVERSA DE APOLÔNIO COM AQUILES - Filóstrato, *Vida de Apolônio de Tiana*, IV, 16. Flavius Philostratus Sophista, *Vita Apollonii*, IV, 16.

CONVERSA ENTRE APOLÔNIO E IARCAS SOBRE VIDAS PASSADAS - Filóstrato, *Vida de Apolônio de Tiana*, III, 19-22. Flavius Philostratus Sophista, *Vita Apollonii*, III, 19-22.

CORTA-CABELOS, O - Plínio, o Jovem, *Cartas*, VII, 27, 1 e 12-16. Caius Plinius Caecilius Secundus, *Epistulae*, VII, 27, 1 e 12-16.

CORTESÃ DOS SONHOS, A - Plutarco, *Vida de Demétrio*, 27. Plutarchus, *Demetrius*, 27.

CRIAÇÃO DO HOMEM E DE OUTROS SERES VIVOS, A - Alcino, *Manual do Platonismo*, XVI, 1-2. Alcinus, *Epitome Doctrinae Platonicae* sive Διδασκαλικός [Didaskalikós], XVI, 1-2.

CRIANÇA CONDENADA À MORTE... E UM NASCITURO POUPADO - Eliano, o Sofista, *Histórias Diversas*, V, 16 e V, 18. (Tradução de Marcelo Cid.) Claudius Aelianus, *Varia Historia*, V, 16 e V, 18.

CRIANÇAS E MACACOS - Galeno, *Dos Procedimentos a Seguir na Dissecação*, III, 5, 386. Galenus, *De Anatomicis Administrationibus*, III, 5, 386.

DAFNITES CAI DO CAVALO - Valério Máximo, *Feitos e Ditos Memoráveis*, I, 8 (ext), 8. Valerius Maximus, *Facta et Dicta Memorabilia*, I, 8 (ext), 8.

DÁIMONS, OS - Anônimo, *Corpus Hermeticum*. *Corpus Hermeticum*.

DA PLURALIDADE DOS MUNDOS - Cícero, *Acadêmicas*, II, 40, 125. Marcus Tullius Cicero, *Academica*, II, 40, 125.

DA POLISSEMIA DOS SONHOS - Artemidoro, *Onirocrítica*, IV, 27. Artemidorus, *Onirocriticon*, IV, 27.

DA TERRA FEZ-SE O HOMEM - Higino, *Fábulas*, 220, "Cautela". Hyginus, *Fabulae* 220, "Cura".

DA VAIDADE DA ASTROLOGIA - Aulo Gélio, *Noites Áticas*, XIV, 1, 24 Aullus Gelius, *Noctes Atticae*, XIV, 1, 24.

DÉCIMO TERCEIRO TRABALHO DE HÉRCULES, O - Pausânias, *Descrição da Grécia*, IX, 27, 6. Pausanias, *Graeciae Descriptio*, IX, 27, 6.

DEDÃO DE PIRRO, O - Plínio, o Velho, *História Natural*, VII, 2, 20. Caius Plinius Secundus, *Naturalis Historia*, VII, 2, 20.

DEMÓCRITO ESCOLHE A CEGUEIRA PARA VER A VERDADE - Aulo Gélio, *Noites Áticas*, X, 17. Aullus Gelius, *Noctes Atticae*, X, 17.

DENTE DO GIGANTE, O - Santo Agostinho, *Cidade de Deus*, XV, 9. Sanctus Aurelius Augustinus, *De Civitate Dei*, XV, 9.

DESTINO DOS ASSASSINOS DE CÉSAR, O - Suetônio, *Vida dos Doze Césares*, I, "Caio Júlio César", 89. Caius Suetonius Tranquillus, *De Vita Caesarum*, "Divus Iulius", 89.

DESTINO NUM FIO DE CABELO, O - Higino, *Fábulas*, 198, "Niso". Hyginus, *Fabulae*, 198, "Nisus".

DEUS DOS PÁSSAROS, O - Eliano, o Sofista, *Histórias Diversas*, XIV, 30. (Tradução de Marcelo Cid.) Claudius Aelianus, *Varia Historia*, XIV, 30.

DEUSA NA MOEDA, A - Eliano, "Da Providência".

DEUSA TRÍPLICE, A - Sérvio, *Comentários à Eneida*, IV, 511. Maurus Servius Honoratus, *In Vergilii Aeneidos Libros Commentarii*, IV, 511.

DEUSES ACORRENTADOS, OS - Eusébio de Cesareia, *Vida de Constantino*, III, 54, 4-7. Eusebius, *Vita Constantini*, III, 54, 4-7.

DEUSES, OS - Tales de Mileto, *Fragmento* 3 (Diels-Kranz). Thales Philosophus, *Fragmentum* 3. (*Die Fragmente der Vorsokratiker*, vol. 1; ed. H. Diels et W. Kranz. Berlin, Weidmann, 1951, repr. 1966.)

DIÁLOGO DAS SOMBRAS DE DIÔGENES E HÉRCULES, NO HADES - Luciano de Samósata, *Diálogo dos Mortos*, XVI. Lucianus Sophista, *Dialogi Mortuorum*, XVI.

DIÁLOGO SOBRE A VACUIDADE DA BELEZA - Luciano de Samósata, *Diálogo dos Mortos*, XVIII. Lucianus Sophista, *Dialogi Mortuorum*, XVIII.

DINHEIRO NÃO SE COME - Valério Máximo, *Feitos e Ditos Memoráveis*, VII, 6, 3. Valerius Maximus, *Facta et Dicta Memorabilia*, VII, 6, 3.

DIÔGENES E A FILOSOFIA - Diôgenes Laêrtios, *Vidas e Doutrinas dos Filósofos Ilustres*, VI, II, 64. (Tradução do grego, introdução e notas de Mário da Gama Kury. 2a ed., reimpressão. Brasília, Editora Universidade de Brasília, 2014, p. 168.) Diogenes Laertius, *Vitae Philosophorum*, VI, "Ἀντισθένης", II, 64.

DIÔGENES E O ATUM - Diôgenes Laêrtios, *Vidas e Doutrinas dos Filósofos Ilustres*, VI, II, 36. (Tradução do grego, introdução e notas de Mário da Gama Kury. 2a ed., reimpressão.

Brasília, Editora Universidade de Brasília, 2014, p. 161.) Diogenes Laertius, *Vitae Philosophorum*, VI, "Ἀντισθένης", II, 36.

DIÔGENES GOZA AS DESGRAÇAS CONTADAS PELOS POETAS - Eliano, o Sofista, *Histórias Diversas*, III, 29. (Tradução de Marcelo Cid.) Claudius Aelianus, *Varia Historia*, III, 29.

DOIS HÉRCULES, OS - Porfírio, *Enéadas*, I, 1, 12. Plotinus, *Enneades*, I, 1, 12.

DOS LIMITES À ONIPOTÊNCIA DIVINA - Plínio, o Velho, *História Natural*, II, 5, 26-27. Caius Plinius Secundus, *Naturalis Historia*, II, 5, 26-27.

DRUIDAS, OS - Caio Júlio César, *Comentários sobre a Guerra Gálica*, VI, 14 e 16. Caius Iulius Caesar, *Commentarii de Bello Gallico*, VI, 14; 16.

DÚVIDAS DE UM SANTO - Santo Agostinho, *Confissões*, VII, 3 e 5. (Tradução de Marcelo Cid.) Sanctus Aurelius Augustinus, *Confesssiones*, VII, 3 e 5.

...E AMEAÇA A MONTANHA - Plutarco, *Sobre a Mansidão*, 5. Plutarchus, *De Cohibenda Ira*, 5.

ELEFANTE QUE SABIA GREGO, O - Plínio, o Velho, *História Natural*, VIII, 6.

ELEFANTES DE POMPEU, OS - Plínio, o Velho, *História Natural*, VIII, 7, 21. Caius Plinius Secundus, *Naturalis Historia*, VIII, 7, 21.

ELMO DE FILIPE - Dio Cássio, IX, 9 (segundo Zonaras).

ELOQUÊNCIA DE HEGÉSIAS, A - Valério Máximo, *Feitos e Ditos Memoráveis*, VIII, 9 (ext), 3. Valerius Maximus, *Facta et Dicta Memorabilia*, VIII, 7 (ext), 3.

ÊMULO DE ZEUS, O - Apolodoro, *Biblioteca*, I, 89. Pseudo-Apolodorus Mythographus, *Bibliotheca*, I, 89.

ENAMORADO DE UMA ESTÁTUA - Pseudo-Luciano de Samósata, *Amores*, 13-17. Pseudo-Lucianus, *Amores*, 13-17.

ENCONTRO DE ZÊNON COM CRATES - Diôgenes Laêrtios, *Vidas e Doutrinas dos Filósofos Ilustres*, VII, I, 2-3. (Tradução do grego, introdução e notas de Mário da Gama Kury. 2a ed., reimpressão. Brasília, Editora Universidade de Brasília, 2014, p. 181.) Diogenes Laertius, *Vitae Philosophorum*, VII, "Ζήνων", I, 2-3.

ENDIMIÃO, O PRIMEIRO ASTRÔNOMO - Paradoxógrafos anônimos, *Sobre os Fenômenos Admiráveis*, XII, "Sobre Endimião". Página 136, linha 21. Anonymi Paradoxographi, *De Incredibilibus*, 12, Περὶ Ἐνδυμίωνος.

EPITÁFIO (APÓCRIFO) DE ASSURBANIPAL - Ateneu de Náucratis, *O Banquete dos Sábios*, VIII, 14. Athenaeus Sophista, *Deipnosophistae*, VIII, 14.

EPITÁFIO DE TÍMON, O - Anônimo, *Antologia Grega*.

ERUPÇÃO DO VESÚVIO, A - Plínio, o Jovem, *Cartas*, VI, 20 (para Tácito). Caius Plinius Caecilius Secundus, *Epistulae*, VI, 20 (Tacito).

ESOPO E O TESOURO ESCONDIDO - Anônimo, *Vida de Esopo*, 78-80 (com ligeira adaptação, para acomodar a sigla). *Vitae Aesopi*, 70-80.

ESOPO EXPLICA OS SONHOS - Anônimo, *Vida de Esopo*, 33. *Vitae Aesopi*, 33.

ESPÍRITOS PROTETORES, OS - Apuleio, *Sobre o Deus de Sócrates*, XVI. Apuleius Madaurensis, *De Deo Socratis*, XVI.

ESTÁTUA EXILADA, A - Pausânias, Descrição da Grécia, 6, 11, 6-8.

ESTÚPIDA LEALDADE - Plutarco, *Vida de Oto*, XV, 3. Plutarchus, *Otho*, XV, 3.

ETERNO RETORNO, O - Públio Virgílio Marão, *Bucólicas*, IV, 34-35. Publius Vergilius Maro, *Bucolica*, IV, 34-35.

EURÍPIDES SALVA - Plutarco, *Vida de Nícias*, XXIX, 2-3. Plutarchus, *Nicias*, XXIX, 2-3.

EXCESSO DE SORTE - Valério Máximo, *Feitos e Ditos Memoráveis*, VI, 9 (ext), 5. Valerius Maximus, *Facta et Dicta Memorabilia*, VI, 9 (ext), 5.

EXPEDIÇÕES DE ALEXANDRE - Anônimo, *O Romance de Alexandre*, II, 39. *Historia Alexandri Magni*, Recensio β, II, 39.

FALSOS NEROS, OS - Suetônio, *Vida dos Doze Césares*, VI, "Nero", 57. Caius Suetonius Tranquillus, *De Vita Caesarum*, VI, "Nero", 57. E Tácito, *Histórias*, II, VIII-IX. Cornelius Tacitus, *Historiae*, II, VIII-IX.

FAMA A QUALQUER PREÇO, A - Valério Máximo, *Feitos e Ditos Memoráveis*, VIII, 14 (ext), 4. Valerius Maximus, *Facta et Dicta Memorabilia*, VIII, 14 (ext), 4.

FANTASMA DE EURÍDICE, O - Platão, *O Banquete*, 179d. Plato, *Symposium*, 179d.

FANTASMA DE HELENA, O - Apolodoro, *Biblioteca*, Epítome, III, 3-5. Pseudo-Apolodorus Mythographus, *Bibliotheca*, Epitome, III, 3-5.

FÊNIX, A - Plínio, o Velho, *História Natural*, X, 2, 3-5. Caius Plinius Secundus, *Naturalis Historia*, X, 2, 3-5.

FICÇÃO NO SONHO, A - Artemidoro, *Onirocrítica*, I, 56. Artemidorus, *Onirocriticon* I, 56.

FILÍNION - Flégon de Trales, *O Livro das Maravilhas*, I, 1-18. Publius Aelius Phlegon, *De Mirabilibus*, I, 1-18.

FLAGELO DE HOMERO, O - Vitrúvio, *Tratado da Arquitetura*, VII (Preâmbulo), 8-9. (Tradução do latim, introdução e notas por M. Justino Maciel. Lisboa, IST Press, 2006.) Vitruvius Pollio, *De Architectura*, VII, pr. 8-9.

FOGO CURA, O - Hipócrates, *Aforismos*, VII, 87. Hippocrates et Corpus Hippocraticum, *Aphorismi*, VII, 87.

FOGO VIVO, O - Plutarco, *Questões Romanas*, 75. Plutarchus, *Quaestiones Romanae*, 75.

FOME DE ERISÍCTON, A - Ovídio, *Metamorfoses*, VIII, 738-878. Publius Ovidius Naso, *Metamorphoses*, VIII, 738-878.

FORMAÇÃO DOS ELEMENTOS, A - Alcino, *Manual do Platonismo*, 13, 1. Alcinus, *Epitome Doctrinae Platonicae* sive Διδασκαλικός [Didaskalikós], 13, 1.

FORTUNA É INCERTA, A - Eliano, o Sofista, *Histórias Diversas*, VI, 12. (Tradução de Marcelo Cid.) Claudius Aelianus, *Varia Historia*, VI, 12.

GÊNIO DE PLOTINO, O - Porfírio, *Vida de Plotino*, X. Porphyrius, *Vita Plotini*, X.

GLORIA MUNDI - Plutarco, *Vida de Alexandre*, 69 e 72. Plutarchus, *Alexander*, 69 e 72.

GRANDE MASSACRE DE CÃES, O - *História Augusta*, "Vida de Aureliano", 22. Scriptores Historiae Augustae, *Flavi Vopisci Syracusii Divus Aurelianus*, 22.

GROUS DE ÍBICUS, OS - Plutarco, *Sobre a Tagarelice e Outros Textos*, 14. (Tradução de Mariana Echalar, São Paulo, Landy Editora, 208, p. 31.) Plutarchus, *De Garrulitate*, 14. Suda, s.v. Ἴβυκος [*Íbykos*], entrada: iota 80.

HELENA NÃO ERA DA LUA - Ateneu de Náucratis, *O Banquete dos Sábios*, II, 50. Athenaeus Sophista, *Deipnosophistae*, II, 50.

HISTÓRIA DE ANA PERENA, IRMÃ DA RAINHA DIDO - Horácio-Ovídio, *Sátiras. Os Fastos.* (Traduções de Antônio Luís de Seabra e Antônio Felciciano de Castilho. Prefácio de João Batista Melo e Souza. Rio de Janeiro / São Paulo / Porto Alegre, pp. 206-211.) Publius Ovidius Naso, *Fasti*, III, 545-654.

HISTÓRIA DE ATALANTA, A - Apolodoro, *Biblioteca*, III, 105-109. Pseudo-Apolodorus Mythographus, *Bibliotheca*, III, 105-109.

HISTÓRIA DE CAMA, A - Plutarco, *Sobre a Excelência das Mulheres*, "Cama", 257 E, 5-258 C, 10. Plutarchus, *Mulierum Virtutes*, "Κάμμα", 257 E, 5-258 C, 10.

HISTÓRIA DO RAPAZ POSSUÍDO POR UM ESPÍRITO - Filóstrato, *Vida de Apolônio de Tiana*, III, 38. Flavius Philostratus Sophista, *Vita Apollonii*, III, 38.

HISTÓRIA FANTÁSTICA DE SILENO - Eliano, o Sofista, *Histórias Diversas*, III, 18. (Tradução de Marcelo Cid.) Claudius Aelianus, *Varia Historia*, III, 18.

HOMEM CHEGA PARA O BANQUETE, O - Filo de Alexandria, *Da Criação do Mundo*, XXV, 77-78. Philo Judaeus, *De Opificio Mundi*, XXV, 77-78.

HOMEM FECHA O ABISMO, O - Dio Cássio, fragmento do Livro VII (segundo Zonaras).

HOMEM VITRUVIANO, MODELO DO TEMPLO, O - Vitrúvio, *Tratado da Arquitetura*, III, 1, 3. (Tradução do latim, introdução e notas por M. Justino Maciel. Lisboa, IST Press, 2006.) Vitruvius Pollio, *De Architectura*, III, 1, 3.

HOMERO E HESÍODOS NO HADES - Diôgenes Laêrtios, *Vidas e Doutrinas dos Filósofos Ilustres*, VIII, I, 21. (Tradução do grego, introdução e notas de Mário da Gama Kury. 2a ed., reimpressão. Brasília, Editora, 2014, p. 233). Diogenes Laertius, *Vitae Philosophorum*, VIII, "Πυθαγόρας", I, 21.

IDADE DE OURO, A - Ateneu de Náucratis, *O Banquete dos Sábios*, VI, 95. Athenaeus Sophista, *Deipnosophistae*, VI, 95.

IDADE DE PLATÃO, A - Sêneca, *Cartas a Lucílio*, VI, 58, 31. (Lúcio Aneu Sêneca, *Cartas a Lucílio*. Tradução, prefácio e notas de J. A. Segurado e Campos. Lisboa, Fundação Calouste Gulbenkian. Serviço de Educação, 1991, p. 207.) Lucius Annaeus Seneca Iunior, *Epistulae Morales ad Lucilium*, VI, 58, 31.

IMORTALIDADE DO POETA, A - Horácio, *Odes*, III, 30. (Tradução de Marcelo Cid.) Quintus Horatius Flaccus, *Carmina*, III, 30.

INSPIRAÇÃO DA FONTE DE SILENO, A - Luciano de Samósata, *Dioniso*, 6-7. Lucianus Sophista, *Bacchus*, 6-7.

INTELIGÊNCIA DAS COISAS, A - Marco Aurélio, *Meditações*, VIII, 54. Marcus Aurelius Antoninus, Τὰ εἰς Ἑαυτόν, VIII, 54.

INVENÇÃO DA ESCRITA, MORTE DA MEMÓRIA, A - Platão, *Fedro*, 274c-275a. Plato, *Phaedrus*, 274c-275a.

JOGOS DE AZAR - Heródoto, *Histórias*, I, 94. Herodotus, *Historiae*, I, 94.

JURAMENTO ENTRE OS ROMANOS, O - Aulo Gélio, *Noites Áticas*, VI, 18. Aullus Gelius, *Noctes Atticae*, VI, 18.

JUSTIÇA DE GALIENO, A - *História Augusta*, [Trebelo Polião], "Os Dois Galienos", XII, 5. Scriptores Historiae Augustae. [Trebellus Pollio], *Gallieni Duo*, XII, 5.

LABIRINTO. DÉDALO, ÍCARO E PERDIX, O - Ovídio, *Metamorfoses*, VIII, 120-250. Publius Ovidius Naso, *Metamorphoses*, VIII, 120-250.

LEI DO DESTINO, A - Platão, *Fedro*, 248a-249b. Plato, *Phaedrus*, 248a-249b.

LIÇÃO DE ANATOMIA - Aulo Cornélio Celso, *Da Medicina*, "Prólogo", 23-24. Aulus Cornelius Celsus, *De Medicina*, "Prologus", 23-24.

LIÇÃO MACABRA (O MARTÍRIO DE CASSIANO) - Prudêncio, *O Livro das Coroas*, IX, "Paixão de São Cassiano de Fórum Cornelii", 37-82. Aurelius Prudentius Clemens, *Peristephanon Liber*, IX, "Passio Sancti Cassiani Forocorneliensis", 37-82.

LÍNGUA PRIMORDIAL, A - Heródoto, *História*, II, 2. Herodotus, *Historiae*, II, 2.

LINGUAGEM DOS PÁSSAROS, A - Apolodoro, *Biblioteca*, I, 96-97. Pseudo-Apolodorus Mythographus, *Bibliotheca*, I, 96-97.

LIRA DE ORFEU, A - Luciano de Samósata, *O Bibliófilo Rústico*, 11-12. Lucianus Sophista, *Adversus Indoctum et Libros Multos Ementem*, 11-12.

LIVROS SIBILINOS, OS - Aulo Gélio, *Noites Áticas*, I, 19. Aullus Gelius, *Noctes Atticae*, I, 19.

LOUCURA DE TRASILO, A - Eliano, o Sofista, *Histórias Diversas*, IV, 25. (Tradução de Marcelo Cid.) Claudius Aelianus, *Varia Historia*, IV, 25.

LOUCURA TEATRAL DE ABDERA, A - Luciano de Samósata, *Como Se Deve Escrever a História*, I. Lucianus Sophista, *Quomodo Historia Conscribenda Sit*, I.

LUXÚRIA DOS TARENTINOS, A - Ateneu de Náucratis, *O Banquete dos Sábios*, XII, 23. Athenaeus Sophista, *Deipnosophistae*, XII, 23.

MACABRO CONSELHEIRO - Eliano, o Sofista, *Histórias Diversas*, XII, 8. (Tradução de Marcelo Cid.) Claudius Aelianus, *Varia Historia*, XII, 8.

MALDITA LETRA T, A - Luciano de Samósata, *Julgamento na Corte das Vogais*, 12. Lucianus Sophista, *Lis Consonantium* (= *Judicium Vocalium*), 12.

MANIQUEU E O FIGO, O - Santo Agostinho, *Confissões*, III, 10, 1. (Tradução de Marcelo Cid.) Sanctus Aurelius Augustinus, *Confesssiones*, III, 10, 1.

MANTICORA, A - Aristóteles, *História dos Animais*, II, 1. Aristoteles, *Historia Animalium*, II, 1, 501a-501b.

MÃO DE CÉVOLA, A - Plutarco, *Vida de Publícola*, 17. Plutarchus, *Publicola*, 17.

MATÉRIA É INVISÍVEL, A - Anônimo, *Corpus Hermeticum*, IX ("Asclépio") 58. *Corpus Hermeticum*, IX, "Asclepius", 58.

MAUS NÃO EXISTEM, OS - Boécio, *A Consolação da Filosofia*, IV, 2, 33-42. Boethius, *Consolatio Philosophiae*, IV, 2, 33-42.

MENSAGEM NA CABEÇA - Aulo Gélio, *Noites Áticas*, XVII, 9, 18-27. Aullus Gelius, *Noctes Atticae*, XVII, 9, 18-27.

MERO E SELINÚNCIO - Higino, *Fábulas*, 257, "Pessoas Unidíssimas pela Amizade". Hyginus, *Fabulae*, 257, "Qui inter se Amicitia Iunctissimi Fuerunt".

MESES DE DEMÉTRIO, OS - Plutarco, *Vida de Demétrio*, 26. Plutarchus, *Demetrius*, 26.

METROCLÉS QUEIMA SUAS OBRAS - Diôgenes Laêrtios, *Vidas e Doutrinas dos Filósofos Ilustres*, VI, VI, 95. (Tradução do grego, introdução e notas de Mário da Gama Kury. 2a ed., reimpressão. Brasília, Editora Universidade de Brasília, 2014, p. 176.) Diogenes Laertius, *Vitae Philosophorum*, VI, "Ἀντισθένης", VI, 95.

MILAGRES DE VESPASIANO, OS - Tácito, *Histórias*, IV, 81. Cornelius Tacitus, *Historiae*, IV, 81.

MITO DA CAVERNA, O - Platão, *A República*, VII, 514a-517b. Plato, *Respublica*, 514a-517b.

MITO DOS HOMENS SUBTERRÂNEOS, O - Cícero, *Da Natureza dos Deuses*, II, 37, 95. Cicero, *De Natura Deorum*, II, 37, 95.

MOISÉS GOLPEIA A PEDRA DUAS VEZES - Sulpício Severo, *Crônica*, I, 21,3-7. Sulpicius Severus, *Chronica*, I, 21,3-7.

MORTE DE APOLÔNIO, A - Filóstrato, *Vida de Apolônio de Tiana*, VIII, 30. Flavius Philostratus Sophista, *Vita Apollonii*, VIII, 30.

MORTE DE HOMERO, A - Anônimo, *O Certame de Homero e Hesíodo* (século 2 d.C), 5; 11; 17. *Certamen Homeri et Hesiodi*, 5; 11; 17.

MORTE DE MELÉAGRO, A - Higino, *Fábulas*, 174, "Meléagro". Ovídio, *Metamorfoses*, VIII, 425-525. Hyginus, *Fabulae*, 174, "Meleager". Publius Ovidius Naso, *Metamorphoses*, VIII, 425-525.

MORTE DE PEREGRINO PROTEU, A - Luciano de Samósata, *A Morte de Peregrino Proteu*. Lucianus Sophista, *De Morte Peregrini*.

MORTE NO BANQUETE, A - Plutarco, *Vida de Catão*, 17. Plutarchus, *Cato*, 17.

MORTE PELA LUZ, A - Aulo Gélio, *Noites Áticas*, VII, 4, 2-4. Aullus Gelius, *Noctes Atticae*, VII, 4, 2-4.

MULHER ADÚLTERA, O ASNO E A PEDRA, A - Plutarco, *Questões Gregas*, 2, 291, F1-291, F5. Plutarchus, *Quaestiones Graecae*, II, 2, 291, F1-291, F5.

MUNDO VIVE, O - Platão, *Timeu*, 30b-33b. Plato, *Timaeus*, 30-33b.

MÚSICA DOS PLANETAS , A - Plínio, o Velho, *História Natural,* II, 20, 84. Caius Plinius Secundus, *Naturalis Historia,* II, 20, 84.

NASCIMENTO DE ALEXANDRE, O - Anônimo, *O Romance de Alexandre,* I, 12. *Historia Alexandri Magni,* Recensio β, I, 12.

NAVE DE TESEU, A - Plutarco, *Vida de Teseu,* 23. Plutarchus, *Theseus,* 23.

NERO LÊ - Plínio, o Jovem, *Cartas,* V, 5 (para Nóvio Máximo). Caius Plinius Caecilius Secundus, *Epistulae,* V, 5 (Novio Maximo).

NERO, O MAGO FRUSTRADO - Plínio, História Natural, XXX, V-VII

NERO SE DIVERTE - Tácito, *Anais,* XIII, 25. Cornelius Tacitus, *Annales,* XIII, 25.

NERO TENTA EVITAR SUA SINA - Suetônio, *Vida dos Doze Césares,* VI, "Nero", 36. Caius Suetonius Tranquillus, *De Vita Caesarum,* VI, "Nero", 36.

NO SONHO OU NA VIDA - Artemidoro, *Onirocrítica,* I, 35. Artemidorus, *Onirocriticon* I, 35.

NOME DE ROMA, O - Macróbio, *Saturnais,* III, 9, 2-5. Ambrosius Macrobius Theodosius, *Saturnalia,* III, 9, 2-5.

NOMES DIVINOS, OS - Orígenes, *Contra Celso,* I, 24-25. (Tradução de Marcelo Cid.) Origenes, *Contra Celsum,* I, 24-25.

NOVIDADE DO MUNDO, A - Tito Lucrécio Caro, *Da Natureza das Coisas,* V, 324-334. Titus Lucretius Carus, *De Rerum Natura,* V, 324-334.

NOZ ONÍRICA, A - Artemidoro, *Onirocrítica,* I, 73. Artemidorus, *Onirocriticon,* I, 73.

OBJETO ASSASSINO, O - Platão, *Leis,* IX, 873e-874a. Plato, *Leges,* IX, 873e-874a.

OFIÚSA, A - Plínio, o Velho, *História Natural,* XXIV, 102, 163. Caius Plinius Secundus, *Naturalis Historia,* XXIV, 102, 163.

O QUE ALEXANDRE PROMETEU A ARISTÓTELES - Anônimo, *O Romance de Alexandre,* I, 16. *Historia Alexandri Magni,* Recensio β, I, 16.

O QUE ERA PROIBIDO AO SACERDOTE DE JÚPITER - Aulo Gélio, *Noites Áticas,* X, 15, 1-25. Aullus Gelius, *Noctes Atticae,* X, 15, 1, 25.

O QUE FAZER COM OS CRISTÃOS - Plínio, o Jovem, *Cartas,* 10, 97 e 10, 98 (trocadas com o imperador Trajano). Caius Plinius Caecilius Secundus, *Epistulae,* 10, 97 e 10, 98.

O QUE PERMANECE - Valério Flaco, *Argonáuticas,* III, 377-384. Caius Valerius Flaccus, *Argonautica,* III, 377-384.

O QUE SÓCRATES ESCREVEU - Platão, *Carta II,* 314b-c. Plato, *Epistulae,* II, 314b-c.

ORÁCULO POLISSÊMICO, O - Apuleio, *O Asno de Ouro,* IX, 8. Apuleius Madaurensis, *Metamorphoses,* IX, 8.

OSTRACISMO DE ARISTIDES, O - Plutarco, *Vida de Aristides,* 7. Plutarchus, *Aristides,* 7.

OURO À MESA - Polieno, *Estratagemas,* VIII, 42. Polyaenus, *Strategemata,* VIII, 42.

OUTROS EXPERIMENTOS DO REI PSAMÉTICO - Ateneu de Náucratis, *O Banquete dos Sábios,* VIII, 35. Athenaeus Sophista, *Deipnosophistae,* VIII, 35.

PACTO DE AMIZADE ENTRE OS CITAS, O - Luciano de Samósata, *Tóxaris ou a Amizade*, 37-41. Lucianus Sophista, *Toxaris vel Amicitia*, 37-41.

PÁSSAROS DE ALEXANDRIA, OS - Plutarco, *Vida de Alexandre*, 26. Plutarchus, *Alexander*, 26.

PÁSSAROS DE AUGUSTO, OS - Macróbio, *Saturnais*, II, 4, 29-30.

PÁTRIO PODER, O - Dionísio de Halicarnasso, Antiguidades Romanas, 26-27.

PERIANDRO E SUA MÃE - Partênio, *Histórias de amor*, 25.

PESTE DE ATENAS, A - Tucídides, *História da Guerra do Peloponeso*, 2, 53. Thucydides, *Historiae*, 2, 53.

PITÁGORAS E OS FEIJÕES - Aulo Gélio, *Noites Áticas*, IV, XI, 1-10. Aullus Gelius, *Noctes Atticae*, IV, XI, 10.

PITÁGORAS E OS PEIXES - Jâmblico, *Vida de Pitágoras*, VIII, 36. Iamblichus, *De Vita Pythagorica*, VIII, 36.

PODER DE CÉSAR, O - Sêneca, *Sobre a Clemência*, I, I, 2. Lucius Annaeus Seneca Iunior, *De Clementia*, I, I, 2.

PODER DE MATAR, O - Valério Máximo, *Feitos e Ditos Memoráveis*, VI, 2 (ext), 3. Valerius Maximus, *Facta et Dicta Memorabilia*, VI, 2 (ext), 3.

POETA LOUCO, O - Horácio, *Arte Poética*, 466-476. (Tradução de Jaime Bruna. In: Aristóteles, Horácio Longino, *A Poética Clássica*. Introdução de Roberto de Oliveira Brandão. Tradução direta do grego e do latim de Jaime Bruna, p. 68.) Quintus Horatius Flaccus, *Epistula ad Pisones*, 466-476.

POLICRITO - Flégon de Trales, *O Livro das Maravilhas*, 2. Publius Aelius Phlegon, *De Mirabilibus*, 2.

POR QUE AS ALMAS NÃO TRANSMIGRAM - Tito Lucrécio Caro, *Da Natureza das Coisas*, III, 741-753. Titus Lucretius Carus, *De Rerum Natura*, III, 741-753.

POR QUE DEUS CRIOU OS HOMENS - Anônimo, *Corpus Hermeticum*, IV. *Corpus Hermeticum*, IV.

POR QUE DEUS NÃO ATENDE ÀS PRECES DOS HOMENS - Epicuro, *Física*, fragmento 388 (Usener). Epicurus, *Physica*, fragmento 388 (Epicurea. Edidit Hermannus Usener. Lipsiae, in Aedibus B. G. Teubneri, 1887, p. 259).

POR QUE HOMERO FICOU CEGO - Platão, *Fedro*, 243a-b. Plato, *Phaedrus*, 243a-b.

POR QUE NÃO SE DEVE COMER CARNE - Sêneca, *Cartas a Lucílio*, XVII, 108, 17-19. (Lúcio Aneu Sêneca, Cartas a Lucílio. Tradução, prefácio e notas de J. A. Segurado e Campos. Lisboa, Fundação Calouste Gulbenkian. Serviço de Educação, 1991, pp. 596-597.) Lucius Annaeus Seneca Iunior, *Epistulae Morales ad Lucilium*, XVII, 108, 17-19.

POR QUE OS CISNES CANTAM AO MORRER - Platão, *Fédon*, 85a. Plato, *Phaedo*, 85a.

POR QUE PROMETEU CRIOU O HOMEM - Luciano de Samósata, *Prometeu no Cáucaso*, 15. Lucianus Sophista, *Prometheus*, 15.

PORTENTOS CELESTES - Plínio, o Velho, *História Natural*, II, 57, 147-148. Caius Plinius Secundus, *Naturalis Historia*, II, 57, 147-148.

PRECEITOS DE PITÁGORAS, OS - Diôgenes Laêrtios, *Vidas e Doutrinas dos Filósofos Ilustres*, VIII, I, 17-18. (Tradução do grego, introdução e notas de Mário da Gama Kury. 2a ed., reimpressão. Brasília, Editora Universidade de Brasília, 2014, pp. 232-233.) Diogenes Laertius, *Vitae Philosophorum*, VIII, I, 17-18.

PRÊMIO PARA UM NOVO PRAZER, O - Valério Máximo, *Feitos e Ditos Memoráveis*, IX, 1 (ext), 3. Valerius Maximus, *Facta et Dicta Memorabilia*, IX, 1 (ext), 3.

PRESSENTIMENTO FUNESTO - Homero, *Odisseia*, XX, 351-358. (Tradução de Marcelo Cid.) Homerus, *Odyssea*, XX, 351-358.

PRIAPO ESPANTA AS FEITICEIRAS - Horácio, *Sátiras*, I, 8. Quintus Horatius Flaccus, *Sermones*, I, 8.

PRIMEIRA FLAUTA, A - Higino, *Fábulas*, 165, "Mársias"; 191, "o rei Midas". Hyginus, *Fabulae*, 165, "Marsyas"; 191, "Rex Midas".

PRIMEIRA MÉDICA, A - Higino, *Fábulas*, 274, "Quem Inventou o Quê". Hyginus, *Fabulae*, 274, "Quis Quid Invenerit".

PROMETEU - Higino, *Fábulas*, 144, "Prometeus". Hyginus, *Fabulae*, 144, "Prometheus".

PUNIÇÃO PARA QUEM NÃO TEM FILHOS, A - Anônimo, *Corpus Hermeticum*, VI, 43. *Corpus Hermeticum*, VI, 43.

QUANDO A ALMA SE RECOLHE - Macróbio, *Saturnais*, VII, 11, 7-8. Ambrosius Macrobius Theodosius, *Saturnalia*, VII, 11, 7-8.

QUANDO A NATUREZA TATEAVA - Empédocles, *Fragmento* 61 (Diels-Kranz). Empedocles, *Fragmenta* 61. (*Die Fragmente der Vorsokratiker*, vol. 1; ed. H. Diels et W. Kranz. Berlin, Weidmann, 1951, repr. 1966.)

QUE É O TEMPO? - Santo Agostinho, *Confissões*, XI, 13-14. (Tradução de Marcelo Cid.) Sanctus Aurelius Augustinus, *Confesssiones*, XI, 13-14.

QUINTESSÊNCIA, A - Cícero, *Acadêmicas*, I, VII, 26. Cicero, *Academicae*, I, VII, 26.

RECOMPENSA E CASTIGO - Tito Lívio, *Sumários da História de Roma*, 77. Titus Livius, *Periochae Librorum Ab Urbe Condita*, 77.

RENOVO DAS ABELHAS DE ARISTEU, O - Horácio-Ovídio, *Sátiras. Os Fastos.* (Traduções de Antônio Luís de Seabra e Antônio Feliciano de Castilho. Prefácio de João Batista Melo e Souza. Rio de Janeiro / São Paulo / Porto Alegre, pp. 120-121.) Publius Ovidius Naso, *Fasti*, I, 362-380.

RESPOSTA DE TIRÉSIAS, A - Flégon de Trales, *O Livro das Maravilhas*, 4. Publius Aelius Phlegon, *De Mirabilibus*, 4.

RETRATO DE PLOTINO, O - Porfírio, *Vida de Plotino*, I, 1. Porphyrius, *Vita Plotini*, I, 1.

REVOLUÇÃO SILENCIOSA, A - Eliano, o Sofista, *Histórias Diversas*, XIV, 22. (Tradução de Marcelo Cid.) Claudius Aelianus, *Varia Historia*, XIV, 22.

ROMA BASTA ESTE MUNDO, A - Valério Máximo, *Feitos e Ditos Memoráveis*, IV, I. 10. Valerius Maximus, *Facta et Dicta Memorabilia*, IV, I. 10.

ROMA E CARTAGO DISPUTAM O MUNDO - Aulo Gélio, *Noites Áticas*, X, 27. Aullus Gelius, *Noctes Atticae*, X, 27.

ROMA, A GALINHA - Procópio, *História das Guerras*, III, 2, 25-26. Procopius, *De Bellis*, III, 2, 25-26.

SACERDOTE ASSASSINO, O - Estrabão, *Geografia*, V, 3, 12. Strabo, *Geographica*, V, 3, 12.

SANDÁLIA DE RÓDOPE, A - Eliano, o Sofista, *Histórias Diversas*, XIII, 33. (Tradução de Marcelo Cid.) Claudius Aelianus, *Varia Historia*, XIII, 33.

SANGUE DE UM SOLDADO, O - Aulo Gélio, *Noites Áticas*, X, 8. Aullus Gelius, *Noctes Atticae*, X, 8.

SE OS MORTOS VOLTASSEM - Artemidoro, *Onirocrítica*, II, 62. Artemidorus, *Onirocriticon*, II, 62.

SEDUÇÃO DA VIOLÊNCIA, A - Santo Agostinho, *Confissões*, VI, 8. (Tradução de Marcelo Cid.) Sanctus Aurelius Augustinus, *Confesssiones*, VI, 8.

SEMENTES PLATÔNICAS, AS - Plutarco, *Como Avaliar o Progresso no Aprendizado da Filosofia*, 7. Plutarchus, *Quomodo Quis Suos in Virtute Sentiat Profectus*, 7.

SEMÍRAMIS - Eliano, o Sofista, *Histórias Diversas*, VII, 1. (Tradução de Marcelo Cid.) Claudius Aelianus, *Varia Historia*, VII, 1.

"SERPENTE-DA-SEDE", A - Luciano de Samósata, Dípsades, 3-4. Lucianus Sophista, *Dipsades*, 3-4.

SETA IMÓVEL, A - Aristóteles, *Física*, VI, 9 (239b, linhas 5 a 33). Aristoteles, *Physica*, VI, 9 (239b, linhas 5 a 33).

SILÊNCIO DE SECUNDUS, O - Anônimo, *Vida de Secundus*, 72-74. *Vita Secundi*, 72-74.

SOBRE A ESCOLA PITAGÓRICA - Aulo Gélio, *Noites Áticas*, I, IX, 1-12. Aullus Gelius, *Noctes Atticae*, I, IX, 1-12.

SOBRE A FÊNIX - Filóstrato, *Vida de Apolônio de Tiana*, III, 49. Flavius Philostratus Sophista, *Vita Apollonii*, III, 49.

SOBRE A LEVITAÇÃO DOS SÁBIOS DA ÍNDIA - Filóstrato, *Vida de Apolônio de Tiana*, III, 15. Flavius Philostratus Sophista, *Vita Apollonii*, III, 15.

SOBRE A MORTE DO TIRANO PERÍANDROS - Diôgenes Laêrtios, *Vidas e Doutrinas dos Filósofos Ilustres*, I, VII, 96. (Tradução do grego, introdução e notas Mário da Gama Kury. 2a ed., reimpressão. Brasília, Editora Universidade de Brasília, 2014). Diogenes Laertius, *Vitae Philosophorum*, I, VII, 96.

SOBRE A POSSESSÃO DIVINA - Proclo Diádoco (= "O Seguidor" de Platão, século 5 d.C.), *Sobre os Sinais da Possessão Divina*. Michael Psellus, *Orationes Forenses et Acta*, I, 303-340 (Eddit G. T. Dennis. Stuttgart, Teubner, 1994).

SOBRE DOIS VASOS PRETOS GUARDADOS PELOS SÁBIOS DA ÍNDIA - Filóstrato, *Vida de Apolônio de Tiana*, III, 14. Flavius Philostratus Sophista, *Vita Apollonii*, III, 14.

SOBRE O FURTO NO EGITO E NA LACEDEMÔNIA - Aulo Gélio, *Noites Áticas*, XI, 18, 16-17. Aullus Gelius, *Noctes Atticae*, XI, 18, 16-17.

SOBRE OS MITOS - Dionísio de Halicarnasso, Antiguidades Romanas, 20,1.

SOBRE OS UNICÓRNIOS DA ÍNDIA - Filóstrato, *Vida de Apolônio de Tiana*, III, 2. Flavius Philostratus Sophista, *Vita Apollonii*, III, 2.

SONHO DE SÓCRATES SOBRE PLATÃO, O - Diôgenes Laêrtios, *Vidas e Doutrinas dos Filósofos Ilustres*, III, I, 5. (Tradução do grego, introdução e notas Mário da Gama Kury. 2a ed., reimpressão. Brasília, Editora Universidade de Brasília, 2014, p. 86.) Diogenes Laertius, *Vitae Philosophorum*, III, "Πλάτων", III, 1, 5.

SONHO DO ASTRÔNOMO, O - Artemidoro, *Onirocrítica*, IV, 47. Artemidorus, *Onirocriticon*, IV, 47.

SONHO DOS POETAS, O - Artemidoro, *Onirocrítica*, I, 26. Artemidorus, *Onirocriticon* I, 26.

SONHOS FALSOS E VERDADEIROS - Públio Virgílio Marão, *Eneida*, VI, 931-934. (Tradução de Manuel Odorico Mendes. Apresentação Antonio Medina. Estabelecimento de texto, notas e glossário de Luiz Alberto Machado Cabral. Cotia (SP) / Campinas (SP), Ateliê Editorial / Editora da Unicamp, p. 158.) Publius Vergilius Maro, *Aeneis*, VI, 894-897.

SONO DE EPIMENIDES, O - Diôgenes Laêrtios, *Vidas e Doutrinas dos Filósofos Ilustres*, I, X, 109. (Tradução do grego, introdução e notas Mário da Gama Kury. 2a ed., reimpressão. Brasília, Editora Universidade de Brasília, 2014, p. 43.) Diogenes Laertius, *Vitae Philosophorum*, I, X, 109.

SONO DOS INOCENTES, O - Valério Máximo, *Feitos e Ditos Memoráveis*, VIII, 1 (absol), 13. Valerius Maximus, *Facta et Dicta Memorabilia*, VIII, 1 (absol), 13.

SULA E O SÁTIRO - Plutarco, *Vida de Sula*, 27. Plutarchus, *Sulla*, 27.

SUOR DE ORFEU, O - Plutarco, *Vida de Alexandre*, 14. Plutarchus, *Alexander*, 14.

TABULETAS DE SULA, AS - Dio Cássio, Fragmento do livro XXXIV.

TEATRO DO MUNDO, O - Luciano de Samósata, *Menipo ou a Necromancia*, XVI. Lucianus Sophista, *Menippus sive Necyomantia*, XVI.

TEATRO E A FILOSOFIA, O - Diôgenes Laêrtios, *Vidas e Doutrinas dos Filósofos Ilustres*, III, 56. (Tradução do grego, introdução e notas de Mário da Gama Kury. 2a ed., reimpressão. Brasília, Editora Universidade de Brasília, 2014 p. 98.) Diogenes Laertius, *Vitae Philosophorum*, III, "Πλάτων", 56.

TELCÍNOE - Xenofonte de Éfeso, *Uma História Efésia*, V, 1, 4-11. Xenophon Scriptor Eroticus, *Ephesiaca*, V, 1, 4-11.

TEMÍSTOCLES, O MEMORIOSO - Cícero, *Acadêmicas*, II, 1, 2. Marcus Tullius Cicero, *Academica*, II, 1, 2.

TEMPO SÓ EXISTE PARA A ALMA, O - Aristóteles, *Física*, 14, 223a. Aristoteles, *Physica*, 14, 223a.

TEMPO, TRADUÇÃO MÓVEL DA ETERNIDADE, O - Platão, *Timeu*, 37d. Plato, *Timaeus*, 37d.

TENTE NÃO RIR - Ateneu de Náucratis, *O Banquete dos Sábios*, VI, 79. Athenaeus Sophista, *Deipnosophistae*, VI, 79.

TERAPIA MUSICAL DE PITÁGORAS, A - Jâmblico, *Vida de Pitágoras*, 15. Iamblichus, *De Vita Pythagorica*, 15.

TÍMON, O MISANTROPO, PEDE A PALAVRA NA ASSEMBLEIA - Plutarco, *Vida de Antônio*, 69. Plutarchus, *Antonius*, 69.

TOURO DE BRONZE DE FÁLARIS, O - Luciano de Samósata, *Fálaris*, I, 11. Lucianus Sophista, *Phalaris*, I, 11.

TOURO DE ERÉTRIA, O - Polieno, *Estratagemas*, VIII, 43. Polyaenus, *Strategemata*, VIII, 43.

TRATAMENTO DA HISTERIA, O - Sorano, *Ginecologia*, III, 27. Soranus, *Gynaeciorum Libri IV*, III, 27.

TRATAMENTO DA LEPRA DO REI, O - Plínio, o Velho, *História Natural*, XXVI, V, 8. Caius Plinius Secundus, *Naturalis Historia*, XXVI, V, 8.

TRAZIDA PELO MAR - Partênio de Niceia, *Amores Infelizes*, 31. Parthenius Mythographus, *Narrationes Amatoriae*, 31.

TUDO FLUI - Platão, *O Banquete*, 207d-e. Plato, *Symposium*, 207d-e.

ÚLTIMA CARTA DE ALEXANDRE PARA SUA MÃE - Anônimo, *O Romance de Alexandre*, 33. *Historia Alexandri Magni*, Recensio β, 33.

ÚLTIMA FIGURA DE ARQUIMEDES, A - Valério Máximo, *Feitos e Ditos Memoráveis*, VIII, 7 (ext), 7. Valerius Maximus, *Facta et Dicta Memorabilia*, VIII, 7 (ext), 7.

UM ALEPH? - Luciano de Samósata, *Icaromenipo*, 15-17. Lucianus Sophista, *Icaromenippus*, 15-17.

UM ANIMAL QUEIXA-SE AO DEUS - Arnóbio, *Contra os Gentios*, VII, 9, 1-3. (Tradução de G. D. Leoni.) Arnobius, *Adversus Nationes*, VII, 9, 1-3.

UM GLUTÃO - Ateneu de Náucratis, *O Banquete dos Sábios*, I, 9. Athenaeus Sophista, *Deipnosophistae*, I, 9.

UM MITO RACIONAL - Palefato, *Histórias Inacreditáveis*, III (=VI), "Περὶ Σπαρτῶν [Perì Spartôn]". (Palaephati, Περὶ Ἀπίστων. Edidit Nicolau Festa. Leipzig, Teubner, 1902, pp. 8-10. *Mythographi Graeci*, vol. III, fasc. II.) Palaephatus, *De Incredibilibus* (Festa), III (VI).

UM OBJETO CAÍDO DO CÉU - Plutarco, *Vida de Lúculo*, VIII, 5-7. Plutarchus, *Lucullus*, VIII, 5-7.

UM RECONHECIMENTO FATAL - Plutarco, *Sobre a Tagarelice e Outros Textos*, 12. (Tradução de Marcelo Cid.) Plutarchus, *De Garrulitate*, 12.

UM RICO ENTEDIADO - Aulo Gélio, *Noites Áticas*, XX, 1, 13. Aullus Gelius, *Noctes Atticae*, XX, 1, 13.

UM SONHO DENTRO DE UM SONHO - Sinésio de Cirene, *Dos Sonhos*, XII, 6. Synesius Philosophus, *De Insomniis*, XII, 6.

UMA ALMA ERRANTE - Plínio, o Velho, *História Natural*, VII, 52, 174. Caius Plinius Secundus, *Naturalis Historia*, VII, 52, 174.

UMA BELA MORTE - Plínio, o Velho, *História Natural*, VII, 53, 184-185. Caius Plinius Secundus, *Naturalis Historia*, VII, 53, 184-185.

UMA CASA MAL-ASSOMBRADA - Plínio, o Jovem, *Cartas*, VII, 27, 5-11. Caius Plinius Caecilius Secundus, *Epistulae*, VII, 27, 5-11.

UMA HISTÓRIA DE LOBISOMEM - Petrônio, *Satyricon*, 62. (Tradução de Marcelo Cid.) Petronius Arbiter, *Satyricon*, 62.

UMA VIDA BREVE - Flégon de Trales, *O Livro das Maravilhas*, 32. Publius Aelius Phlegon, *De Mirabilibus*, 32.

UMA VISITA DO AMOR - *Poemas à Maneira de Anacreonte* 33 (Campbell/ Page. Campbell, *Greek Lyric*. Edited and translated by D. A. Campbell. Vol. II, *Anacreon, Anacreontea, Early Choral Lyric*. Cambridge, Massachussetts, 2006). *Anacreontea*, 33 (Campbell/ Page).

UNIR-SE A UM DEUS - Artemidoro, *Onirocrítica*, I, 80. Artemidorus, *Onirocriticon* I, 80.

UNIVERSO PENSA, O - Anônimo, *Corpus Hermeticum*, IX, 5. *Corpus Hermeticum*, IX, 5.

VELHOS DA ILHA DE CÉOS E DE SARDENHA, OS - Eliano, o Sofista, *Histórias Diversas*, III, 37 e IV, 1. (Tradução de Marcelo Cid.) Claudius Aelianus, *Varia Historia*, III, 37 e IV, 1.

VERDADE SOBRE MEDEIA, A - Eliano, o Sofista, *Histórias Diversas*, V, 21. (Tradução de Marcelo Cid.) Claudius Aelianus, *Varia Historia*, V, 21.

VERDADEIRO MAUSOLÉU, O - Valério Máximo, *Feitos e Ditos Memoráveis*, IV, 6 (ext), 1. Valerius Maximus, *Facta et Dicta Memorabilia*, IV, 6 (ext), 1.

VERDADEIRO PAI DE ALEXANDRE, O - Anônimo, *O Romance de Alexandre*, I, 14. *Historia Alexandri Magni*, Recensio β, I, 14.

VIAGEM AO CENTRO DA TERRA - Plínio, o Velho, *História Natural*, II, 112, 248. Caius Plinius Secundus, *Naturalis Historia*, II, 112, 248.

VIAGEM FINAL DE ALEXANDRE, A - Eliano, o Sofista, *Histórias Diversas*, 12, 64. (Tradução de Marcelo Cid.) Claudius Aelianus, *Varia Historia*, 12, 64.

VIDA É UMA DOENÇA DO ESPÍRITO, A - Platão, *Fédon*, 95c-d. Plato, *Phaedo*, 95c-d.

VIDAS DE EMPÉDOCLES, AS - Empédocles, *Fragmentos 115 e 117* (Diels-Kranz). Empedocles, *Fragmenta 115 e 117*. (*Die Fragmente der Vorsokratiker*, vol. 1; ed. H. Diels et W. Kranz. Berlin, Weidmann, 1951, repr. 1966.)

VIDRO MALEÁVEL, O - Petrônio, *Satyricon*, LI. (Tradução de Marcelo Cid.) Petronius Arbiter, *Satyricon*, LI.

VIRGENS SUICIDAS DE MILETO, AS - Aulo Gélio, *Noites Áticas*, XV, 10, 1-2. Aullus Gelius, *Noctes Atticae*, XV, 10, 1-2.

VIRGÍLIO É O MUNDO - Macróbio, *Saturnais*, V, 1, 18-20. Ambrosius Macrobius Theodosius, *Saturnalia*, V, 1, 18-20.

VISÃO DA ALMA - Tertuliano, *Sobre a Alma*, IX, 4. Quintus Septimus Tertullianus, *De Anima*, IX, 4.

VISÃO DO ALÉM - Plutarco, *Sobre a Demora da Justiça Divina*, 22-24. (Tradução de Marcelo Cid.) Plutarchus, *De Sera Numinis Vindicta*, 22-24.

XERXES CASTIGA O MAR... - Heródoto, *História*, VII, 34-35. Herodotus, *Historiae*, VII, 34-35.

ZÊNON E OS AUTORES ANTIGOS - Diôgenes Laêrtios, *Vidas e Doutrinas dos Filósofos Ilustres*, VII, II, 2. (Tradução do grego, introdução e notas de Mário da Gama Kury. 2a ed., reimpressão. Brasília, Editora Universidade de Brasília, 2014, p. 181.) Diogenes Laertius, *Vitae Philosophorum*, VII, "Ζήνων", I, 2.

JOÃO ANGELO OLIVA NETO

cheloni de paludes
nuba palus
montes ethiopie
Ethiopia

pelagie
cefalo
niorca
libicu
citri
sirtis
punicu
Affrica minor
uel pe mont
arene
becoli
marmar
Deserta
libia
mons
gregiris
chelom
de paludes
nuba palu
montes
ethiope
OR
mons.
ICA
manges

SOBRE OS AUTORES

[SANTO] AGOSTINHO [DE HIPONA] - Teólogo e filósofo cristão, nasceu em 354, d.C., em Tagaste e faleceu em 430, d.C., em Hipona (atual Annaba, Argélia). Autor das *Confissões* e d'*A Cidade de Deus*, entre outras obras.

ALCINO [OU ALBINO] - Filósofo platônico que viveu provavelmente no século II d.C. e escreveu o *Manual do Platonismo* destinado a professores.

ANACREONTE - Poeta grego, nasceu em 582 a.C., em Teos, na Turquia, e faleceu em 485 a.C., na mesma localidade. De seus poemas chegaram-nos só fragmentos. Sob a designação *Anacreontea* (*Poemas à Maneira de Anacreonte*) chegou-nos um conjunto de imitações.

APOLODORO DE ATENAS - Filósofo e gramático grego, nasceu em 180 a.C. e faleceu em 120 a.C. Escreveu mais de quatrocentas obras, quase todas perdidas. A obra pela qual ficou conhecido, *Biblioteca*, é na verdade uma compilação do século I ou II d.C.

APULEIO - Filósofo romano, nasceu em 125 d.C. e faleceu em 180 d.C. É mais conhecido pela obra *O Asno de Ouro*.

ARISTÓTELES - Filósofo com conhecimento em diversas áreas do saber, nasceu em 384 a.C., em Estágira, na Grécia, e faleceu em 322 a.C., em Cálcis. Discípulo de Platão, foi professor de Alexandre, o Grande. Deixou dezenas de escritos dentre os quais a *Arte Retórica* e *Arte Poética*, além de um conjunto de tratados filosóficos, organizados sob o nome de *Órganon*.

ARNÓBIO - Rétor e apologeta do cristianismo, nasceu no final do século III e faleceu em 330 d.C. Dentre suas obras, destaca-se *Contra os Gentios*.

ARTEMIDORO DE DÁLDIS - Viveu na segunda metade do século II d.C e escreveu *Onirocrítica* (*Interpretação dos Sonhos*) em cinco livros. Como é também conhecido como "Artemidoro de Éfeso", pode ser confundido com o geógrafo do século II a.C.

ATENEU DE NÁUCRATIS - Rétor e gramático grego, que viveu no século III d.C. Escreveu o *Banquete dos Sábios*, em doze livros.

AULO GÉLIO - Jurista e gramático romano, nasceu em 130 d.C. em Roma e ali faleceu em 180 d.C. É autor das *Noites Áticas*.

BOÉCIO – Filósofo e teólogo, nasceu em 480 d.C., em Roma, faleceu em Ticino (atual Pavia, Itália). Sua obra mais conhecida é *A Consolação da Filosofia*.

[CAIO JÚLIO] CÉSAR - Militar, político e homem de letras, nasceu em 100 a.C., em Roma, onde foi assassinado em 44 a.C. Seus escritos mais importantes são os *Comentários sobre a Guerra Gálica* e os *Comentários sobre a Guerra Civil*.

[MARCO TÚLIO] CÍCERO - Advogado, nasceu em 106 a.C. em Arpino, Itália, e faleceu em 43 a.C., em Fórmias. Foi filósofo (*Da República*), orador (*As Catilinárias*), rétor (*Sobre o Orador*), poeta (*Sobre o Meu Consulado*), tradutor (*Os Fenômenos*), epistológrafo (*Epístolas Familiares*). Chegou ao Consulado em 63 a.C.

DIÔGENES LAÊRTIOS - Historiógrafo que viveu de 200 a 250 d.C. Escreveu *Vidas e Doutrinas dos Filósofos Ilustres*, composta em dez livros.

ELIANO, O SOFISTA - Professor de retórica, nasceu em 175 d.C., em Preneste (atual Palestrina, Itália), e faleceu em 235 d.C., no mesmo país. Sua principal obra é *História dos Animais.*

EMPÉDOCLES - Filósofo pré-socrático, nasceu em 495 a.C., em Agrigento, na Sicília, e faleceu em 430 a.C., em Etna, na mesma ilha. Escreveu o tratado *Sobre a Natureza.*

EPICURO - Filósofo, nasceu em fevereiro de 341 a.C., em Samos, na Grécia, e faleceu em 270 a.C., em Atenas. Seus escritos, a maioria dos quais fragmentários, estão reunidos sob a designação *Epicurea.*

ESTRABÃO - Nasceu e faleceu em Amasia, na atual Turquia. Escreveu *Geografia,* tratado com dezessete livros.

EUSÉBIO DE CESAREIA - Historiógrafo e filósofo, nasceu em 263 d.C., na Palestina, e faleceu em 339 d.C., em Cesareia Marítima, no atual Estado de Israel. Deixou a *História Eclesiástica,* a *Preparação Evangélica* e a *Crônica.*

FILO DE ALEXANDRIA - Filósofo e teólogo, nasceu em 25 a.C., em Alexandria, no Egito, e faleceu em 50 d.C. Foi pioneiro na tentativa de conciliar o conteúdo bíblico à tradição filosófica ocidental.

[FLÁVIO] FILÓSTRATO - Filósofo, nasceu em 170 e faleceu em 250 d.C., em Atenas, na Grécia. Escreveu *Vida de Apolônio de Tiana* e *Vidas dos Sofistas.*

FLÉGON DE TRALES - Escritor grego que viveu durante o século II. Sua principal obra é *Olimpíadas,* compêndio histórico em dezesseis volumes sobre a história dos Jogos Olímpicos até seus dias.

FULGÊNCIO DE RUSPE - Teólogo, nasceu em 460 d.C. em Telepte, na Tunísia, e faleceu em 533 d.C., em Ruspe. Foi discípulo de Santo Agostinho.

[CLÁUDIO] GALENO - Médico e filósofo, nasceu em 130 d.C., em Pérgamo (na atual Turquia) e faleceu em 200 d.C. em Roma. Suas obras versavam especialmente sobre anatomia.

HERÓDOTO - Historiógrafo, nasceu em 484 a.C., em Halicarnasso, na atual Turquia, e faleceu em 425 a.C. Autor das *Histórias.*

HERÁCLITO DE ÉFESO - Filósofo, nasceu em 535 a.C., em Éfeso, na atual Turquia, e faleceu em 475 a.C. Sua principal obra foi o tratado *Sobre a Natureza.*

[CAIO JÚLIO] HIGINO - Mitógrafo, nasceu em 64 a.C., em Alexandria, no Egito, e faleceu em 17 d.C. Estudou diversas áreas do saber, como história, ciência, filosofia, religião e astronomia.

HIPÓCRATES - Considerado o pai da medicina, nasceu em 460 a.C., na ilha grega de Cós, e faleceu em 370 a.C., em Larissa, na Grécia. Dentre suas obras, destaca-se o tratado *Sobre a Medicina.*

HOMERO - Atribui-se ao nome de "Homero" principalmente a autoria da *Ilíada* e *Odisseia,* mas não há provas nem de que tenha existido nem mesmo de que tenha sido o solitário autor dessas epopeias. Tornou-se célebre nos séculos XIX e XX a "Questão Homérica", que é justamente o debate entre os que acreditavam na existência de um autor assim chamado e os que acreditavam que as epopeias "homéricas" são composições parciais de vários e diferentes poetas-cantores (os "aedos"), mais tarde unidas e organizadas com consistente unidade narrativa por um deles, que poderia talvez ser aquele Homero. Hoje é certo que se trata de composições orais e formulares, compostas por mais de uma pessoa entre o fim do século VIII e o início do VII a.C e transmitidas, não sem variação, por aedos itinerantes, o que implica que foram organizadas unitariamente mais tarde.

[QUINTO] HORÁCIO [FLACO] - Poeta, nasceu em 65 a.C., em Venosa, na Itália, e faleceu em 8 a.C., em Roma. Deixou escritos sobre a arte poética e, segundo a tradição, escreveu *Odes, Epodos, Sátiras* e *Epístolas*, entre as quais a *Epístola aos Pisões*, conhecida como *Arte Poética*.

JÂMBLICO - Filósofo, nasceu em 245 d.C. em Cálcis da Celessíria, na Síria, e faleceu em 325 d.C. Considerado o fundador da chamada escola neoplatônica em seu país, escreveu a *Vida de Pitágoras*.

LUCIANO DE SAMÓSATA - Filósofo e historiador, nasceu em 125 d.C., em Samósata, na atual Turquia, e faleceu em 180 d.C., em Atenas, na Grécia. Dentre dezenas de obras que escreveu, destacam-se: *História Verdadeira, Diálogos dos Deuses* e *Diálogo das Meretrizes*.

[TITO] LUCRÉCIO [CARO] - Poeta e filósofo latino, nasceu em 99 a.C. e faleceu em 55 a.C. Sua principal obra é o tratado *Da Natureza das Coisas*.

[AMBRÓSIO TEODÓSIO] MACRÓBIO - Filósofo e filólogo romano, nasceu por volta de 370 d.C., talvez na Numídia, África. Escreveu as *Saturnais* e o *Comentário ao Sonho De Cipião*.

[CÉSAR] MARCO AURÉLIO [ANTONINO AUGUSTO] - Jurista e filósofo, foi imperador de Roma. Nasceu em 121 d.C., em Roma, e faleceu em 17 de março de 180 d.C., em Vindobona, na atual Áustria. É autor das *Meditações*.

ORÍGENES [DE CESAREIA] - Teólogo e filósofo neoplatônico, nasceu em Alexandria, no Egito, e faleceu em 254 d.C., em Tiro, no que hoje é o Líbano. Autor de mais de seiscentas obras, dentre as quais *Do Príncipe*; *Contra Celso*, além de seus comentários bíblicos.

[PÚBLIO] OVÍDIO [NASÃO] - Poeta, nasceu em 43 a.C., em Sulmona, na Itália, e, exilado, faleceu em Tomos (atual Constança, Romênia), em 17 ou 18 d.C. Compôs vários livros de elegias - como *Amores, Arte de Amar, Remédios do Amor, Heroides*, os *Fastos* - e as *Metamorfoses*, longo poema mitológico em hexâmetros sobre a história do mundo desde as origens até seus dias.

PALEFATO - Mitógrafo, viveu no século IV a.C. Autor das *Histórias Inacreditáveis*.

PARTÊNIO DE NICEIA - Gramático e poeta, nasceu em meados do século I a.C. e faleceu em 14 d.C. Ensinou grego ao poeta romano Virgílio.

PAUSÂNIAS - Geógrafo, nascido em 115 e morto em 180 d.C., autor da *Descrição da Grécia*.

PETRÔNIO [ÁRBITRO] - Poeta, nasceu em 27 d.C., em Massília (atual Marselha, França), e faleceu em 66 d.C., em Cumas, na Itália. Autor do *Satíricon*.

PLATÃO - Filósofo e matemático, nasceu em 428 a.C. em Atenas e lá viveu até 348 ou 347 a.C. Discípulo de Sócrates, sua vasta obra é constituída principalmente de diálogos, como *Fédon, Fedro, O Banquete, Górgias, A República,* além de cartas.

PLÍNIO, O JOVEM - Jurista e homem público, nasceu em 61 d.C., em Como, na Itália, e faleceu em 112 d.C., na Bitínia, no que hoje é a Turquia. Escreveu 10 livros de *Epístolas* (o décimo reúne exclusivamente as que trocou com o Imperador Trajano) e o discurso conhecido como *Panegírico de Trajano.* É sobrinho de Plínio, o Velho.

PLÍNIO, O VELHO [CAIO PLÍNIO SEGUNDO] - Naturalista romano - nasceu em 23 d.C., em Como, na Itália, e faleceu em 25 de agosto de 79 d.C., em Estábias, quando investigava a erupção do Vesúvio, que destruiu Pompeia e Herculano. Escreveu *História Natural.* É tio de Plínio, o Jovem.

PLUTARCO - Historiógrafo e filósofo, nasceu em 45 d.C., em Queroneia, na Grécia, e faleceu em 120 d.C. em Delfos. Autor, entre tantas obras, das *Vidas Paralelas,* biografias em que compara personalidades gregas e romanas.

POLÍBIO - Historiógrafo nascido por volta de 200 a.C. e morto depois de 118 a.C. Levado a Roma como refém 167 a.C., foi acolhido por iminentes patrícios, como Cipião Emiliano, de cujos filhos foi preceptor. Escreveu as *Histórias,* originariamente em quarenta livros, que narram o período em que Roma se transformou em potência e dominou o Mediterrâneo.

POLIENO DE LÂMPSACO - Matemático, discípulo de Epicuro, nasceu em 340 a.C. em Lâmpsaco, atual Turquia, e faleceu em 285 a.C. Dentre suas obras destacam-se *Da Filosofia e Contra os Oradores.*

PORFÍRIO DE TIRO - Filósofo neoplatônico, nasceu em Tiro, no Líbano, e faleceu em 305 d.C., em Roma, na Itália. Autor de uma *Vida de Plotino.*

PROCLO [LÍCIO] DIÁDOCO - Filósofo neoplatônico, nasceu em 410 d.C., em Constantinopla, e faleceu em 485 d.C., em Atenas, na Grécia. Conhecido por seus *Elementos de Teologia.*

PROCÓPIO DE CESAREIA - Historiador, nasceu em 500 d.C., na Cesareia Marítima, no atual Estado de Israel, e faleceu em 565 d.C. Deixou sua *História das Guerras,* disposta em oito livros.

[AURÉLIO CLEMENTE] PRUDÊNCIO - Poeta, nasceu em 348 d.C., em Tarragona, na Hispânia, e faleceu em 413 d.C. Autor de *O Livro das Coroas, Psicomaquia,* entre outros.

[LÚCIO ANEU] SÊNECA - Jurista, filósofo e dramaturgo, nasceu em 4 a.C., em Córdova, na Hispânia, e faleceu em 65 d.C., em Roma, na Itália. Autor das *Cartas Morais a Lucílio* e das tragédias *Fedra, Édipo, Hércules Furioso.*

[MÁRIO] SÉRVIO [HONORATO] - Gramático, viveu no final do século IV d.C. Autor de um livro de comentários sobre Virgílio (*Comentários às Bucólicas, Comentários às Geórgicas e Comentários à Eneida*).

SINÉSIO DE CIRENE - Bispo, nasceu em 373 d.C. na Líbia, e faleceu em 414 d.C. Autor de diversos discursos, ensaios e tratados.

SORANO DE ÉFESO - Médico, viveu nos séculos I e II d.C., entre Éfeso e Roma. É mais conhecido por seu tratado de *Ginecologia*.

[CAIO] SUETÔNIO [TRANQUILO] - Historiógrafo, nasceu em 70 d.C., na Hipona (atual Annaba, Argélia), e faleceu em 130 d.C., na Itália. Principal obra: *Vidas dos Doze Césares.*

SULPÍCIO SEVERO - Historiógrafo e teólogo, nasceu em 363 d.C., Aquitânia, na Gália (hoje França), onde faleceu em 425 d.C. Autor de *Historia Sacra.*

[PÚBLIO (CAIO) CORNÉLIO] TÁCITO - Historiógrafo, orador e político romano, viveu entre 55 e 120 d.C. Escreveu *Histórias, Anais* e o *Diálogo dos Oradores.*

TALES DE MILETO - Filósofo, matemático grego, nasceu em 624 a.C., em Mileto (hoje pertencente à Turquia), onde faleceu em 546 a.C. Foi um dos sete sábios da Grécia Antiga.

TERTULIANO - Teólogo, nasceu em 160 d.C., em Cartago (hoje na Tunísia) e faleceu em 220 d.C., na mesma cidade. Na sua obra imensa há um tratado *Sobre a Alma.*

TITO LÍVIO - Historiógrafo, nasceu em 59 a.C., em Patávio (atual Pádua, na Itália), e ali faleceu em 17 d.C. Escreveu *História de Roma* (*Ab Urbe Condita*, literalmente "[*História de Roma*] *desde a Fundação da Cidade*").

TUCÍDIDES - Historiógrafo, nasceu em 460 a.C. e faleceu em 395 a.C., em Atenas. Escreveu a *História da Guerra do Peloponeso.*

[CAIO] VALÉRIO FLACO - Poeta, nasceu no século II a.C. e faleceu em 90 a.C. Sua única obra sobrevivente são as *Argonáuticas*, dedicadas ao imperador Vespasiano.

VALÉRIO MÁXIMO - Viveu entre os séculos I a.C. e I d.C. Sua obra capital são os *Feitos e Ditos Memoráveis*, dedicados ao imperador Tibério.

[PÚBLIO] VIRGÍLIO [MARÃO] - Poeta, nasceu em 70 a.C., em Mântua, e faleceu em 19 a.C., em Brindísio (atual Bríndisi, Itália). Autor de três das grandes obras da literatura latina: as *Bucólicas* (também conhecidas por *Éclogas*), as *Geórgicas* e a *Eneida.*

[MARCOS] VITRÚVIO [POLIÃO] - Arquiteto, nasceu em Fórmias, na Itália, no final do século I a.C., e faleceu em 15 d.C. Sua obra capital é o tratado *Da Arquitetura.*

XENOFONTE DE ÉFESO - Viveu entre os séculos II e III d.C. e escreveu as *Efesíacas*, que narra a história de Amor entre Abrócomas e Ântia.

JEAN PIERRE CHAUVIN E JOÃO ANGELO OLIVA NETO

Drangiana
Gedrosia
Carmania
Paragon
Carmi
na
altea
Zenobie
insule

calanda
R E
Terra incognita secū
dus longitudinis ab occid

TÍTULO Antologia Fantástica da Literatura Antiga

ORGANIZADOR Marcelo Castel Cid

EDITOR Plinio Martins Filho

PRODUÇÃO EDITORIAL Carlos Gustavo Araújo do Carmo

DESIGN Casa Rex

REVISÃO João Angelo Oliva Neto

EDITORAÇÃO ELETRÔNICA Casa Rex

FORMATO 17 x 24,5 cm

TIPOLOGIA Mercury e Gotham

PAPEL Chambril Avena 80 g/m² (miolo)
Cartão Supremo 250 g/m² (capa)

NÚMERO DE PÁGINAS 280

IMPRESSÃO E ACABAMENTO Bartira Gráfica